데스 앤 라이프 걸

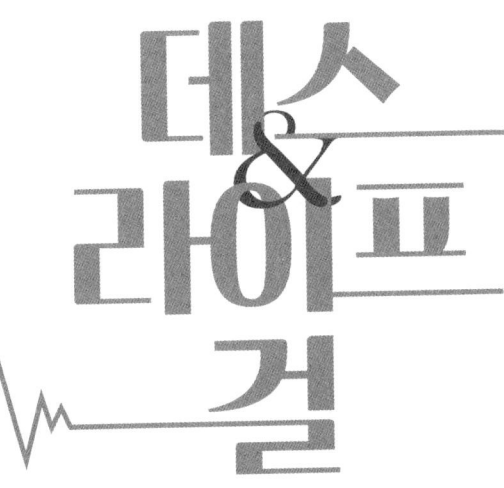

권정희 장편소설

차 례

Chapter 1

1	첫만남	9
1-1	아무 일도 없을 리 없는 하루	16
2	류정화 & 윤설아	23
2-1	신데렐라를 꿈꾸는 악녀	34
3	지우고 싶은 과거	48
3-1	삶과 죽음 사이에서	58
4	죄책감이라는 감정의 소용돌이	65
4-1	아슬아슬한 줄타기	74
5	음악 소리가 들려오면	83
5-1	기적의 생환	90

Chapter 2

6	남겨진 자들의 슬픔	101
6-1	먹잇감 & 희생양	117
7	과거가 말을 걸어오다	128
7-1	죽음의 징조	135
8	어쩌면 공감력 제로 소시오패스	149
8-1	달콤살벌한 거짓말	163

9	요지경 속 딜레마	178
9-1	살아는 있을까?	195
10	어쩌면 공감력 만렙 엠패스	208
10-1	그깟, 모래알 따위	221
11	호기심이 고양이를 죽인다	232
11-1	졸지에 사생팬?	246

Chapter 3

12	잔인한 고백	267
12-1	누구에게나 비밀은 있다	281
13	심증은 있지만 물증이 없다	298
13-1	끝나지 않은 악몽	315
14	죽이려는 자, 살리려는 자	324
14-1	너의 불행은 나의 행복	330
15	끝날 때까지 끝난 게 아니다	342

작가의 편지 366

Chapter 1

1
첫만남

강재경, 현재

 청담동, 작은 골목길 사이로 장미꽃들이 넝쿨을 이루는 돌담벽을 따라 걷다 보면, 그림 같은 꽃 울타리에 감싸인 작은 나무문이 보인다.

 문을 슬쩍 열고 들어서면, 정돈된 잔디밭에 반짝반짝 다듬어진 징검다리 돌길이 발을 놓는 사람을 반길 것이다. 그 끝에 가정집 같기도, 사무실 같기도 한 2층짜리 건물 하나가 담에 안기듯 서 있다.

 '그린 클리닉센터'

 아담한 글씨체의 명패가 도드라져 보였던 그곳은 오랫동안 재경이 염원해온 일터였다. 이제 한 발 내딛기만 하면 드디어 꿈을 실현하게 된다! 재경은 설레는 기분에 젖어 안으로 발을 내디뎠다.

안으로 들어서던 그때 툭, 누군가 함부로 자신을 밀치고 지나갔다.

어어… 쓰러지지 않으려고 발을 내딛다가, 재경은 날카로운 통증에 훅, 놀란 숨을 들이켰다. 분명 느꼈다. 발목이 접질렸음을.

알싸한 통증이 갈비뼈까지 훑고 지나가는 것 같았다. 그 바람에 온몸이 한꺼번에 아팠다. 하지만 그보다 더 아팠던 게 있다. 잠깐이나마 잘 꾸며놓은 환상의 공간이 일순 삭막한 현실로 바뀌어버렸다는 것이다.

길게 늘어선 시멘트벽, 곧 굳게 닫힐 것 같은 철문 그리고 한쪽 대리석에 묵직하게 새겨진 '혁신고등학교'라고 적힌 명판까지.

그래, 실은 여긴 학교였다. 아름답지도 않고 낭만도 없는 곳. 친구는 경쟁자고, 관계는 점수로 환산되고, 감정보다 성적이 우선인 곳. 여기서 속마음을 들키는 건 위험한 일이었다. 서로를 이해하려 노력하는 대신, 조심하거나 무시하거나, 그게 더 편하고 안전했다.

재경은 가끔은 이 모든 게 교육이라는 미명 아래 정당화된 견딤처럼 느껴졌다. 그 견딤이 일상이 되고, 그 일상이 또 다른 잿빛 하루를 만들어냈다.

재경도 예외는 아니었다. 사춘기, 격동의 시기를 거쳐 어엿한 청춘이 되고 나니, 현실이 또렷하게 보이기 시작했다. 취직은 생각보다 훨씬 어려웠고, 클래식 음악을 틀어놓고 격조 높은 성인들과 나직이 대화하며 치유를 원했던 꿈은 현실에 없는 환상 같았다.

먹고는 살아야 했다. 그래서 이 악물고 들어선 데가 바로, 학교였다. 그리고 이곳은 재경이 처음으로 배정받은 심리상담실이었다. 어찌어찌 한 달을 무사히 넘기고 맞이한 4월의 첫날이 바로 오늘이었다.

"아, 씨, 어떤 놈이야!"

자신도 모르게 튀어나온 거친 말에 당황해 합, 입을 다물었다.

"선생님!"

여학생의 목소리가 뒤에서 들렸다. 퍽 재밌다는 듯 경쾌한 음성.

돌아보니 정말 여학생 하나가 환하게 웃으며 자신을 빤히 보고 있었다. 이름부터 먼저 확인했다.

'류….'

이름보다 학생의 말이 먼저 뇌리에 박혔다.

"속옷이요."

'…정화.'

이름을 확인한 것과 동시에 재경은 생각할 겨를 없이 반문했다.

"속옷?"

아뿔싸! 제 입으로 속옷이라니.

"속옷 보인다구요. 어머, 웬일, 검정이네. 칙칙하게…."

튀어나온 말도 정나미가 떨어졌지만, 그 말을 뱉는 입가에도 조롱기가 다분했다.

얼굴이 화끈 달아올랐다. 발목도 시큰거리는데, 새삼 마음까지 욱신거렸다.

'이런 제길!'

그대로 떠나는 듯하던 정화가 다시 돌아서더니 재경을 물끄러미 쳐다보았다. 이번엔 왜?

당황스러운 눈으로 재경도 정화를 빤히 쳐다봤다. 정화가 천천히 입을 열었다.

"놈이 아니라 년인데요!"

무슨 말인가, 다시 멍청한 표정이 될 것 같은 걸 참고 있는데, 정화가 다음 말을 이었다.

"선생님 밀치고 간 년이요. 1학년 3반, 윤설아예요! 궁금해하실까 봐."

그러곤 다시 빙긋이 웃는다. 다시 봐도 기분 나쁘고 저절로 불쾌해지는 미소.

'뭐 저딴 게 다 있지?'

멀어지는 발랄한 뒷모습을 보면서 복기하듯 이름을 되뇌었다.

류정화!

재경은 '심리상담실'이라고 적힌 팻말을 물끄러미 올려다보다, 조심스레 문을 열었다.

평화로운 아침 루틴은 이미 깨져버렸다. 이 시간이면 상담실 한쪽 스피커에선 클래식 음악이 흐르고, 반대쪽 가습기에서는 수증기가 모락모락 피어올라야 했다.

스피커 리모컨을 찾으려 책상을 살피고 뒤져도, 보이지 않는다. 이런 사소한 것도 짜증이 이는 참에, 따뜻한 햇살 한 줄기가 얼굴을 긋고 지나갔다.

햇살에 데워진 바람이 코끝을 간지럽혔다. 가슴속까지 순식간에 따뜻해졌다. 고요하기까지 하니, 편안해지고 다리에도 힘이 풀렸다.

회전의자에 앉아 물끄러미 창밖을 바라보다 불현듯 저 텅 빈 운동장을 향해 날아오르고 싶다는 생각이 들었다. 튕기듯 벌떡 일어나보았다. 세 걸음, 딱 세 걸음. 내딛기만 하면 세상을 향해, 자유롭게 날아오를 수 있는데.

따스한 햇살 탓일까? 정신이 몽롱해진다. 몸은 노곤하고, 발목과 가슴팍의 통증도 어느새 사라졌다. 바람 한 줄기가 훅 불어와 머리카락을 날린다. 눈을 감은 채 온몸을 휘감는 바람을 느꼈다.

"선생님!"

재경은 놀란 듯이 눈을 떴다.

"괜찮으세요? 노크했는데, 답이 없으셔서."

여학생 하나가 문을 연 채 간절하게 자신을 보고 있었다.

"괜찮아. 무슨 일이니?"

재경은 명찰부터 확인했다. 윤설아.

"저 때문에 넘어지셨다고…. 죄송해요, 선생님…."

재경은 그것이 정화 학생의 입을 통해 나온 이름이라는 걸 떠올렸다.

"그것 때문에 일부러 찾아온 거니? 나는 괜찮으니까 걱정하지 않아도 돼."

재경이 환하게 웃어주면서 안심시켜도 학생은 여전히 쭈뼛거렸다. 뭔가 다른 할 말이 있는 듯.

"저기요, 선생님!"

잔뜩 긴장한 목소리에 재경은 속으로 한숨부터 나왔다. 아무래도 혼자만의 아늑한 시간은 포기해야 할 듯싶었다.

"좀 앉을래?"

재경이 의자를 가리키자, 설아가 냉큼 의자를 끌어다 앉았다.

"아침은 먹었니?"

설아는 성의 없이 고개만 끄덕였다. 그건 별로 중요한 게 아니라는 듯.

아이는 마주 앉고 나서도 여전히 머뭇거렸다. 꺼내기 쉽지 않은 내용일까? 이 나이 또래의 고민 몇 가지를 떠올려보았다.

학업 스트레스로 인한 자살 충동? 친구 문제로 인한 왕따 문제? 아니면 가정에서의 지속적인 정서학대?

그러다 문득 심각한 표정을 짓는 설아의 얼굴을 보면서 한발 더 나아갔다.

'아니면… 임… 신…?'

재경이 다 놀라기도 전에 설아가 얼른 입을 열었다.

"음악 소리가 들려요."

재경의 고개가 무심코 상담실 스피커로 돌아갔다.

"아니요, 그런 소리가 아니고…. 정체를 알 수 없는 음악 소리예요."

"정체를 알 수 없다…니? 그게 무슨 말이지?"

"그러니까… 그 소리가 어디서 들려오는지, 왜 들려오는지도 모르겠어요."

"근래에 스트레스 받는 일 있었니? 언제부터였는데? 소리가 들린 게?"

설아가 잠시 고민하는가 싶더니, 천천히 입을 열었다.

"제가 죽었다 깨어난 다음부터요."

1-1
아무 일도 없을 리 없는 하루

윤설아, 1년 전

1년 전, 언니가 죽었다. 언니와 난 평범한 자매였다. 연년생으로 태어나, 옷 때문에, 먹을 걸로, 웬수처럼 싸워대던.

어김없이 대판 싸운 그날, 언니가 학교 옥상에서 뛰어내렸다.

경찰은 조사를 마무리하면서 성적 비관으로 인한 자살이라고 했다. 하지만 내 마음 한편엔 어쩌면 언니가 나 때문에 죽었을지도 모른다는 죄책감이 자리잡았다.

우리 가족은 그러고도 1년 넘게 아무 일 없다는 듯 무심하게 살아 나갔다. 겉으로 그래 보였을 뿐 늘 살얼음판을 걷는 심정이었다. 가족의 일상은 실은 아슬아슬하게 이어지고 있었던 것이다.

그렇다고 모든 걸 참고 넘긴 건 아니었다. 오늘 아침엔 아빠랑 한바탕 전쟁을 치렀다. 발단은 사소했다. 교복 치마 길이 때문에.

치마 밑단이 무릎 위로 올라가다 못해 엉덩이가 보일까 말까 아슬아슬 경계를 타며 입는 애들이 얼마나 많은데…. 내 치마 길이는 엄마인 한빛나 씨의 표현을 빌리면 '양반' 수준이었다. 오늘도 다를 게 없었다.

퍽, 날아온 매서운 주먹에 정신이 번쩍 들었다. 아침에 아빠와의 실랑이가 떠올라 집중력을 잃고 말았다.

얼굴 한쪽이 아려왔다. 화가 치밀었다. 정신도 번쩍 들었다.

지금 내가 서 있는 곳은 사각의 링 위였다. 권투도 아니고, 격투기 종목의.

딸에게 발레를 시키는 게 로망이었던 엄마는 내 성화에 못이겨 격투기 도장에 등록하고 그날 펑펑 울기까지 했었다.

날아오는 주먹을 이번엔 가뿐히 피해냈다. 정신을 차리니 스파링 상대의 허점이 눈에 들어왔다. 이번엔 내가 먼저 얼굴로 주먹을 날렸고, 퍽 소리와 함께 상대의 고개가 돌아갔다.

연달아 잽을 날려주고, 제멋대로 휘두르는 주먹을 몇 번 더 피한 다음, 마지막 펀치에 온 힘을 실어 날렸다. 상대가 비틀거렸다. 나는 그 틈을 놓치지 않고, 몸을 띄워 뒤돌아차기를 날렸다.

상대가 붕 날아올라 바닥에 떨어지는 장면이 슬로비디오처럼 보였다. 우와, 감탄하는 소리들이 먼저 터져나왔다. 이어 경악하는 눈빛들이 쏟아졌다.

나는 그저 어깨만 한 번 으쓱했다. 이 정도야 뭐.

"너 진짜 프로로 데뷔 안 할래? 너 같은 쇠주먹이면 한 방으로 끝이거든."

관장님이 버릇처럼 또 프로 데뷔를 권했다. 이게 벌써 몇 번째인지 이젠 셀 수도 없다. 사실 생각이 없었던 건 아니었다. 하지만 엄마가 결사적으로 반대하면서 마음을 비운 지 오래였다.

운동을 끝내고 집으로 돌아가려니 선뜻 발길이 떨어지질 않았다. 아빠 얼굴이 떠올라서였다. 미적대며 체육관을 나서는데 전화벨이 울렸다.

'잔소리쟁이!'

아빠였다. 아직 아빠한테 화가 덜 풀렸다. 전화를 물끄러미 보기만 했다. 받을 생각은 전혀 없었다.

이어 문자음이 울렸다. 엄친아 민우였다.

뭐하냐?

남이사!

곧 중간고사임

그게 뭐냐? 먹는 거냐?

^^

민우의 이모티콘은 눈웃음으로 끝났다.

"약 올려?"

괘씸한 자식! 내가 발끈하도록 놀려 먹는 게 취미인 자식이었다.

휴대폰을 주머니에 쿡 쑤셔 넣었다. 결국 애써 무시하던 중간고사를 떠올리고 말았다. 그리고 이건 민우가 의도한 바일 것이다.

그런다고 공부 따위를 할 건 아니지만, 아무리 나라도 시험 기간을 예우하는 마음가짐 정도는 갖추고 있었다.

승강장 중간 벤치에 다리를 쭉 펴고 앉았다. 아침에 신고 나온 새하얀 운동화가 벌써 군데군데 거뭇해져 있었다.

"어, 아빠야."

가까이서 걸걸한 목소리가 들려왔다.

슬쩍 눈을 들었다가 바로 옆 다른 벤치 끝에 통화 중인 아저씨를 발견했다.

넥타이는 풀어 헤쳐져 있고, 왼손에 아무렇게나 틀어쥔 양복 상의는 잔뜩 구겨져 있었다. 말할 때마다 술 냄새가 여기까지 넘어와 저절로 미간이 찌푸려졌다.

벤치에 널브러지듯 기대앉은 아저씨는 쉬지 않고 말을 이었다. 술에 취한 걸쭉한 목소리가 이어폰 음악 소리를 뚫고 들어와 귀를 간지럽혔다.

"오늘 아빠가 기분이 무지 좋아서 마셨지. 아니야, 아주 쬐끔 마셨어."

아저씨는 정작 상대에게는 보이지도 않을 표정까지 동원해 딸을 달래고 있었다.

"아빠가 말이지, 오늘만 마시고 끊을 거야. 그만 마신다고 하면서 자꾸 마시게 되네. 미안하다."

게다가 말끝마다 미안하다는 말이 달려서 나왔다.

"미안해 딸, 이 아빠가 능력이 없어서, 우리 미나 원하는 거 다 하게 해줘야 했는데, 그러지 못해… 미안하다."

더는 듣고 싶지 않아 귀에 꽂은 이어폰을 꾹 눌렀다. 그때 나는 아저씨의 시선이 날 향해 있다는 걸 느꼈다. 나도 아저씨를 똑바로 응시했다.

"왜요?"

여차하면 튈 준비를 하는데, 아저씨가 갑자기 눈물을 떨구었다. 그러곤 훌쩍이기 시작했다.

이게 지금 무슨 상황이지?

"어느 학교 다니니?"

아저씨가 서글픈 음성으로 물었다.

"왜… 왜요?"

웃는 얼굴에 침 못 뱉고, 우는 아이 떡 하나 더 준다고, 방심한 나는 엉겁결에 반응하고 말았다.

"우리 딸도 고등학생이거든."

"……."

"근데… 아저씨 딸은 지금 없어."

뭔가 불길한 기운이 엄습했다. 아니나 다를까, 허망한 말투가 이어졌다.

"죽었어…. 작년 오늘."

갑자기 언니가 떠올랐다. 그렇게 생각하지 않으려고 애썼던 언니가.

심장이 찌른 듯이 아파왔다. 눈도 화끈거리기 시작했다.

"아이고, 내가 주책이지. 미안하다. 널 보니 딸 생각이 나서."

불어오는 후덥지근한 바람이 얼굴을 간질였다. 늦은 밤인데도 열기가 식지 않는 걸 보면 곧 여름이구나. 그날도 이리 후덥지근했는데.

생각을 끊어내듯 안내방송이 흘러나왔다.

승객 여러분께 안내드립니다. 본 역 일부 승강장 스크린도어가 점검 중이므로 정상 작동하지 않습니다. 열차 진입 시 안전선 뒤로 물러서 주시기 바랍니다.

이어 지하철 도착을 알리는 신호음이 들려왔다.

아저씨가 비틀거리며 들어오는 지하철 쪽으로 걸음을 옮기기 시작했다. 나는 고개를 숙인 채 다리를 떨었다. 불길한 예감을 외면하고 싶을 때 나오는 버릇이었다. 그때, '살려줘' 하는 떨리는 소리가 귓가를 스쳐 갔다.

뒷골이 서늘해졌다. 다급하게 주위를 둘러봤다. 물기를 머금은 바람만이 얼굴을 훑고 지나갈 뿐이었다.

빠아앙, 지하철 경적이 소리치듯 들려왔다. 아저씨는 어느새 지하철 승강장 맨 끝 쪽을 향해 걷고 있었다. 바로 스크린 도어가 열려 있는 '수리 중인 구간'이었다. 비틀거리면서도 걸음이 빨랐다.

다급한 마음은 이미 아저씨의 옷깃을 낚아채고 있었지만, 내딛는 걸음은 물에 젖은 솜뭉치처럼 천근만근이었다.

하지만 내가 누군가!

한번 물면 놓지 않는, 지랄 맞은 불도그.

내가 누구였던가!

머리는 꼴통일지 몰라도, 운동으로 다져진, 온몸이 흉기.

그런 내가 아닌가?

아저씨를 살리겠다는 집념이 순식간에 끓어올랐다. 지하철로 몸을 던지려는 걸 막기엔 충분할 만큼. 나는 순식간에 도약해 아저씨의 양복 상의를 낚아채 잡아끌었다. 아저씨는 다행히 승강장 안쪽으로 쓰러졌다.

안도의 한숨을 내쉬기도 전에, 문제가 생겼다. 뛰는 속도와 거리 그리고 나의 넘치는 힘을 계산해 멈추는 지점까지를 예측한다는 건 거의 불가능한 일이었다. 왜?

나는 생각보다는 몸이 먼저 움직이는 성격 급한 아이였다. 게다가 물리, 과학에서 손 뗀 지 오래된 학업 포기자였다. 머리가 나쁘면 몸이 고생이라고 했다. 누가 그랬더라? 무슨 과목 선생님이었지?

지금 그런 게 중요할 리 없었다. 지금 내 몸은 승강장을 떠나 철로 쪽으로 붕 날아오르고 있었다. 사람들의 비명이 여기저기서 터져나왔다. 공포에 질린 누군가와 눈이 마주쳤다. 빵, 또 한 번 길게 울리는 지하철의 경적에 고개를 틀었다.

이번에는 불빛이 가득 쏟아졌다. 그 뒤로 빠르게 돌진하는 지하철과 정면으로 마주했다. 이대로 내 몸이 바닥과 충돌하고 나면 그 위로 지하철이 내 몸을 쓸고 지나갈 거였다.

그렇게 두렵지는 않았다. 다만 많은 후회가, 많은 이들이, 많은 생각이 찰나에 스쳤다. 그리고 언니! 그래 언니를 만날 수 있겠구나!

2
류정화 & 윤설아

강재경, 현재

한참이나 막막한 침묵이 흘렀다. 재경은 도저히 이해할 수 없는 설아의 말을 연신 곱씹고 있었다.

죽었다 깨어난 이후라니?

말간 표정으로 눈을 반짝이는 걸 보면, 혹시 얘가 장난을 치는 건가 싶어 신경이 곤두섰다.

"죽었다 깨어난?"

목소리가 다소 날카롭게 튀어나왔다.

설아는 이미 이 정도 놀랄 줄은 예상했다는 표정이었다. 재경이 더 물으려는데, 노크 소리가 들려왔다.

대답이 없자 이번에는 쿵쿵, 거칠게 문을 두드렸다. 그러고는 못 기다리겠다는 듯 벌컥 문이 열렸다.

"강재경 선생님!"

'미술'이었다. 이름은 백미선, 혁신고 미술 선생 2년 차.

"아, 선생님 무슨…?"

올해 갓 배치된 재경이 그녀에 대해 아는 거라곤, 입시와 무관한 미술 과목에 돈을 주고 꽂힌 낙하산이라는 소문 정도였다. 사립학교라 가능한가 보다고만 여겼다.

격앙된 얼굴을 한 백선생은 다급해 보이기까지 했다.

"잠시 시간… 있으세… 요….'

놀란 설아가 벌떡 자리에서 일어났다. 재경도 당황스러웠다.

이대로 설아를 보내자니 내키지 않았다. 재경은 찝찝한 기분으로 슬쩍 설아를 올려다봤다. 그런데 백선생을 쳐다보는 아이의 표정이 심상치 않았다.

뭘까? 재경은 설아한테서 풍겨오는 정체 모를 감정에 잠깐 어지러울 정도였다. 그러다 불현듯 선명한 단어 하나가 떠올랐다. '공포'. 그래, 속수무책의 두려움이었다.

재경이 양해를 구하려는데, 설아는 '그럼, 안녕히 계세요' 인사를 남기고는 어느새 상담실 밖으로 사라졌다.

'그러니까 죽었다 깨어난 이후! 그게 도대체 무슨 뜻인데?'

"강선생님!"

정신을 차리고 돌아보니 백선생은 여전히 굳은 표정이었다.

"죄송해요. 제가 상담을 방해한 거죠? 저는 혼자 계신 줄 알고…."

"괜찮아요. 무슨 급한 일이라도…?"

재경은 물론 괜찮지 않았다. 단지 상담실에선 모든 게 괜찮아야 하니까.

"차 한잔 드릴까요?"

백선생은 대번에 고개를 젓더니 설아가 앉았던 의자를 끌어와 조심스레 앉았다. 그러고도 선뜻 입을 열지는 못했다.

재경은 가만히 기다렸다.

10분 같은 10초가 흘렀다. 백선생과 눈이 마주치자 재경은 괜찮다는 눈빛을 보냈다. 더 기다릴 수 있다는 눈빛? 아니면 이대로 가도 좋다는 눈빛? 어쩌면 포기의 눈빛이 더 어울리는 말일까? 마침내 백선생이 입술을 뗐다.

"숨이 쉬어지지 않을 때가 있어요."

가늘게 한숨을 내쉬더니 다시 말을 이어갔다.

"숨이 쉬어지지 않아서 곧 죽을 것 같다는 그런 공포가 몰려와요. 전에는 가끔 그랬는데… 요즘은 종종 그래요. 어제는 운전하다가 차에서, 숨이 쉬어지질 않아 브레이크를 밟을 수 없었어요."

"어머…. 큰일 날 뻔했네요. 다치지는 않으셨어요?"

"네, 간신히 차를 세우고 괜찮아지기는 했는데, 다시 운전하는 게 너무 두렵더라고요. 제가 왜 이러는 걸까요?"

"병원은 다녀오셨어요?"

백선생이 재경을 빤히 보았다. '그랬으면 너를 찾아왔겠니?' 하는 표정이었다.

재경은 속으로 피식 웃고는 다시 물었다.

"언제부터 그랬나요?"

"잘… 모르겠어요. 요즘 들어 심해진 것 같은데."

"잠도 많이 설치고 그랬겠어요? 우울감도 좀 있고."

백선생은 알아줘서 고맙다는 듯 얼른 대답했다.

"어떻게 아셨어요!"

"최근 들어 걱정거리가 생겼나 봐요?"

그녀가 대답 대신 우울한 표정만 지어 보였다. 말하고 싶지 않다는 거다.

재경은 더 캐묻지 않기로 했다.

백선생이 갑자기 휴대폰을 꺼내 시간을 확인하더니 자리에서 슬며시 일어났다.

"아, 제가 교장 선생님을 만나기로 해서…. 다음에 다시 올게요."

순 제멋대로라는 생각이 들었지만, 재경은 그녀가 정말 다시 방문할 거라고는 생각하지 않았다. 백선생이 하려다 만 말은 단순한 불안을 넘어선 무언가였다. 재경도 느낄 수 있었다. 하지만 그게 뭔지는 섣불리 짐작하지 않기로 했다. 상담자가 내담자의 마음 한가운데를 자기 식대로 그려버리는 순간 진짜 이야기를 듣지 못하게 된다.

그럼에도 재경의 마음 한편은 자꾸 묻고 있었다.

'도대체 뭘까? 미처 다하지 못한 이야기는? 심지어 나를 찾아오게까지 만든 이유는?'

재경은 상담실을 황급히 나서는 그녀를 향해 당부의 말을 내뱉었다.

"선생님! 그래도 시간 내서 병원은 다녀오세요."

늘어난 인대는 쉽게 낫지 않았다. 벌써 며칠째 통증이 그대로였다.

'움직이지 마시고 푹 쉬세요'라는 게 의사의 조언이었지만, 생계형 직장인인 재경에겐 무리였다. 통증을 참고 학교로 출근을 강행했다.

'죽었다 깨어난 이후요.'

며칠 내내 설아의 말이 가슴을 꼬집는 통증처럼 귓가에 맴돌았다.

'그날, 백선생만 아니었다면….'

어느새 설아에 관한 걱정은 백선생에게로 이어졌다. 그날, 백선생을 보고 묘하게 변했던 설아의 표정도 미스터리였다. 재경은 둘 중 하나라도 다시 올까 싶어 내내 기다렸지만, 누구도 찾아오지 않았다.

하지만 시간이 지날수록 재경은 설아의 말 뒤에 이어질 사연이 궁금해 참을 수 없었다.

그래, 설아의 담임을 만나보자. 담임은 뭐라도 알고 있지 않을까?

연락처라도 받아와야겠다는 생각에 아픈 다리를 절뚝이며 교무실 건물로 향했다. 이어진 돌길을 따라 걷는데, 화단 쪽에서 두런거리는 여학생들 소리가 들려왔다. 이내 메케한 담배 냄새가 뒤따랐다.

재경은 잠깐 멈춰서서 눈길을 돌렸다. 화단 너머 외진 창고였다.

'그래, 숨어서 피워주는 것만도 어디야.'

가던 길을 가려는데, 이번엔 퍽, 하는 둔탁한 소리와 함께 여학생의 비명이 들려왔다. 안 봐도 선하게 그려졌다. 학교폭력이었다.

조심스레 화단 쪽으로 다가갔다. 덩굴 너머로 학생들 모습이 하나둘 드러났다. 바닥엔 여학생 하나가 엎어진 채 내동댕이쳐져 있었고, 그 주위를 네 명의 여학생이 둘러싼 채 발끝으로, 무릎으로, 몸을 짓누르고 있었다.

"야, 생선 대가리, 오늘까지 가지고 온다며? 네가 그러니까 생선 대가리 소리나 듣지. 왜? 날짜 계산이 안 되냐?"

"그러게, 네가 이럼 되겠어? 이 언니들 노래방도 가야 하고, 화장품도 다 떨어져 가는데…."

그러니까 지금 이들은 삥을 뜯는 중이었다.

"오늘까지랬다. 돈 빌려 갔으면 제때제때 갚으라고. 머리는 달고 있으면서 그런 계산은 안 되냐? 누굴 지금 호구로 알아?"

"…내가 빌린 돈은 아니잖아. 너희가 강제로 가져오라고 한 거지."

참다못한 여학생이 겨우 목소리를 냈다. 그러자 다시 냅다 발길질이 쏟아졌다.

재경은 입술을 질끈 깨물었다. 주먹도 꼭 움켜쥐었다. 기간제긴 하지만 그래도 선생인데, 설마 대들기야 하겠어? 순간, 일전에 들었던 은형사의 말이 발걸음을 막아 세웠다.

'재경 쌤! 요즘 애들이 얼마나 무서운데. 무모하게 뛰어들거나 간섭하시면 큰일나요. 그때는 일단, 경찰서에 신고! 알겠죠?'

경찰서 비행청소년 면담 일을 하다 알게 된 은지형 형사가 건

넨 충고가 떠올랐다.

일단 증거라도 남겨야겠다 싶어 주머니를 뒤적이는데, 없다. 하필이면 이 중요한 순간에 묵직해야 할 주머니가 비어 있었다.

젠장, 이놈의 정신머리! 책상 위에 놓아두고 나온 휴대폰이 떠올랐다.

선택의 수가 하나 줄었다. 얼른 다른 방법을 찾아야 했다. 양심상 절대 그냥 지나칠 수는 없었다. 각오하고 나서려는데, 어디선가 앙칼진 여학생의 음성이 들려왔다.

"같잖은 것들이 별짓들 다 하고 있네."

조금은 귀에 익은 음성이었다. 특유의 빈정거림과 냉소가 섞여 있는.

'선생님, 속옷 보여요!'

재경은 저절로 미간이 찌푸려졌다. 보이는 건 뒷모습뿐이었지만, 목소리만은 단번에 알아챌 수 있었다. 며칠 전 학교 교문에서 마주쳤던 2학년 학생, 류정화였다.

"머리는 그냥 달고 다니면 장땡이야? 삥을 뜯으려면 적어도 나 같은 재벌 딸한테 뜯어야지. 탈탈 털어봐야 먼지나 나오는 반찬가게 딸내미한테 이게 치사하게 무슨 짓들일까?"

재벌 딸? 학교 근무 한 달 차인 재경이 가진 배경지식이라고는 이 학교에 좀 산다는 집 자제들이 꽤 많다는 소문 정도였다.

아, 그러니까 네가 그 잘나가는 재벌 딸이었구나!

"넌 빠져, 류정화, 네가 상관할 일 아니잖아."

무리의 리더로 보이는 여학생 하나가 앞으로 턱 나섰다. 방어적인 몸짓이었다. 정화가 오히려 그녀를 똑바로 마주 봤다.

"야, 윤지수! 뻥은 비데 회사 사장인 네 아빠한테 뜯어야지. 왜 없는 집 애한테 지랄인데? 왜? 너희 아빠 비데가 안 팔린다니?"

지수가 정화를 향해 눈을 부라리며 발끈했다.

"아, 씨! 우리 집 얘기는 왜 꺼내? 비데가 뭐 어때서? 겨우 과자 팔아 코 묻은 돈 챙기는 주제에, 뭐가 그리 잘났다고?"

"똥 묻은 돈보다야 낫겠지."

정화의 태연한 대꾸에, 무리의 학생들이 까르르 웃었다. 지수가 획 둘러보며 눈을 흘겼다.

"웃어? 지금 웃을 분위기야? 너희 앞뒤 분간 못 할래?"

"웃지, 그럼 울겠냐? 그리고, 너야말로 이럴 때가 아닐 텐데? 너희 아부지 회사 오늘내일하는 거 몰라? 아침에 뉴스 보니까 주가도 곤두박질치고 있고."

정화의 직설에 지수의 얼굴이 잔뜩 굳어졌다.

"야, 류정화! 그게 무슨 말이야?"

정화가 그럴 줄 알았다는 듯 피식 웃었다.

"무슨 말이겠니? 너희 아빠 회사가 도산하게 생겼다는 말이지. 이러다 너희 식구들 길바닥에 나 앉는 거 아닌지 몰라."

정화가 고개를 왼쪽부터 오른쪽으로 천천히 돌리며 앙칼진 눈빛으로 아이들을 노려봤다.

"너희는 자존심도 없냐? 들이부어도 밑 빠진 독이라 맨날 꼴찌인 애 따라다니면서 뭘 어쩌자는 건데! 몰려다니려면 좀 제대로 된 애한테 붙든가."

그러다 또다시 시크하게 뒷말을 혼잣말처럼 읊조렸다.

"아, 맞다. 유유상종인가?"

"야, 가자! 아, 씨발. 지 엄마가 학교 이사장이면 다야? 재수 없는 년!"

여학생들이 우르르 지수를 따라 사라졌다.

무리가 눈앞에서 사라지자 정화가 쓰러진 학생을 흘깃 보았다.

"뭐해? 안 일어나고?"

잔뜩 못마땅하다는 말투였다.

"지겹지도 않냐? 맨날 당하고, 맞고. 이 지경 되도록 반항 한 번 못 하고."

한심하다는 투로 말하자, 쓰러진 여학생이 엉거주춤 일어나며 대꾸했다.

"쟤넨, 네 명이잖아."

정화가 어이없다는 듯 코웃음 쳤다.

"너는 지금 그걸 변명이라고 하는 거야? 가방이나 챙겨."

여학생이 굼뜬 동작으로 가방을 들어 어깨에 둘러멨다.

정화가 싸늘한 눈을 하고 뒤통수에다 비아냥거렸다.

"애들이 너한테서 생선 썩는 냄새 난다더라. 반찬 가게 일을 하지 말든가, 할 거면 피부가 벗겨질 정도로 박박, 미친 듯이 씻고 오든가. 도대체 넌 왜 그러고 사니?"

매정하다 못해 경멸이 담긴 말투였다.

숨어서 지켜보던 재경의 팔에 오소소 소름이 돋을 정도였다.

재경은 총총히 멀어지는 정화의 모습에서 한참 동안 시선을 떼지 못했다.

'도대체 저 아이의 정체는 뭘까?'

그러다 번뜩 정신을 차렸다. 지금 이럴 때가 아니었다. 재경은 교무실로 잰걸음을 놓았다.

수업 시작 시간이 다 되어서 그런지 교무실은 한산했다. 출석부를 들고 나서는 황진영 선생을 간신히 잡을 수 있었다.

"설아 학생은 왜요? 무슨 문제가 있나요?"

담임이 걱정스러운 기색으로 눈을 가늘게 떴다. 호기심 때문이라고 둘러댔다간 너무 실없어 보일 것 같았다. 그렇다고 설아와 나눴던 대화를 가감 없이 전할 수도 없었다.

"문제랄 것까지는 없고, 그냥 다소 염려스러운 부분이 있어서요. 제 노파심이죠."

황선생은 고개를 갸웃하고는 학생 신상기록부를 쭉 훑어봤다.

"아버지는 회사원, 엄마는 피아노 학원을 운영하고 계시네요. 다른 형제자매는 없고…. 요즘은 외동이 참 많아요."

"다른 건 혹시?"

재경이 가장 궁금한 건 설아가 말했던 '죽었다 깨어난 이후!'라는 말의 의미였다. 재경은 내심 미련을 버리지 못하고, 황선생을 보며 눈을 반짝였다.

"별다른 내용이 뭐 있겠어요. 입학하고 겨우 한 달짼데. 제가 학생에 대해 알아봐야 얼마나 알겠어요."

묘한 실망감이 재경의 어깨를 눌렀다.

교무실을 나서다가 안으로 들어오는 백선생과 마주쳤다. 재경을 보곤 백선생이 화들짝 놀랐다.

'괜찮아진 건가? 병원은 다녀왔나?'

걱정은 됐지만 선뜻 물어볼 수는 없었다. 불편해하는 게 뻔히 보여서 재경은 얼른 눈인사만 하고 나왔다.

이제 겨우 4월. 뭐든 금방 알아낼 수 있을 거라고 기대한 건 자신만의 욕심일지도 몰랐다. 설아의 마지막 말의 의미가 미치도록 궁금했지만, 그저 다시 상담실 문을 두드리기를 기다릴 뿐이었다.

2-1
신데렐라를 꿈꾸는 악녀

류정화, 2년 전

장여사가 또 미쳐 날뛰었다. 애꿎은 도우미들은 벌써 궁지에 몰린 쥐 꼴로 벌벌 떨어댔다.

집 안의 값비싼 물건 몇 개는 오늘 내로 남아나지 않을 것이다. 오늘 이후로 야반도주하는 도우미가 한둘 생길 것도 분명했다. 운전기사, 도우미, 정원사 가리지 않고 쫓겨나고 그만두고 도망가는 건 이제 이 집에서는 너무나 당연하고 자연스러운 행사였다.

재벌 집 사모님이 매사 고상하게 행동할 거라는 생각은 심각한 착각이다.

인간성 대신 오만무례가 몸에 배고, 돈이면 다 되는 세상만 배운 내 모친은 절대 상대방에게 예의를 차리지도, 그럴 필요도 없었으니, 이 곳에서 그녀는 마녀나 다름없었다.

나는 공주풍의 하얀 화장대 거울 앞에 앉아 소동이 조용해지길

숨죽여 기다렸다. 한때는 내가 마녀의 마수에 걸려 잡혀 있는 불쌍한 공주 라푼젤이거나, 아니면 의붓언니와 오빠에게 괴롭힘을 당하는 신데렐라라고 생각한 적도 있었다. 날 구하러 올 왕자와 함께 탈출을 꿈꾸던 나날도 있었다.

시간이 흘러 어느덧 나도 현실을 직시할 줄 아는 나이가 되었다. 열여섯. 공주를 구해줄 왕자 따위는 없다는 걸 아는 나이.

엄마의 목소리는 점점 커져가는 중이었다.

'당장 나가!'를 시작으로 '이게 죽고 싶어 환장했어?'의 수위까지 오른 악에 받친 욕설이 문틈을 비집고 내 귀를 파고들었다.

일부러 콧노래를 흥얼거렸다. 어제 백화점에서 훔친 립글로스를 입술에 바르고 아래위 입술을 촉촉하게 몇 번 맞대보았다. 감촉이 괜찮았다. 다음 주에는 펄이 들어간 다른 색깔로 슬쩍 해봐야겠다.

그러고 보니 이제 더는 훔치는 데 망설임이 없었다. 이건 다 엄마 때문이었다. 대한민국의 중학생이 다 그렇듯 나는 시한폭탄이나 마찬가지였다. 미친 나이 중3, 대한민국에 전쟁이 나도 탱크는 피해 갈 거라는 대한민국의 중3이 바로 나였다. 그리고 어리석은 엄마는 겁도 없이 그 시한폭탄의 초침을 작동시켰다. 초침은 폭발의 순간을 향해 움직이는 중이었다.

똑딱똑딱.

사실 나는 영화광이다. 영화감독을 꿈꾸는 내게 세상은 어느 곳이나 촬영현장이었다. 그래서 편집증처럼 영상을 찍었다. 오늘도 마찬가지다. 방 안 화장대 위에 올려둔 카메라가 엄마의 난리 부르스를 기록 중이었다.

매번 되풀이되는 발작, 욕설, 난투극. 이 집의 기괴한 일상은 내 카메라 속에 고스란히 담기고 있었다. 언젠가 나는 이 장면들을 잘라 붙여 한 편의 영화로 만들어낼 것이다.

사단의 발단은 아침 식사 자리였다. 이름도 기억나지 않는 엄마 친구의 딸 이름이 튀어나오면서부터였다.

무슨 레퍼토리가 이어질지 뻔했다. 얼른 이 지겨운 자리에서 탈출하고 싶었지만, 그런 바람은 이뤄지지 않았다. 엄마 친구의 딸이 세계적으로 유명한 음악 경연대회에서 1등을 했단다. 나는 조용히 듣기만 했다. 빵을 뜯어 입에 넣고 잘근잘근 씹었지만, 입 안에서 굴러다니는 건 모래알이요, 기분은 개떡이었다. '그래서 어쩌라고요!'를 내뱉고 싶었지만 잘 참았다.

나는 실은 장여사를 화나게 하는 방법을 잘 알았다. 어차피 나중에 웃는 건 나다. 장여사는 유명한 모 전자회사 사모가 그 집안과 사돈을 맺을 거라면서 또 흥분했다.

물 내려가는 소리에 잠시 거실의 소음이 가라앉는 듯싶더니 이내 다시 시작됐다. 이번에는 와장창 뭐가 깨지는 소리와 함께였.

2단계로 돌입했으니, 지금이 탈출의 적시다.

화장실을 나오려다 잠시 변기 수조를 바라봤다. 잘 있나? 열어 볼까 하다 교복 블라우스 소매라도 젖을까 봐 굳이 확인하지 않고 나왔다. 고함은 연신 이어지고 있었다.

어렸을 땐, 마녀 할멈 같은 장여사를 닮을까 두려워하기도 했다. 하지만 시간이 지나면서 그녀와 나는 전혀 다르다는 걸 알았다.

나는 어떤 일에도 화가 나지 않았다. 심지어 상대방의 감정에 동요되거나 동조되지도 않았다. 이런 나를 보고 언니와 오빠는 '뱀 같은 년'이라며 비아냥대기도 했다. 그런 모욕조차 내 화를 돋우지 못했다. 그저 서사를 완성하기 위해, 다시는 그런 말을 할 수 없도록 처절하게 보복해줬을 뿐이다. 그리고 그들은 고등학교에 올라가자마자 도망치듯 영국으로 떠났다.

"오셨어요? 타세요."

집에서 탈출해 문밖으로 나서자 문기사가 기다리고 있었다. 그는 극존칭을 써가며 나를 맞이했다.

새로 온 지 한 달 남짓, 그새 기사가 또 바뀌었다. 사람과 친해지는 짓 따위는 하지 않았다. 어차피 곧 잘리거나 사라질 사람들이니까. 얼마나 버틸까? 늘 내가 나와 하는 내기였다.

"제 또래 아들이 있으시다면서요?"

문기사가 움찔 놀라는 기색을 보였다. 엄마의 광기로 직원들이 바뀔 때마다 나는 내 공간이 낯선 이의 침범을 받는 것 같아 불편했다. 누군지도 모르는 사람에게 나의 안전을 맡기는 일만큼 불안한 일 또한 없었다. 그래서 나는 직원이 바뀔 때마다 그들의 이력서를 꼼꼼히 살폈다. 난 엄마와는 달랐다.

"돈 열심히 버셔야겠어요."

무심히 한마디를 하곤 창밖으로 시선을 옮겼다. 어느새 차는 학교 돌담길을 따라 달리고 있었다. 저만치 걷고 있는 승아가 눈에 들어왔다.

"내릴게요."

차에서 내리는 걸 보고 승아가 날 불렀다.

"정화야."

나는 못 들은 척 걸었다.

"류정화!"

좀 더 커지는 승아의 목소리. 뛰어오고 있는 듯 헐떡거리는 숨소리도 들려왔다.

나는 두어 발짝 더 걷고 나서야 돌아봤다. 승아가 환한 미소를 지어 보였다.

* * *

중3, 같은 반이 되기 전까지는 승아에게 1도 관심이 없었다. 그러다 우연히 교무실에서 선생들이 승아를 두고 나누는 이야기를 들었다.

"애가 참 예의 발라요. 성실하기도 하고요."

"그러게요, 인성도 좋은데 공부까지 잘하니, 그런 딸 하나 갖고 싶다니까요."

선생들의 덕담 속에 나오는 승아라는 애가 '불어 터진 물만두' 그 승아라는 걸 알고는 이들이 제정신인가 싶었다. 물만두 같은 딸을 갖고 싶다니. 그러다 선생 하나가 내 귀에 폭탄을 터트렸다.

"이번 중간고사는 승아가 전교 1등인 거죠?"

피가 거꾸로 솟는 기분이었다. 내가 아니라 승아라고?

그래서 먼저 승아에게 접근했고, 결국 승아는 내 손아귀 안에 들어왔다. 승아는 착했다. 착한 애들은 어이없을 만큼 다루기가 쉬웠다. 거절 못 하고, 늘 미안해하고, 상처 주는 말은 입 밖으로 차마 꺼내지 못하고, 오히려 스스로 상처를 받는다. 누가 시키지도 않았는데 늘 웃고, 늘 눈치를 본다. 자기를 지우면서까지 남을 배려하려는 바보 같은 몸짓들. 나는 그런 애들을 보면 자연스레 끌렸다. 쥐고 흔들기 참 편해서. 특히 승아는 그중에서도 최상급이었다.

이번에도 예상은 빗나가지 않았다. 착한 승아는 내 관심을 고마워했고, 내 부탁을 거절하지 못했다. 빵 셔틀, 가방 셔틀은 물론, 시험 볼 때면 정리 노트를 공유했고, 종종 쪽지 시험을 볼 때는 답이 적힌 쪽지를 건네고 나가기도 했다.

하지만 첫 시험에서 나는 반에서 2등이 적힌 중간고사 성적표를 받았다. 1등은 승아였다. 깃털, 아니 먼지처럼 존재 가치가 가벼웠던 승아가 어느 순간, 걸리적거리는 발가락 사이의 모래 같았고, 식은땀을 흘리고 벌떡 일어나게 만드는 악몽으로 변질되고 말았다.

어느새 그 애를 볼 때마다 죽도록 미운 마음이 지배하기 시작했다. 거기에는 장여사의 타박도 한몫했다.

"너한테 쏟아부은 돈이 얼만데!"

성적을 확인한 순간, 장여사가 내게 내지른 말이었다. 자존심이 상했다. 장여사의 비아냥 때문만은 아니었다. 승아 따위 같은 애한테 졌다는 사실이 인정되지 않았을 뿐이었다. 기어코 제쳐야겠다. 내가 너 따위한테 지는 건 말도 안 되니까.

* * *

나는 다시금 나를 보고 웃는 승아를 향해 환한 웃음을 날렸다.
"너, 오늘 학교 끝나고 뭐해? 백화점 같이 갈래? 내가 백화점 도넛 쏠게."
백화점에 같이 가자는 말에 승아가 잠시 머뭇거렸다.
어라, 내가 기대했던 반응이 아니었다.
"왜? 약속이라도 있는 거야?"
의외라는 듯 다음 말을 내뱉자, 승아가 입을 삐쭉거렸다. 뭔가 말하기는 싫은 듯한 표정이었는데, 그럴수록 더욱 호기심이 발동했다.
"윤정이랑 떡볶이 먹기로 했어."
"그럼 백화점은 못 가는 거지?"
"미안해. 다음에, 다음에 갈게…."
거절이었다. 거절이라는 건 아무리 많이 당해도 절대 익숙해질 수 없는 거였다. 그런데, 네가 감히?
나는 순간 내 말을 거역한 승아가 죽이고 싶을 만큼 싫어졌다. 잠시 이를 세차게 악물었다.
"그래, 그럼!"
차가운 말투, 냉정한 표정으로 승아를 향해 쏘아붙이고는 그대로 지나쳐갔다.
한 발, 두 발, 세 발.
이쯤이면 나를 불러 세울 타이밍인데….

네 발, 다섯 발,

"정화야. 류정화…. 같이 가자. 백화점!"

걸렸다. 그렇지만 만족스럽지 않은 결과였다. 망설임 끝의 선택이었기 때문이다.

갖고 싶은 가방이 있었다. 이번에 새로 나온 백팩. 교복과 제법 잘 어울리는 클래식한 가방이었다. 게다가 한정판이라 지금 사야만 했다.

승아가 에르메스 가방 앞에 적힌 가격표를 보더니 동그라미를 세기 시작했다. 그러고는 화들짝 놀란 눈으로 나를 빤히 쳐다봤다.

나는 한 번 눈을 깜빡여주고는 조용히 검지를 입에 가져다 댔다.

"쉿!"

승아가 잠시 망설이는 듯싶더니, 이내 다시 입을 열었다. 낮춘다고 낮춘 목소리였다. 하지만 매장은 조용했고, 이 안에 있는 사람이라면 누구나 그녀의 목소리를 들을 수 있었다.

"무슨 가방이 집 한 채 값이냐고? 거기서 꼭 그런 말을 해야겠어? 창피하게!"

"그게 왜 창피한 건데?"

"아, 몰라."

명품 매장을 나와 화장품 매장으로 움직였다. 끔찍한 기분이 좀처럼 나아지지 않았다. 승아가 힐끗 눈치를 보며 따라오는 게 느껴졌지만, 그냥 무시했다.

며칠 전에 봐뒀던 화장품을 만지작거렸다. 샘플 상자를 열어 손등에 발라봤다. 다시 봐도 맘에 드는 색깔에 반짝이 펄도 마음에 들었다.

"사려고?"

승아가 불안하게 떨리는 목소리로 물었다. 덩치도 큰 애가 목소리는 또 왜 이리 큰지. 매장 안 사람들 시선이 우리에게 죄다 쏠렸다.

저절로 눈살이 찌푸려졌다. 사고 싶은 마음이 싹 사라졌다. 어차피 학교에 바르고 가봐야 그 깐깐한 미술 선생이 잔소리할 게 뻔한 노릇이었다.

제품을 던져놓고 돌아서 나왔다. 시계를 보니 학원 갈 시간이 다 되어 가고 있었다.

백화점 정문을 나서는데, 양복을 깔끔하게 입은 남자 둘이 우리를 막아섰다.

"잠시만요."

힐끗 승아를 돌아보니 얼굴이 하얗게 질려 있었다.

"무슨 일이세요?"

승아가 기어들어 가는 목소리로 물었다. 나는 당황하지 않았다.

"잠깐만 저희랑 가시죠?"

"왜… 왜요?"

같이 가자는 말에 승아가 내 팔을 붙잡았다. 움켜쥔 손에 힘이 바짝 들어갔다. 팔을 타고 오르는 승아의 불안감이 고스란히 느껴졌다. 아니나 다를까, 힐끗 보니 잔뜩 겁먹은 표정이었다. 그때, '총괄 매니저'라고 적힌 명찰을 찬 여자가 또각또각 바쁘게 구둣발 소리를 내며 걸어와 우리 앞에 섰다.

"화장품 매장에서 물건이 없어졌다고 신고가 들어와서요."

확신에 찬 음성이었다.

"물건이 없어졌다고요?"

이번에는 승아가 눈까지 크게 뜨더니 울상인 채로 또다시 나를 돌아봤다. 이쯤에서 나서야 할 것 같았다. 공공의 적이 출몰한 까닭이었다.

"지금 저희보고 훔쳤다는 말씀인가요?"

내 말투는 평온했으나 단호했으며, 화가 섞여 있지도 않았고, 겁을 먹지도 않았다.

"누가 그러던가요?"

그때 나는 화장품 매장 한쪽에 서서 우리를 바라보고 있는 직원을 발견했다.

"만약 저희를 뒤져서 안 나오면 어쩌실 건데요?"

내 말이 끝나자마자 승아가 덥석 나섰다.

"저희 그런 아이 아니거든요. 게다가 얘는…."

나는 승아의 팔을 세게 꼬집었다. 아야, 하는 소리를 내며 놀라서 나를 보는 시선이 느껴졌다. 하지만 나는 승아에게 눈길도 주지 않았다. 여자만 똑바로 응시했다.

"지금 제가 학원을 가야 하거든요. 만약 제가…."

그러고는 그녀가 달고 있는 명찰에 다시 한번 시선을 줬다. 이름을 확인하고 나는 또박또박 힘을 주어 말했다.

"이아정 총괄 매니저님 때문에 학원을 못 가게 되고, 그래서 시험을 망치게 되면 그때는 분명 우리 엄마가 이 백화점을 향해 손해배상 청구를 할지도 모르는데, 괜찮으시겠어요?"

그리고 한마디 더 덧붙였다.

"물론, 저는 훔치지 않았어요."

나는 그녀의 눈을 똑바로 노려봤다. 눈동자가 흔들렸다. 머릿속에서 지진이 일어나고 있는 게 분명했다. 나는 입꼬리가 꿈틀대며 올라가려는 걸 애써 진정시켰다. 그러고는 그녀가 무슨 말을 할지 기다리고 있었다.

그러다 나는 가방을 열어 털었다. 한 번, 두 번, 세 번, 우수수 가방 안의 물건들이 바닥으로 떨어지기 시작했다. 가방이 텅 빌 때까지 탁탁 털었다. 그들이 말한 화장품은 어디에도 보이지 않았다. 곤혹스러워하는 판매원들의 표정을 보는 일이 재미있었다.

"죄송합니다, 고객님!"

매니저가 다급하게 사과하고는 바로 돌아섰다. 내려보니 승아가 바닥에 무릎을 꿇은 채 다급하게 내 가방의 물건들을 챙기고 있었다. 물끄러미 그 애를 바라봤다.

"너는… 자존심도 없니?"

"뭐?"

"그냥 뒤."

나는 승아를 그대로 둔 채 돌아서서 보폭을 일정하게 유지하며 걸어갔다. 승아가 내 가방을 챙겨 들고 달려왔다. 그리고 가방을 건네며 숨을 몰아쉬었다.

"정화야, 가방! 네 가방은 챙겨가야지."

승아 손에 들린 가방을 낚아채 한쪽 어깨에 걸쳤다.

"됐지?"

그러고는 다시 돌아서서 걸었다. 승아가 옆에서 나란히 걷기 시작했다. 보지 않아도 알 수 있었다. 환해진 표정으로 나를 따라 걷는 승아의 얼굴을, 가벼워진 발걸음을.

단순하긴! 걸어가면서 미소가 절로 지어졌다. 얼마 지나지 않아 승아가 제 가방에서 립글로스를 발견하고 양심과 죄책감에 홀로 괴로워할 상상을 하니 재미를 넘어 흥분되기까지 했다. 승아 같은 애는 공부라도 잘해야 했다. 그렇지 않으면 존재가치조차 무의미할 테니까.

다음 날, 발가락 사이 모래 같은 존재, 승아가 심각한, 아니 화가 난 것도 같은 표정으로 나를 불렀다.

"정화야…"

나와 함께 있던 친구들 모두의 눈길이 승아에게로 향했다.

"잠깐… 나 좀 잠깐 볼래."

복도 끝 구석까지 가서도 승아는 긴장된 표정으로 주변을 살피더니, 주머니에서 무언가를 주섬주섬 꺼냈다. 그리고 스윽, 내게로 내밀었다. 그 물건이었다. 어제 백화점 소동의 원인.

나는 화들짝 놀랐다. 승아를 아예 도둑으로 단정 짓는 놀람이었다.

"이게 뭐야?"

"모르겠어. 이게 내 주머니에 들어있었어."

"너였어? 네가… 훔친… 거였어?"

"아니야, 나는 아니야."

승아가 화들짝 놀라서는 마구 고개를 흔들었다.

"그런데 이게 왜 네 주머니에 들어있는 건데?"

내가 다시금 목소리를 높여 승아에게 물었다.

"나도 모르겠거든."

"뭘 몰라! 네가 훔친 게 아니면 그게 왜 거기에 있는 건데?"

내가 다그치는데도 불구하고 승아가 대뜸 물었다.

"너, 왜 그랬어?"

그러고는 똑바로 나를 응시했다. 진실을 알아내려는 듯. 아니, 알고 있다는 듯.

처음 부딪힌 저항에 조금 황당했지만, 내색하지 않으려고 애썼다.

"얘가 뭐래? 뭘 왜 그래?"

"나는 분명히 아니야. 그러니까, 내가 아니면 누굴까?"

승아는 은근한 말투로 조곤조곤 따지고 있었다. 감히 나에게.

"얘가 지금 뭐라는 거야! 네가 훔쳤으니 네 가방에 있었겠지."

"내 주머니가 아니라 가방에 들어있던 건 어떻게 알았는데?"

이렇게 따지는 태도도 영 거슬렸다.

"야, 지금 나한테 뒤집어씌우는 거야? 내가 뭐가 아쉬워서 그걸 훔쳐? 그냥 카드 내고 사면 쉬운데?"

"나는 뭐하러 훔칠까? 화장을 안 하는데."

승아가 나를 물끄러미 쳐다봤다. 그러고는 돌아서 걷는다. 승아는 교실 구석의 쓰레기통에 립글로스를 던져 넣고는 자기 자리로 돌아가 앉았다. 맘에 안 들었다. 자꾸만 꿈틀거리며 내 신경을 건드리는 게. 안에서 통제할 수 없는 분노가 치솟고 있었다

  그랬다. 승아는, 아니 모든 사람이 내게 꿈틀거리면 안 되는 거였다.

3
지우고 싶은 과거

강재경, 현재

재경은 맥이 빠진 채 상담실로 돌아왔다. 마침 휴대폰이 울렸다. 다급한 엄마의 음성이 튀어나왔다. 절박함까지 느껴졌다.

— 재경이니?

수화기 너머로 제 이름을 듣자 불길함이 엄습했다.

— 너는 왜 전화를 안 받고 그러니? 내가 전활 몇 번을 했는지 알아? 사람이 전화했으면 째깍째깍 받아야지, 너 엄마가 쓰러져 병원에 실려 가기라도 하면 어쩌려고….

또 시작이었다. 늘 불평불만에 원망으로 가득 찬 목소리.

세파에 시달리며 남편 없이 자식 둘 키워내야 했으니 많이 힘들었겠지. 어쩔 수 없었겠지. 이해는 하지만, 엄마의 전화를 받을 때면 늘 신경이 곤두섰다.

"내가 놀아? 왜? 또 무슨 일인데?"

전화를 건 이유따위 알고 싶지 않았다. 하지만 묻지 않으면 끝날 전화가 아니라는 걸 알기에 재경도 톤을 높여 되물었다.

— 재현이가 지금 경찰서에 있댄다.

아니나 다를까, 또 그 자식 일이었다.

"그래서?"

말투에 절로 짜증이 묻어났다. 감출 수도 없었고, 감추고 싶지도 않았다.

— 그래서라니? 해결을….

마음 저 깊은 곳에서부터 울컥, 화가 치밀어 올랐다.

"엄마, 이제는 저 보고 알아서 하라 그래요. 걔가 한두 살 어린 애예요?"

소리를 내지르고 말았다.

도대체 무슨 사고를 얼마나, 어떻게 친 걸까? 궁금한 게 아니었다. 걱정이었다. 동생에 대한 걱정 또한 아니었다. 자신이 수습해야 할 일에 대한 걱정이었다.

재현이 한 번씩 사고를 치고, 그 일을 그녀가 수습하는 상황이 반복될 때마다 재경은 미쳐버릴 지경이었다. 삶이 지겹고 원망스러웠다. 그런데도 정작 사고를 친 동생은, 그 일을 감싸고 도는 엄마는 뻔뻔함을 넘어 무감각했다. 그런 가족들 때문에 재경은 악몽까지 꾸고는 했다. 재현이 큰 사고를 쳐서 뉴스까지 보도되는 그런….

때로는 연쇄살인범으로, 때로는 성범죄자로 그리고 그 비난의 화살이 동생 하나 제대로 건사하지 못한 누나인 자신에게 쏟아지는 꿈이었다.

그런 꿈을 꾸는 날이면, 재경은 식은땀에 온몸이 푹 젖은 채 비명을 지르다 깨기 마련이었고, 그렇게 악몽에 시달린 날이면, 어김없이 과거의 어느 날이 머릿속을 가득 메워 온종일 괴롭히기 일쑤였다.

* * *

"네 아빠는 절대 그럴 사람이 아니야."

기억 속 그날은 너무 더웠다. 봄의 끝자락에 걸쳐진 초여름인데 벌써 더위가 기승을 부렸다.

벌겋게 달아오른 얼굴로 현관문을 열어젖히는 순간, 똑같이 얼굴이 벌게진 채 엄마가 건넨 말은 지금도 잊히지 않을 정도로 충격적이었다. 그날 이후로 재경의 인생이 나락으로 떨어졌으니까.

평범하다는 말보다 더 어울리는 말이 없는 게 재경의 가족이었다. 지극히 평범한 아빠에게 범죄자라는 낙인이 찍히는 순간, 그녀는 비로소 바닥이 푹 꺼지는 것 같은 잔인한 현실을 깨닫고야 말았다. 고작 열일곱이란 나이에.

"그런 사람이 아니라니? 그런 사람이 어떤 사람인데? 도대체 아빠가 뭘 어쨌길래?"

엄마가 이내 사색이 된 얼굴로 쳐다봤다. 그러고는 기어들어 가는 목소리로 간신히 말을 뱉어냈다.

"네 아빠가 초등학생 여자아이를 성추행했대."

"그게 무슨 소리야. 아빠가 무슨?"

아빠는 그럴 사람이 아니다. 재경이 봐도, 그리고 다른 누가 봐도, 절대 그럴 사람이 아니었다. 조금 과장되게 말하면 법 없이도 살 사람, 아빠는 그런 사람이었다. 그런데 성추행이라니, 그것도 어린 여자아이를.

"누가 그래? 그런 말도 안 되는 소리를 누가 하냐고?"

"애가 직접. 그 애 친구들도 봤다고 하고. 그래서 그중 한 아이 엄마가 학교를 다 뒤집어놓은 모양이야. 네 아빠 지금 경찰서에 있어."

당연히 오해로 끝날 거로 생각했다. 경찰서에 가서 오해라고 밝히면 그냥 없던 일이 될 거라고 믿었다.

"재경아, 네 아빠는 그럴 사람이 아니야!"

방으로 들어가 문을 잠그고 재경은 벽에 기대어 떨었다.

아빠는 그럴 사람이 아니었다. 적어도 자신이 아는 아빠는.

머릿속이 복잡해졌다.

아빠가 정말 그랬을까? 그런데 만약 그랬다면 아빠는 왜 그랬을까?

* * *

— 얘, 듣고는 있는 거야? 네 동생 어떻게 하냐고!

엄마가 흥분해 풀어놓은 내용을 놓치고 말았다. 그러니까 동생이 어쩌다가 경찰서에 가게 됐는지를 듣지 못했다.

― 그러니까 합의금이….

그랬다. 결국 동생이 친 사고에는 돈이 들었다. 합의금만 주면 풀려날 만한 사고들이었다. 그리고 문제의 본질은 그 합의금이었다.

'돈도 못 버는 병신 같은 새끼가.'

애써 균형을 잡았던 마음이 다시금 불안정해지기 시작했다. 심장이 쿵쾅거리고 얼굴까지 달아올랐다. 또다시 주체할 수 없는 화가 치밀어 올랐다.

전화를 끊어버렸다. 그리고 휴대폰 벨 소리를 무음으로 바꿨다.

'저런 새끼, 어디 가서 죽어버렸으면 좋겠어.'

마음의 목소리가 튀어올랐다.

'아니, 그냥 내가 어디 가서 죽어버리는 게 차라리 낫겠어.'

이런 게 한두 번이 아니었다. 아우성치듯 엄마의 번호가 떠다니는 휴대폰 화면을 보다가 아예 전원을 꺼버렸다.

조금씩 화가 가라앉자, 이번엔 가슴이 답답해지기 시작했다. 숨이 막혀 왔다. 크게 숨을 들이쉬어도 숨이 쉬어지지 않았다. 그냥 차라리 죽어버리면 이런 고통도 느끼지 않을 텐데.

'숨이 쉬어지지 않을 때가 있어요.'

백선생의 말이 떠올랐다. 재경도 익히 아는 기분이었다.

'숨이 쉬어지지 않아서 곧 죽을 것 같단, 그런 공포가 몰려와요. 전에는 가끔 그랬는데… 요즘은 종종 그래요.'

알지만 딱히 해줄 수 있는 말이 없었다. 그저 감내하고 무시하거나 병원에 가라는 말밖에는.

그렇게 숨이 꼴딱 넘어가기 일보 직전의 순간, 밖에서 똑똑, 노크 소리가 들려왔다. 대답도 전에 조용히 문이 열리고, 얼굴을 들이밀었다. 기다리고 있던 아이, 설아였다.

숨이 넘어갈 것 같은 이 순간에도 설아가 반가웠다. 한편으로는 절대 아니기도 했다. 숨이 넘어갈 것 같은 이 순간에는! 양가감정이었다.

빼꼼히 문을 연 설아가 곧 도무지 알 수 없는 표정을 지었다.

"선생님, 괜찮으세요?"

뜨끔했다. 설아가 자신을 볼 때마다 묻는 말이었다.

괜찮으세요?

물론 재경은 괜찮지 않았다. 그래도 괜찮아야 했다. 아니, 괜찮다고 대답해야 했다.

"어, 괜찮아."

설아가 여전히 걱정스럽다는 표정으로 빤히 보았다.

"괜찮으시다면 다행이구요."

이내 긴장이 풀렸는지 설아가 조심스레 다가왔다.

"너는 어때? 많이 걱정했는데…."

설아가 어깨를 으쓱했다. 그리고 빈정거리듯 내뱉었다.

"괜찮을 리가 있겠어요?"

생각지 못한 말인데, 그 말이 자신의 심정을 대변하는 것 같아 피식, 웃음이 비어져 나왔다. 그제야 숨이 쉬어지기 시작했다.

"그래, 뭐, 세상에 어디 괜찮은 사람이 있기나 할까 싶네…."

설아도 피식, 웃었다. 재경과 설아는 이제 서로를 보며 다시 한

번 씨익, 웃었다. 어느새 숨을 쉴 수 없을 것 같은 공포감도 사라졌다. 천천히 숨을 들이마신다. 숨이 쉬어진다. 이제는 진짜 아무렇지 않았다.

"괜찮지 못한 이야기 좀 해볼까? 여기 좀 앉아볼래?"

의자에 앉은 설아는 또 물끄러미 쳐다봤다. 거리낌이 없었다. 혹시라도 지금의 상태를, 마음을 읽힐까, 재경이 화제를 돌렸다.

"들려오는 음악 소리는 여전하니?"

"네."

대답이 너무 짧았다.

"네가 죽었다 깨어난 이후로 소리가 들려온다는 거지?"

"네."

이번에도.

"그런데, 그 죽었다 깨어났다는 게 무슨 의미인지 말해줄 수 있을까?"

재경의 머릿속에서 꼬리를 물던 질문이 드디어 입 밖으로 나왔다.

설아는 덤덤히 말을 꺼내기 시작했다.

"제가요, 지하철 사고로 식물인간이 됐었거든요."

"지하철 사고?"

그건 예상도 하지 못했던 일이었다.

"그리고 6개월 후에 깨어났는데…."

재경은 혹여나 설아의 말이 끊길까 숨을 죽이고 귀를 기울였다.

"그날 이후부터 자꾸 음악 소리가 들려요."

"어떤 음악 소리가 들리는데?"

"그게… 그때그때 달라요. 어떤 순간에는 슬픈 발라드 음악이, 또 어떤 때는 날카로운 바이올린 음악이… 또 다른 사… 아니, 다른 순간에는 격정적인 피아노 음악이 들려올 때도 있어요."

"어디서 누군가 틀어놓은 음악 소리가 들리는 건 아니고?"

"그게 아니니까 문제라는 거죠."

설아가 조금 신경질적으로 한숨을 내쉬었다. 더 할 말이 있는데 더는 말할 수 없다는 듯.

"제목이 뭔지는 묻지 마세요. 제가 세상 음악을 다 아는 건 아니니까요."

덧붙이는 말에, 재경은 피식 웃음이 터져 나오려는 것을 애써 참아야 했다. 말투와는 다르게 설아의 표정은 심각했다. 곧 이어진 말이 재경의 웃음기를 싹 가시게 했다.

"선생님! 제가 미친 걸까요? 아니면 미쳐가는 걸까요?"

재경이 정색하며 말했다.

"미치다니? 그게 무슨 소리니?"

"그렇잖아요. 음악 소리가 들려온다는 게 말이 되냐고요. 미치지 않고서야."

그런 큰 사고를 당했다 6개월 만에 깨어났다면, 어쩌면 뇌에 문제가 생겼던 건 아닐까? 실제로는 들리지 않는 소리가 들려온다고 느끼는 이상 증세 같은. 그렇다고 솔직한 생각을 말할 수도 없는 노릇이었다.

"이명 같은 게 아닐까? 중이염이나, 소음, 스트레스, 피로 때문에 소리가 들리기도 하거든."

"이명은 아니에요. 이명이 음악 소리로 들려오지는 않잖아요."

"그럴 수도 있긴 할 텐데…."

재경이 말을 끝내기도 전에 설아가 더욱 진지하게 물어왔다.

"선생님! 왜 저한테 이런 일이 일어나는 걸까요?"

"병원은? 의사한테 상담은 받아봤니?"

"아뇨! 혹시 저보고 미쳤다고 하면 어째요? 죽었다 깨어난 지도 얼마 안 됐는데… 이런 상황에 미치기까지 하면 정말 억울하잖아요, 선생님!"

제법 진지하게 억울해하는 듯하면서도, 경박하게 느껴지는 비아냥거림이 오묘하게 혼재된 말투였다. 그러면서도 발랄한 설아의 태도에, 재경은 비어져 나오려는 웃음을 참아야 했다.

"혹시, 긴장하거나 스트레스를 받거나, 그런 순간 들리는 거니?"

재경은 좀 더 심층적으로 들어가기 위한 질문을 던졌다. 그때 상담실의 유선 전화벨이 울렸다.

"미안. 잠깐만!"

전화를 받기도 전에 심장이 쿵쾅거렸다. 상담실 유선 전화 너머에 있는 건 엄마가 틀림없었다.

따르릉따르릉, 계속 울리는 소리가 끔찍하게 느껴졌다.

"선생님, 안 받으세요?"

아득하게 들려오는 설아의 목소리에 재경은 퍼뜩 정신을 차렸다. 설아가 걱정스럽다는 표정으로 보고 있었다.

"어, 그래. 받아야지."

수화기를 잡은 손에 힘이 들어갔다. 그런데 들어 올려지지 않았다. 이건 의지의 문제였다. 아니, 뇌의 문제인가? 다시 수화기를 들어 올리려 심호흡하는 순간, 재경은 상담실 문이 조용히 닫히고 있다는 걸 알아챘다.

3-1
삶과 죽음 사이에서

윤설아, 1년 전

춥다. 에어컨 바람이 발끝을 스쳤다. 발끝까지 감쌌던 이불이 젖혀진 모양이었다.

좀 덮어주면 좋으련만, 누구도 내 발끝은 신경 쓰지 않았다. 규칙적인 기계음만 귀를 거슬리게 했다.

어디선가 민우의 목소리가 들려왔다. 아, 또 시작이었다.

"양자역학을 이해하려면 기본적으로 미적분학과 선형대수학이 필요하거든. 슈뢰딩거 방정식이 편미분방정식이라서… 아, 맞다. 너 수포자지? 네가 이해하긴 힘들겠다."

학원에서 선행이라도 하는 모양인데, 내가 알 바는 아니었다.

'야, 이 자식아! 발 시리니까 이불이나 덮어달라고.'

처음 정신을 차렸을 때 바로 알았다. 내가 혼수상태에 빠졌다는 걸.

"여기서 이러고 자면 어떻게 해요? 얼른 집에 가서 씻고 출근해요."

엄마의 목소리가 들려왔다.

'엄마! 엄마!'

대답은 없었다. 아무리 불러도 목소리가 나오지 않았다. 눈꺼풀은 천근만근이었다. 코끝에 톡 쏘는 자극적인 냄새가 스쳤다. 병원이었다.

"그냥 오늘은 우리 설아랑 좀 자고 싶어서…."

아빠의 묵직한 음성이 들려왔다.

'아빠… 아빠….'

역시 부름은 닿지 않았다.

"하루이틀 만에 해결될 일이 아니니까 마음 단단히 먹어야 한다고 했잖아요."

'그러니까 대체 무슨 일이냐고!'

그들이 병실을 빠져나가자, 적막이 내려앉았다. 삐, 삐, 기계음만 규칙적으로 울렸다.

손가락을 움직여보려 했다. 발가락도. 눈꺼풀도. 어느 것 하나 뜻대로 되지 않았다. 그제야 알았다. 내가 식물인간이 되었다는 사실을.

들리지만 말할 수 없고, 정신은 살아있지만 육체는 움직이지 않는 상태. 살아도 산 게 아니고, 사라지고 싶어도 사라질 수 없는 상태.

 깨어 있는 매 순간이 견디기 힘들었지만, 얼마 지나지 않아 체념하듯 받아들였다. 원래 나라는 애는 포기가 빨랐다.

 정신이 깨어난 지 얼마나 흘렀을까….
 민우가 다시 방문했다. 평소처럼 쓸데없는 소리를 장착하고.
 "네가 무슨 원더우먼인 줄 알았냐? 아무리 착각은 자유라지만."
 '나도 몰랐어. 이렇게 될 줄 알았다면, 그 아저씨를 구하려는 오지랖은 부리지 않았을 거야. 네 말대로 나는 원더우먼이 아니니까.'
 하지만 내 대꾸를 민우는 듣지 못했다.
 "승아 누나 보내고 다들 얼마나 힘들어했는데…. 한 달이야, 벌써 한 달! 너 이렇게 한 달 동안 침대에 누워 있는 거라고. 그러니까 이제 좀 일어나라, 응?"
 그제야 알았다. 한 달이나 잠들었다는 사실을.
 그날 이후로 민우는 일주일에 한 번씩 병실을 찾아와 수학이며 양자역학을 읊어댔다. 나에겐 반갑기보다 고문 같은 시간이었다. 발끝은 여전히 시렸고, 민우는 여전히 시끄러웠다.

 문이 열리고 간호사가 들어왔다. 오후쯤 되었나 싶었다.
 간호사의 희미한 장미 향수 냄새가 코끝을 자극했다. 나도 모르게 미간이 찌푸려진다. 찌푸려진다는 건 나만의 생각일 뿐이겠지만.

이어 의사가 들어왔다. 오후 회진 시간인가 보다. 내 담당의는 유부남이었다. 초등학교에 다니는 애도 있는. 그리고 이 두 사람은 불륜 관계였다.

오랜 시간을 누워 지내다 보면 알고 싶지 않아도 저절로 알게 되는 것들이 생겼다. 의사는 차트를 들고 내 상태를 점검했다. 간호사도 분주히 내 이불을 정리했다. 그저 제 역할을 하는 것처럼 보이지만, 이들은 숨어서 연애를, 아니 불륜을 저지르는 중이었다.

"나야, 당신 마누라야?"

"아, 또 왜 그래? 다 끝난 얘기잖아."

아무리 알 거 다 알아도, 코앞에서 이런 위태롭고 비밀스러운 상황을 맞닥뜨리는 게 내 정신 건강상 좋은 일은 아닐 것이다. 근사한 목소리로 종종 친절한 말을 건네주고, 가끔 따뜻한 손길로 내 손도 잡아주고, 꼭 일어나라는 응원의 말도 해주는 그런 잘생긴 젊은 의사라면 모를까.

잘생겼을까? 키는? 안경은 꼈을까? 상상의 나래를 펼치며 행복할 수 있는. 기필코 일어나서 의사의 얼굴을 확인해보리라는 의지를 다지게 하는, 잠자는 숲속의 공주를 깨우는 왕자의 키스 같은 것이야말로 지금 내게 절실한 것이었다.

하지만 현실은 잔인했다. 산 것도 아니고, 죽은 것도 아닌 채로 누워 내 의지와는 상관없이 두 사람이 떠드는 지저분한 이야기들을 들어주기만 해야 했다. 전원을 끌 수도, 그렇다고 채널을 돌릴 수도 없었다.

"그러니까 당신 와이프야? 아니면 나야?"

"둘 다 아냐."

남자는 상당히 귀찮다는 투였다. 애정이 식은 걸까?

그런데도 여자는 계속해서 질척거렸다.

"그럼, 뭔데?"

"와이프 돈. 당신도 그거 때문에 나 만나는 거 아니야?"

잠시 병실에 침묵이 흘렀다. 이내 문이 쾅 닫혔다.

내가 할 수 있는 일은 아무것도 없었다. 죽은 것이나 다름없다. 그래, 영원히 이렇게 살아야 한다면 차라리 그게 더 나을지도 모를 일이었다. 하지만 이 역시 마음먹는다고 되는 일은 아니었다.

또 깜박 잠이 든 모양이었다. 두런두런 들려오는 말소리에 눈을 떴다.

"오랜만에 왔지? 미안. 저번 시험 죽 쒀서 한동안 오기가 어려웠거든."

민우였다.

'그래, 그럴 것 같았어. 강자 이모가 어떤 사람인데. 너도 참 힘들 거야. 그런 엄마와 살아간다는 건.'

이번에는 다정하게 대답해주기로 했다. 직전에 불륜 연인의 질 나쁜 대화에 시달렸던 터라, 나를 향한 친근한 목소리가 이리 반가울 수가 없었다. 막말로 어느 날 내 정신마저 꺼지면, 이 녀석과의 우정도 결국 이렇게 끝나버릴지 모를 일이다. 그런 생각이 드니 오늘만은 친절하게 대해주고 싶었다. 물론 나의 기특한 생각을 민우는 조금도 모를 테지만.

"이제는 좀 일어나야지 않겠냐? 고등학교는 가야 하잖아. 조만간 일어나지 않으면 너, 일 년 꿇어야 할지도 몰라. 쪽팔리잖냐. 안 그래?"

'아, 진짜! 너는 지금 그걸 말이라고 하냐? 누구는 일어나고 싶지 않아 이러고 있는 줄 알아? 아우, 진짜!'

민우는 그렇게 혼자 주저리주저리 떠들고 외계어 같은 수학 문제들을 풀다가 학원으로 사라졌다.

"윤설아!"

다시 민우의 음성이 들려왔다.

내가 또 잠이 들었던 건가? 시간을 눈으로 확인할 수 없어서인지, 시도 때도 없이 졸음이 몰려왔다. 이제는 방문객의 목소리로 시간을 가늠해보는 일도 의미가 없어졌다. 오늘이 며칠인지, 내가 이러고 누운 채로 시간이 얼마나 흘렀는지 알려주는 사람도 없었다.

오늘따라 민우의 분위기가 심상치 않았다. 화가 난 것처럼 느껴지는 건 왜일까? 내가 뭘 잘못한 건 아닐 테고, 도대체 무슨 일이지?

"너, 이런 애 아니잖아. 너 힘 세잖아. 남자들 패대기치는 게 네 취미고, 온몸이 무기인 애잖아. 그러니까 이쯤에서 그만하고 일어나란 말이야. 누워 있지만 말고 일어나라고. 당장 일어나라고!"

가슴이 먹먹해졌다. 민우의 흐느끼는 소리가 들려왔다.

다시 정신을 차려보니. 지척에서 숨소리가 느껴졌다. 민우였다.

요즘 이 자식 와도 너무 자주 온다 싶은데. 강자 아줌마의 잔소리가 만만치 않을 텐데. 이 와중에도 민우가 걱정됐다. 어이없게.

그런데 어째 녀석이 오늘은 말 한마디 없이 앉아만 있었다.

순간 내 손에 온기가 흐르는 게 느껴졌다. 민우가 손을 잡은 모양이었다. 그 온기에 온 신경을 곤두세우고 있는 순간, 내 이마를 스치는 온기 또한 느껴졌다.

"설아야, 사랑해."

심장이 쿵 하고 내려앉았다. 가족 같은 아이였다. 꼬꼬마 어린 시절부터 스스럼없이 지내온 남자 사람 친구. 그런데 그런 민우가 지금 내게 사랑 고백을 하고, 내 이마에 뽀뽀를 한 거다.

4
죄책감이라는 감정의 소용돌이

강재경, 현재

결국 재경은 경찰서에 서 있었다. 단호하지 못했던 스스로에게 잔뜩 화가 난 채. 유치장 안에, 술에 떡이 된 채 잠든 동생 재현을 보자 재경은 심장이 다시 터질 것처럼 쿵쾅대기 시작했다. 그 한심한 꼴을 노려보는데 형사가 물었다.

"강재현 씨 보호자 되십니까?"

'나이 스물이 넘은 놈한테 보호자가 왜 필요한 건지.'

"강재현 씨가 오늘 새벽, 길에 세워진 외제 차를 발로 차서 현행범으로 현장에서 검거되었습니다."

'망할 자식!'

욕이 목구멍까지 치솟았다.

"네?"

담당 형사가 재경을 빤히 봤다. 당황한 표정이었다.

욕이 입 밖으로 튀어나왔나? 알 수 없었다. 물어볼 수도 없는 노릇이고.

"미친 짓거리를 했다고요."

재경은 비로소 격하게 한마디 내뱉었다. 이력이 날 법도 한데, 재현이 사고를 칠 때마다, 그리고 엄마가 감쌀 때마다 가족에 대한 미움은 산더미처럼 불어났다. 운명조차 원망스러웠다.

아직 술이 덜 깬 재현을 경찰서 밖으로 데리고 나오자마자 재경은 손바닥으로 등짝부터 힘껏 내리쳤다. 한 대, 두 대… 담아뒀던 분노와 원망이 주체할 길 없이 터져나오는 중이었다.

"야, 이 미친 자식아! 네가 지금 제정신이야? 술 처먹고 그 비싼 차는 왜 발로 차는데? 어?"

"열 받아서 그랬다. 어, 열 받아서. 이 그지 같은 세상은 뭐 하나 공평한 게 없어. 그렇게 뺑이 치고 열라 일해도 난 맨날 이 꼬라지고, 누구는 돈이 돈을 벌어 외제 차 몰고 떵떵거리고 살고, 누구는 비빌 언덕에, 돈 있는 부모 만난 게 다 제 덕인 줄 알고 오지게 잘난 척이나 하고…. 그게 꼴 보기 싫어서 찼다. 왜?"

"야, 이 병신 자식아! 돈 있는 부모도, 비빌 언덕도 다 걔네들 능력이야. 쥐뿔도 없는 새끼가 주제 파악, 분수 파악 못 하고, 어쩌려고 이러냐고! 합의금은 어쩔 거야? 네 말대로 열라 일해도 이 꼬라진데, 합의금은 어떡할 거냐고?"

피 토하듯 내뱉었지만, 차오른 분노는 가실 줄을 몰랐다.

"막말로 자기 노후보장도 안 돼 있고, 아파서 오늘내일하는 엄마 둔 너는 어쩔 건데? 어?"

퍼붓고 또 퍼부어도 화는 더 치밀어 오르고, 속은 부글부글 끓어올라 미쳐 돌아버리기 일보 직전이었다.

"아, 몰라, 들어가서 살면 되지, 뭐!"

"그걸 지금 말이라고 해? 야, 이 개새끼야!"

재현은 재경이 고래고래 내지르는 욕을 듣는 둥 마는 둥 씩씩대며 눈앞에서 사라졌다. 무슨 사고였든 그래도 밥 한 끼 사 먹이고 보내야지 했던 마음은 외제 차를 발로 찼다는 말에 깡그리 사라진 지 오래였다. 대신 제 배에서 꼬르륵 소리가 들려왔다. 주책맞은!

경찰서 맞은편에 24시 순대국밥 간판이 보였다. 순대국밥을 시켜놓고 젓가락을 만지작거리는데 딩동, 문자가 울렸다. 백선생이었다.

강선생님, 어디세요?

갑자기 상담실을 찾았던 날 이후 처음이었다. 이번에도 뜬금없는 연락이긴 했다. 통화 버튼을 누르려는데, 순대국밥이 담긴 뚝배기가 눈앞에 놓였다. 모락모락 피어오르는 따끈한 냄새에 통화는 식사 후로 미루기로 했다.

깍두기를 국밥 위에 올리는데, 저를 부르는 소리가 들렸다.

"강재경 선생님?"

순간 재경은 깍두기를 놓치고 말았다. 젓가락 사이로 빠져버린 깍두기는 하필이면 탁자 위를 데구르르 굴러 치마 위로 툭 떨어졌다. 빨간 국물이 베이지색 치마 위로 벌겋게 스며들었다.

재경이 난감해하며 고개를 드는데, 반가운 표정으로 은형사가 손을 흔들며 다가오고 있었다.

"우와, 여기서 강선생님을 다 만나네요? 잘 지내셨어요?"

대학원 다니는 동안 비행 청소년 면담을 위해 종종 찾았던 서부서 여청계 은지형 형사였다. 재경이 비행 청소년 면담을 위해 성격 검사지를 들고 경찰서를 방문하는 날이면, 사람 좋은 농담을 건네며 웃게 만들던 사람이었다.

"날씨가 좋네요. 쌤, 이런 날은 경찰서 말고 한강 둔치나 뭐 이런 데를 가야 하는 건데 말이에요."

다른 상황이라면 반가웠을 텐데, 지금은 아니었다. 하필 이런 때에….

은형사는 매력적인 사람이었다. 똑똑하기도 했고, 심지어 잘생기기까지 했다. 동료 형사들은 은형사에게 종종 모델이나 할 놈이 여기에 왜 있냐며, 형사가 아니라 영화 속 형사 역할이 더 잘 어울린다는 농담을 하기도 했다.

그럴 때면 재경은 속으로 고개를 끄덕이면서도 씩 웃고만 있었다. 그러다가 은형사가 은근슬쩍 제게 가까워지려는 걸 감지하면 온몸에 가시를 세우고 선을 넘어오지 못하게 했었다. 정색을 하며.

재경에게는 그럴 여유가 없었다. 누군가를 담아둘 마음의 여유도, 다른 곳에 눈을 돌릴 경제적 여유도. 그리고 결정적으로 누군가와 안정적인 관계를 구축하고 유지할 자신도.

암담한 가족사도, 여전히 현재진행형으로 진행되는 암울한 가족 문제도 은형사에게는 보이고 싶지 않았다. 재경은 그에게 그저 유능하고 멋있는 심리상담사 선생님으로만 보이고 싶었다.

다행히 은형사는 현명할 정도로 쿨한 사람이기도 했다. 재경이 그은 선을 순순히 받아들였고, 이후로는 언제나처럼 유쾌한 태도로 일관되게 재경을 대했다. 그것이 한편으로는 섭섭하기도 했지만, 한편으로는 안심되기도 했다.

한 달에 한두 번은 꼭 경찰서에서 마주치곤 하던 그들의 인연도 재경이 대학원을 졸업하고 나서는 끝이 났다. 이제 서로에게 지나간 인연으로 흐려질 일만 남았다고 생각하고 있었는데 하필이면 그를 경찰서 앞 순대국밥집에서, 그것도 치마 위에 벌건 깍두기 얼룩을 묻힌 채로 마주치게 된 것이다.

"아, 네, 형사님도 잘 지내셨죠?"

"여긴 어쩐 일이세요? 혹시 경찰서에 일 때문에 오신 건가요?"

동생이 사고 쳐서 왔다는 사실을 말할 수는 없었다.

"아니요, 개인적인 일 때문에요."

"아, 근데 요즘은 어디서 일하세요."

웃음기 가득한 얼굴로 은형사가 물었다.

"혁신고등학교요."

망설임도 없이 내뱉었다. 얼른 이 어색한 상황을 벗어나고픈 까닭이었다.

"아… 혁신고등학교요…."

은형사의 얼굴에 머물던 미소가 사라졌다. 아니, 그렇게 느껴졌다.

"은형사, 뭐 해? 식사 안 해?"

은형사가 고개를 돌려 다른 테이블을 향해 외쳤다.

"갑니다, 가요."

그러고는 재경을 눈에 담듯 미소 띤 얼굴로 보았다.

"선생님, 연락처는 그대로이신 거죠?"

"네."

"제가 오늘 운이 좋았나 봅니다. 강선생님을 우연히 이렇게라도 만났으니. 그럼, 식사 맛있게 하세요. 연락드릴게요, 선생님!"

은형사는 재경의 마음을 들었다 놨다 하더니, 총총히 자신의 자리로 돌아갔다. 그사이 재경을 엄습했던 허기가 사라졌다. 재경에게 남겨진 건 식은 국밥과 치마에 남겨진 얼룩 그리고 '연락드릴게요'라는 은형사의 마지막 말이었다.

자욱하게 안개 낀 학교 앞 보도를 재경은 빠른 걸음으로 지나쳤다.

아침에 젖은 머리를 말리던 중에야 백선생의 문자를 떠올렸다. 어떻게 그리도 까맣게 잊을 수 있었을까? 출근길 내내 재경의 머릿속에는 백선생의 문자가 계속 덜그럭거렸다.

'강선생님, 어디세요?'

백선생의 음성까지 겹쳐 연신 귀에서 울리고 있었다. 평상시 자주 연락하는 사이도 아니었던 제게, 백선생이 문자를, 그것도 그 늦은 저녁에 보낸 이유가 뭘까? 분명 할 말이 있었던 거다.

'그렇다면 할 말은… 뭐….'

급하게 교문으로 들어서려는데, 구급차 한 대가 사이렌을 울리며 쏜살같이 학교를 빠져나갔다.

이렇게 이른 아침부터 구급차가? 재경은 멍하니 서서 멀어지는 구급차를 보다 학교 건물 안으로 들어섰다.

한 무리의 여학생들이 복도를 종종걸음으로 지나쳐갔다.

"미친 거지? 죽으려면 자기 집에서 죽지, 어떻게 학교에서 목을 매. 화장실 들어갈 때마다 무섭게!"

"그러게, 이제 화장실은 어떻게 가냐."

"1학년 애가 발견했다고? 걔 어쩌냐? 눈 감을 때마다 보일 거 아니야. 아우, 생각만 해도 끔찍하다."

'목을 매? 누가?'

학교 안 분위기가 심상치 않아 보였다. 재경은 지나치는 한 무리의 여학생들을 불러 세워 물었다.

"얘들아! 무슨 일이니?"

"미술 선생님이 학교 화장실에서 목을 맸대요."

충격적인 사실을 전하는 학생은 별로 대수롭지 않다는 말투로 대답했다. 심지어 비슷한 수의 음절이 반복된 탓인지 경쾌하게 들리기까지 했다.

재경은 애써 정신을 가다듬고 생각을 이어갔다. 그러니까 학생들이 지칭하는 미술 선생이라면… 그녀에게 문자를 보냈고, 마침 재경이 순대국밥을 먹느라 잠시 문자의 답장을 미뤘던 그 백선생이라는 거다. 그런데 목을 맸다고? 그것도 학교 화장실에서? 이게 무슨 상황인가 싶었다.

'하필이면 백선생은 왜 내게 마지막 문자를 보낸 걸까? 이렇다 할 친분도 없던 내게….'

원망의 생각도 잠깐 머리를 스쳤다. 그러다 번뜩, 사이렌을 울리며 달려가던 구급차가 떠올랐다. 재경은 그제야 백선생이 죽지는 않았을 거라는 데 생각이 미쳤다. 일순간에 안도감이 찾아왔다.

마침내 상담실에 도착한 재경은 문 앞에 쪼그리고 앉은 설아를 발견했다. 눈이 마주치자마자 설아가 벌떡 일어났다. 아침 댓바람부터 상담실 앞에 그러고 있는 것도 의아한데, 금방이라도 뚝뚝 눈물을 흘릴 것처럼 젖은 아이의 눈이 재경을 더 당황하게 했다.

"무슨 일…."

"선생님! 제 잘못이에요. 미리 말해야 했는데, 제가 막아야 했는데, 그러질 못했어요."

이내 설아의 눈에서 닭똥 같은 눈물이 뚝뚝 떨어지기 시작했다.

"도대체 무슨 소리를 하는 거니? 막아야 했다니 뭘?"

"미술 선생님이요. 음악 소리…. 미술 선생님한테서 음악 소리가 들려왔거든요. 제가 어떻게든 막아야 했는데… 무슨 수를 써서라도 막아야 했는데…."

도통 무슨 소린지 알 수 없었다.

"선생님! 미술 선생님 돌아가시면 어쩌죠?"

재경은 일단 떨고 있는 설아를 안아주며 가볍게 토닥거렸다.

"죽기는 누가 죽는다고 그래. 괜찮아. 괜찮을 거야."

설아를 진정시키면서도 재경은 자기 말이 자신에게 당부하는 말처럼 들렸다. 설아의 흐느낌이 잦아들고 있었다. 좀 진정이 됐는지 눈물을 닦아냈다.

"죄송해요. 선생님, 이러려던 건 아닌데…."

"괜찮아. 들어가자. 우리 들어가서 얘기하자."

재경이 상담실 문을 열고 안으로 들어서려는데, 마침 수업 시작종이 울렸다. 설아가 멈칫하더니 이내 돌아섰다.

"죄송해요. 선생님! 죄송합니다. 다음에 다시 올게요."

얼른 인사하고는 교실 방향으로 달리기 시작했다.

재경은 상담실로 들어서자마자 의자에 주저앉았다. 가슴이 미어졌다. 문자를 미루지 말아야 했다. 배고픔에 지지 말아야 했다. 뜨끈한 국밥 대신 백선생의 문자를 선택했다면, 지금쯤은 아무 일도 일어나지 않았을지도 모른다. 후회가 불러온 가정법의 세계에 갇히고 만 재경은 끊임없이 자신의 선택을 복기하고 있었다.

죄책감을 희석하기 위해서 한편으로는 또 다른 생각도 해봤다. 어쩌면 백선생이 재경을 만나고도 잘못된 선택을 했을 가능성도 있지 않을까? 만약 그랬더라면, 그 죄책감은 지금의 죄책감과는 달랐을까?

4-1
아슬아슬한 줄타기

류정화, 2년 전

내가 사람을 잘못 본 걸까? 예상이 점점 빗나가고 있었다. 먹잇감이 그리 만만치 않다는 느낌이 새록새록 들기 시작했고, 불길한 예감 역시 스멀스멀 기어 나왔다. 하지만 여기서 멈출 내가 아니었다. 치킨게임이다. 끝장을 보기로 했다.

"승아야, 네가 다니는 학원, 나도 좀 소개해줄래?"

매점에 가는 승아 옆에 나란히 걸으며 말을 붙였다.

"학원을? 너 좋은 학원 다니고 있잖아. 비싼 모둠 과외도 하고 있고. 근데 네가 왜?"

"그렇긴 한데, 요즘 좀 지겨워서 다른 곳 좀 알아보고 있거든. 물론 혼자 갈 수도 있지만, 그래도 네가 같이 가주면 좋잖아."

"우리 학원 네가 생각한 것과 다를지도 모르는데, 괜찮겠어?"

"뭐, 싫음 말고."

"싫은 건 아닌데…."

그렇지. 승아는 그래야 했다. 결국 승아는 거절하지 못하고, 자신이 다니는 학원 입구까지 나를 이끌었다.

학원은 생각했던 대로 볼품없었다. 내 생각을 알아차린 듯 승아가 작은 목소리로 속삭였다.

"이래 보여도, 선생님들은 훌륭하셔."

두리번거리다 시선이 한곳에 멈추었다. 우리 쪽으로 성큼성큼 걸어오는 또래의 교복 입은 남학생을 발견한 것이다. 점점 가까워지는 그 아이는 우리를 향해, 아니 나를 향해 환하게 미소를 짓고 있었다.

순간 나는 내 눈을 의심했다. 또래보다 길쭉한 키, 농구 골대를 향해 멋지게 슛을 날릴 것 같은 넓은 어깨, 훤칠하게 잘생긴 얼굴까지, 남자 친구로 나무랄 데 없는.

그게 그 아이에게서 받은 첫인상이었다.

"누나!"

들려오는 남학생의 굵직한 음성에 다시금 심장이 내려앉았다. 값비싼 장난감에도, 한정판 명품 가방에도 느껴보지 못한 감정이었다.

승아가 그를 향해 손을 흔들었다.

"어, 민우야…."

이름이 민우였다. 힐끗 승아의 얼굴을 곁눈질로 보니 얼굴에 환한 미소가 떠올라 있었다.

"지금 오는 거야? 평소보다 늦네?"

"어, 오늘 엄마 생일. 간단하게 이른 저녁 식사만 하고 오는 길이야."

"이모 생신인 거야? 그럼, 오늘 학원 정도는 쉬어줘야 하는 거 아니야?"

"알면서 그러냐, 우리 엄마가 잘도 그러라고 하겠다. 근데, 누구?"

그때야 민우의 시선이 내게 닿았다. 승아가 주춤주춤 나를 소개했다.

"어, 학교 친구. 얘가 우리 학원 좀 소개해 달래서."

"어, 우리 학원 좋지. 우리 승아 누나같이 훌륭한 학생을 키워낸 곳이잖아."

그렇게 말하고 민우는 다시금 긴 다리로 저벅저벅 걸어 학원 안으로 사라졌다.

"쟤, 몇 학년이야?"

"어, 2학년."

그 정도 인사가 전부였지만, 승아와 헤어진 뒤에도 머릿속엔 민우의 얼굴이 내내 맴돌았다. 긴 다리로 성큼성큼 학원 안으로 사라지던 뒷모습, 말끝마다 묻어 있던 그 특유의 여유로움. 그리고 민우가 자연스럽게 뱉었던 '우리 승아 누나'라는 표현에서 승아를 향한 배려와 존중이 느껴졌다.

그게 불쾌했다.

말끝마다 미안하다는 말을 남발하던 그 애가, 친구들 앞에선 말 한마디 똑바로 못 하는 애가, 생긴 것 역시 불어 터진 물만두 같은 애가 민우 입에서 '우리 누나'가 되어 존경이 담긴 어조로 불리고, 내 앞에서 빛나 보이기까지 하는 그 순간. 질투가 역류하는 피처럼 솟구쳤다.

집에 돌아와 침대에 누워서도 민우 생각을 떨쳐낼 수 없었다. 민우를 떠올리면 떠올릴수록 짜증이 났고, 또 설렜다.

'갖고 싶다. 내 걸로 만들고 싶다. 어떻게 하면 가질 수 있을까?'

오랜만에 갖고 싶은 장난감을, 가방을 진열대에서 발견한 느낌이었다. 그렇다고 엄마 아빠에게 졸라댈 수도, 돈으로 살 수도 없는 노릇이었다. 그래도 선택은 할 수 있었다.

다음 날 아침, 장여사와 식탁에 마주 앉은 나는 지나가는 말처럼 선언했다.

"엄마, 저 학원 옮길 거예요."

반응은 예상대로였다. 신문을 넘기던 장여사의 손이 우뚝 멈췄고, 고개를 천천히 들더니 나를 멀뚱히 바라봤다. 표정에는 가려져 있었지만, 서서히 차오르는 짜증과 분노가 고스란히 느껴졌다.

나는 장여사의 화가 저절로 가라앉기를 기다렸다. 굳이 말싸움을 길게 하고 싶지 않았다. 오히려 그 숨이 고르기를, 그녀가 타이밍을 잡으려 할 그 순간을 노렸다. 그리고 정확히 그때, 그녀가 씩, 하고 숨을 고르는 그 틈을 비집고 들어갔다.

"일등 하면 되잖아. 그러면 되는 거 아니야?"

말은 던져졌고, 게임은 시작됐다. 이 싸움은 감정이 아니라 성과로 끝나는 거래라는 걸 나는 너무도 잘 알았다.

민우는 예의가 발랐다. 그런 예의 바름이 내게는 흡사 넘어오지 말라는, 견고히 쌓아 세워놓은 콘크리트 벽처럼 느껴졌다. 그래서 더더욱 넘고 싶어졌다. 호기심도 생겼다. 그래서 승아에게 마음에도 없는 정체불명의 친절을 베풀기로 했다.

"승아야, 매점 갈래?"

"승아야, 너 떡볶이 좋아하지? 민우도 좋아한다고 했었나?"

"아이스크림은 어때? 롯시 백화점표 젤라토 아이스크림 되게 맛있는데, 먹어본 적 있어? 민우는 무슨 맛 좋아한다니?"

안타깝게도 승아는 눈치라는 게 눈곱만큼도 없었다. 결국 제풀에 지친 나는 혼자 해결하기로 했다.

백화점 안으로 들어서자, 화장품 냄새가 진동했다.

한동안은 방문을 자제했었다. 사실 그날 이후, 쇼핑에 대한 욕구가 반감되기도 했다. 하지만 이번에는 쇼핑이 필요했다. 깜짝 선물로 민우의 관심을 끌어보기로 했다. 세상에 선물을 좋아하지 않을 사람이 있을까? 그것도 값비싸고 좋은 선물이라면 더더욱.

벼르던 신상을 사겠다며 몇 날 며칠 장여사를 졸랐다. 그리고 드디어 허락을 받아냈다. 그날은 장여사가 기분이 좋은 날이기도 했다. 잃어버렸던 다이아몬드 목걸이를 화장대 밑에서 찾은 것이다. 안타깝게도 그날은 장여사가 집 안 곳곳에 CCTV를 설치한 날이기도 했다. 이제 심심해서 장여사의 화를 돋우는 일은 당분간 자제해야 할 듯싶었.

기분 좋게 1층으로 내려가는 에스컬레이터에 몸을 실은 순간, 짜증이 밀려왔다. 얼마 전 창피를 당했던 화장품 매장이 두 눈에 탁 걸렸다.

"아, 씨…."

욕설이 먼저 튀어나왔다. 그때의 불쾌했던 감정이 되살아나자, 입안에 쓴맛이 잠시 스쳤지만, 금세 사라졌다. 대신 기묘한 기대감이 차올랐다. 분노의 박자로 두근대던 심장이 새로운 놀이를 앞둔 것처럼 경쾌하게 뛰기 시작했다. 머릿속을 빠르게 굴러가며 어떤 말로, 어떤 눈빛으로 상대를 옭아매면 더 오래 괴롭힐 수 있을지 계산을 시작했다.

분노지수가 높아지면 높아질수록 마음은 차갑게 가라앉았다. 짜증은 이미 설렘으로 바뀌어 있었다. 나는 천천히, 그러나 의도적으로 화장품 매장 쪽으로 발걸음을 옮겼다.

또각또각 구두 굽이 바닥을 때릴 때마다, 그 소리가 마치 내 결심을 더욱 단단히 하는 망치질 소리처럼 들렸다.

매장 안으로 들어가 화장품을 둘러봤다.

'이깟 게 얼마나 한다고 사람을 잡기를 잡아.'

냉소와 함께 툭 집었던 립스틱을 진열대에 던져놓았다. 아니나 다를까, 나를 예의 주시하던 직원이 미소를 지으며 다가왔.

'장미선'이라고 적혀 있었다.

"그 직원이 누구예요?"

"네?"

"내가 화장품 훔쳤다고 경비원에 매니저까지 부른 직원요."

"네? 고객님, 그게… 그게 무슨 말씀…."

"그 직원 누구냐고요? 날 도둑년으로 몬 직원! 당신인가요?"

"저는 아닙니다. 고객님! 저는 고객님 처음 보는데요."
"그럼, 당신인가요?"

나는 한쪽에서 나를 보고 있는 다른 직원을 돌아보며 앙칼지게 물었다. 그러자 그 옆 다른 직원의 얼굴이 일그러졌다. 아는 거였다. 나를.

나는 그녀 앞으로 다가가 그녀를 똑바로 바라봤다.

"사람을 그렇게 쪽팔리게 했으면 사과는 하셔야죠? 안 그래요?"
"죄송합니다."

이름표를 확인했다.

"김정미 사원님! 의사가 사람 죽여놓고 죄송합니다, 하면 끝나나요? 사람 죽여놓고 죄송하다고 하면, 그 사람이 살아나냐고요? 말로는 뭘 못 하겠어…. 사과가 그렇게 쉬우면 안 되는 거 아닌가? 안 그래요?"

그녀는 찍소리도 내지 못하고 어쩔 줄 몰라 고개를 푹 숙이고 있었다. 당장 울음이라도 터질 것처럼 울상이었다.

낭떠러지까지 끌고 갔다가 그대로 두는 건, 너무 시시한 일이었다. 밀어서 떨어뜨려 줘야 제맛이다. 게다가 벼랑 끝으로 몰린 사람은 손가락 하나로 슬쩍 밀기만 해도 알아서 떨어지게 된다.

"무릎 꿇어요."

한껏 높아진 목소리가 내 귀에도 들려왔다. 뭘 잘못 들었나, 멍한 표정으로 나를 획 바라보는 그녀의 눈빛이 흡사 궁지에 몰린 한 마리 쥐처럼 느껴졌다. 바들바들 떠는 느낌까지 전해졌다. 잠시 망설이는 듯하다가 여자가 무릎을 꿇었다. 그리고 기어들어가는 듯한 목소리로 내뱉는다.

"죄송합니다, 고객님!"

"그러는 거 아니에요. 교복 입었다고, 나이 어리다고, 고객 아닌 건 아니잖아요? 자기보다 힘없어 보인다고, 가진 게 없어 보인다고 학생을 괴롭히는 건 어른이 할 짓이 아니죠."

오늘은 이 정도까지만 해야겠다. 민우에게 생일 선물을 건네야 하는 좋은 날이기도 하니까.

"다음부터는 조심하세요."

학원 가는 길에 혼자인 민우와 맞닥뜨렸다.

"어, 누나 안녕하세요? 승아 누나는요?"

"승아를 왜 나한테서 찾아?"

민우를 우연히 만나 좋았던 기분이 일순 차갑게 식었다.

민우가 다소 멋쩍게 웃으며 다음 말을 이었다.

"누나랑 승아 누나, 친하잖아요."

나는 민우를 따라 멋쩍게 웃으며 대답했다.

"그래, 우리 친하지. 그런데 오늘은 같이 안 왔어."

"아, 네, 그러면 누나, 다음에 또 뵐게요."

민우가 또다시 깍듯하게 인사를 하고 나를 지나쳐갔다.

"민우야, 잠깐만!"

민우가 멈춰서 돌아섰다. 나는 얼른 들고 있던 종이 가방을 내밀었다. 딱히 특별하지 않은 것처럼.

"생일이라며? 축하해."

민우의 눈이 동그래졌다.

"승아한테 들었어."

엉겁결에 받아 든 민우를 두고 나는 한 가지 덧붙였다.

"승아한테는 말하지 말아줘."

그러곤 얼른 돌아섰다.

"저기요. 누나! 정화 누나…."

민우의 입을 통해 내 이름이 불렸다.

'그래, 적어도 내 이름은 알고 있었어.'

민우가 승아 따위보다 내게 관심이 있을 거라는 예상이 맞은 것이다.

'민우를 갖고 싶다. 아니, 뺏고 싶다. 승아에게서….'

5
음악 소리가 들려오면

강재경, 현재

 병원 로비에 들어서자 특유의 소독 냄새가 코끝에 닿았다. 흐릿했던 정신이 맑아지는 느낌이었다.

 저산소성 뇌 손상으로 인한 뇌사, 그게 지금 백선생의 상태라고 했다. 경찰이 몇 번 학교를 방문했고, 개인사로 스트레스를 받은 백선생의 자살 시도로 결론이 지어졌다.

 엘리베이터를 타고 백선생이 입원한 층에 내려서는 순간, 어디선가 날카로운 외침이 들려왔다.

 "안 돼요. 선생님! 저러고 계시지만 다 알고 계신다고요. 얼마든지 깨어날 수 있는데, 포기라니요? 기증이라니요? 선생님은 죽지 않았단 말이에요."

 재경은 다급하게 소리 나는 쪽으로 뛰었다. 복도 끝을 돌아서자, 휴게실 한쪽에 교복 입은 설아의 뒷모습이 눈에 들어왔다. 설아 앞에 선 중년 남자는 곤혹스러운 표정이었다.

"학생! 몇 번을 말해? 누구는 이러고 싶어 이러냐고? 다 설명했잖아."

"그러니까 조금만, 조금만 더 기다려주시라고요. 선생님… 저러고 계시지만, 곧 눈을 뜨실 거라고요. 그러니까 조금만 더 기다려주세요, 네?"

"이봐요. 학생! 제발 사람 피곤하게 이러지 말고, 그만 가요. 그만 가라구!"

실랑이 끝에 그가 사라지고 이내 혼자 남겨진 설아가 절망스러운 얼굴로 재경의 곁을 스쳐 갔다.

"설아… 윤설아?"

재경이 불렀지만 듣지 못한 것 같았다. 재경은 지나쳐가는 뒷모습을 물끄러미 바라보다 설아를 뒤따라갔다. 병원 로비를 지나고, 병원 회전문을 나서도록 설아는 재경을 알아채지 못했다. 부를 타이밍을 엿보며 두어 발짝 떨어져서 걸었다.

설아가 건널목 앞에 섰다. 곧 신호등의 불빛이 바뀌었다. 멍한 표정의 설아가 도로로 내려서는 순간 배달 오토바이가 부웅, 소리와 함께 빠른 속도로 설아를 향해 달려들었다. 생각할 틈도 없었다. 재경은 설아에게 달려들어 팔을 잡아 인도 쪽으로 잡아끌었다.

설아가 마침 재경 쪽으로 쓰러졌다. 둘은 함께 인도로 나동그라졌다. '빠앙!' 경적을 울린 오토바이가 저만치 멀어지고 있었다. 그리고 이내 시야에서 사라졌다.

"개자식!"

재경의 입에서 절로 욕이 튀어나왔다. 이 정도면 양반이다. 저주를 실어 한껏 욕설을 퍼붓고 싶었지만, 일단은 참았다. 적어도 학생 앞에서는.

"선생님!"

설아가 놀라 돌아봤다. 욕설에 놀란 걸까? 아니면 갑작스러운 출현에 놀란 걸까? 뭐 둘 다겠지.

"괜찮아?"

"네, 괜찮아요. 근데 선생님이 어떻게…?"

"넌 무슨 애가 불러도 대답을 안 하니? 나는 내가 투명인간이라도 된 줄 알았네."

농담을 던지곤 힘차게 한 걸음 내딛는데 찌릿, 통증이 느껴졌다. 다친 발에 또다시 충격이 가해진 모양이었다.

"잠깐만 앉았다 갈까?"

버스 정류장 벤치에 나란히 앉았다. 버스가 여러 대 지나갔다. 버스를 기다리는 게 목적이 아니었다. 설아의 이야기를 기다릴 참이었다. 버스를 대여섯 대쯤 지나쳐 보냈나 싶을 때, 설아가 입을 열었다.

"미술 선생님이요…. 깨어나실지도 몰라요."

하지만 재경은 비관적이었다.

"자발적 운동과 호흡, 반사가 소실되었으며 뇌파가 평평해진 상태, 그런 걸 코마라고 부른다더라. 의학계에서는 그걸 사망이라고 진단한다고 하고."

"그건 모르는 거예요. 언제 그랬냐 싶게 일어날 수도 있는 거라고요. 저도 그랬는걸요."

그건 정말 만에 하나의 경우였다.

"그래도 못 깨어난 사람이 더 많겠지…."

자조적인 음성이 재경의 입안에서 모래알처럼 서걱거렸다.

"선생님은 몰라요. 살아있는데, 정신은 말짱한데, 그래서 사람들이 오가며 하는 말들은 다 들리는데, 사람들은 내가 깨어나지 못할 것처럼 말하고…. 그게 얼마나 괴로운 일인데요. 분명 살아있는데, 사람들 말이 다 들리는데…."

절규하듯 내뱉는 설아의 말이 재경의 머릿속에서 덜그럭거렸다.

"그러니까 지금 네 말은, 병원에 식물인간으로 누워 있는 동안에도 사람들 말이 다 들렸단 거니?"

설아가 무겁게 고개를 끄덕였다.

"살아있나 싶은데 죽은 거 같고. 죽었나 싶은데 살아있고, 그건 겪어보지 않은 사람은, 경험해보지 못한 사람은 절대 모른다고요. 얼마나 무서웠는데요. 정말 죽고 싶을 만큼…."

그때의 고통이 떠올랐는지 설아의 주먹 쥔 양손이 부들부들 떨렸다. 재경이 설아의 손을 꼭 감싸주었다.

"백선생님… 살아나실 거야. 꼭 살아나실 거야. 그러니까 우리 좋은 생각만 하자."

말은 이렇게 했지만, 확신을 가지고 한 말은 아니었다.

"그날이요. 백선생님한테서 음악 소리가 들렸어요."

"음악 소리라니? 네가 죽었다 깨어난 이후부터 들려왔다는 음악 소리를 말하는 거야?"

"네… 그러니까, 선생님… 음악 소리가 들려오면… 사람이 죽어요."

그 말과 동시에 도로 반대편에서 '빵!' 하는 경적이 도로를 뒤흔들었다. 소스라치게 놀란 재경이 인상을 와락 구겼다. 시끄러운 소리에 이어 고성이 오가기 시작했다. 무단횡단을 하려던 사람과 차를 세운 운전자 간의 실랑이었다.

재경은 다시금 고개를 돌려 설아를 봤다.

"음악 소리가 들려오면 사람이 죽는다는 건, 그러니까 네 말대로 생각하자면 백선생한테서 음악이 들려왔고, 그래서 백선생이 죽었다는 거야? 그게 무슨 말도 안 되는…."

재경은 끝말을 혼잣말처럼 중얼거렸다.

"저도 처음에는 그랬어요. 제가 미쳐가는 줄 알았어요. 그런데 한두 번이 아니었어요. 한 번이면 우연이겠지만, 상황이 반복되면 그건 우연일 수 없잖아요."

"상황이 반복되다니? 그럼, 그런 일이 또 있었다는 거니?"

설아가 고개를 끄덕였다.

"시작은 퇴원하던 날이었어요. 그날, 전영실 간호사가 병원 화장실에서 목을 맸어요. 그제야 전, 제가 들었던 알 수 없는 음악 소리가 그리고 바로 그 간호사에게서 나는 거였다는 걸 깨달았고요."

"그게 시작이었다면…. 죽은 사람이 더 있다는 말이야?"

"네, 백화점 김정미 사원도 그렇고 이번엔 미술 선생님까지…

모두가요. 음악 소리가 들려오고 나면 일이 벌어졌어요."

이번엔 냉소적으로 내뱉었다. 하지만 재경은 이미 '미술 선생님'이라는 단어에 모든 신경이 쏠려 있었다.

"그러니까 네 말은 백선생, 아니 미술 선생님한테서도 음악 소리를 들었다는 거지?"

메케한 냄새에 시선을 돌리니 버스 한 대가 정류장으로 들어서고 있었다. 매연 냄새 때문인지 아니면 설아의 마지막 말 때문인지, 속이 매스꺼워졌다.

"언제부터…."

재경이 더 물으려는데, 설아가 자리에서 벌떡 일어났다.

"쌤, 그럼 조심히 들어가세요. 학교에서 뵐게요."

꾸벅 인사를 하곤 얼른 버스에 올라탔다.

"저기… 설아야, 윤설아…."

버스의 문은 이미 닫혀버렸다. 정류장에 혼자 남은 재경은 버스가 시야에서 완전히 사라질 때까지 지켜보았다. 마치 설아가 무사히 도착하기를 기도하는 것처럼.

집으로 가는 길. 건널목에 선 재경이 신호등을 뚫어져라 노려봤다. 하지만 정작 생각은 다른 곳에 가 있었다.

그게 말이 되는 일일까?

음악 소리가 들리면 사람이 죽는다는 게?

재경은 신호등 불빛이 녹색이었다는 걸 뒤늦게 알아차렸다. 한 걸음 내딛으려는데, 이내 빨간 불로 바뀌어버렸다. 다시 멈춰 섰다.

그래 어쩌면, 죽었다 깨어났으니 가능한 일일지도 몰라. 세상에는 과학적으로나 논리적으로 설명되지 않는 일이 얼마나 많은데!

다시금 불이 녹색으로 바뀌었다. 서둘러 걸음을 내디뎠다. 몇 걸음 걷지 않아 불현듯 여러 가지 질문들이 한꺼번에 뇌리를 스쳐갔다.

설아의 말이 사실이라면? 그렇다면 어떻게 되는 거지? 음악 소리가 들리면 사람이 죽는다? 만약 음악 소리가 다시 들려온다면? 그럼 또 다른 사람이 죽는다는 거잖아.

이전엔 겪어보지 못한 초현실의 공포가 밀려왔다. 다시금 설아의 음성이 귓가에 울려댔다.

'음악 소리가 들리면 사람이 죽어요!'

재경은 설아의 불안한 음성을 털어내려 고개를 휘저었다.

"그런 말도 안 되는 일이 어떻게…."

설아의 말을 그대로 믿는 자신이 너무도 어이가 없었다. 어디선가 경적이 울렸다. 그제야 재경은 자신이 차들이 달리는 도로 한가운데 멈춰 서 있다는 걸 깨달았다.

5-1
기적의 생환

윤설아, 1년 전

또 다른 고요의 시간이 찾아왔다. 째깍거리는 시계 소리마저 신경을 자극했다. 언니가 떠올랐다. 피하고 잊으려 했던 언니의 죽음을. 어디선가 언니의 음성이 어렴풋이 들려오는 듯했다.

"벗어. 당장 벗어."

"언니, 미안한데 이번 한 번만 입고 나가면 안 될까? 오늘 민우랑 영화 보기로 했는데…."

"싫어. 싫으니까 그 옷 당장 벗어놔."

"언니이이이…."

"저번에 너, 나 몰래 신고 나간 신발도 네가 빨기로 하고는 약속 안 지켰잖아."

결국 본색을 드러내고 말았다.

"아우 정말…. 그래, 내가 약속 안 지킨 건 사실이지만, 한 번 신고 나간 신발이 더러워져봤자 얼마나 더 더러워졌다고. 안 벗어. 아니, 못 벗어."

언니는 벗기려, 나는 벗지 않으려 엎치락뒤치락하다 부욱, 레이스로 장식된 치마 끝단이 찢어지고 말았다. 치맛단이 보기 흉하게 나풀거렸다.

아아아악! 귀를 찢을 듯한 언니의 비명에 골이 울렸다.

"야… 윤설아, 너 어떻게 할 거야? 치마 찢어진 거 어쩔 거냐고?"

"그러게, 곱게 줬으면 좋았잖아. 이건 다 너 때문이거든!"

"너 지금 그걸 말이라고 해? 누가 꼴찌 아니랄까 봐."

승아 언니는 악에 받쳐 소리를 질러댔다. 뭔가 작정하고 덤비는 기분이었다. 그렇다고 물러설 내가 아니었다. 벗은 치마를 언니 얼굴에다 냅다 던졌다.

이번에는 육탄전이었다. 머리채를 잡고 죽자고 달려드는 언니를 가볍게 피하며 다리를 걸었다. 쿵, 소리와 함께 거실 한쪽에 언니가 나동그라졌다. 엎어진 채 언니가 울기 시작했다. 짜증나게.

나는 청바지를 입고 잽싸게 집을 빠져나왔다. 엄마의 불호령이 두려워서였다.

힐끗 옆자리를 보았다. 영화에 몰입해 있는 민우의 얼굴선이 날렵했다. 약간은 흥분한 듯도 보였다. 영화가 끝나면 또 얼마나 신나게 떠들어댈지 알 것 같은 표정이었다. 고개를 돌리고 클라이맥스를 여유롭게 즐기려는 순간, 무릎 위 가방에서 진동이 느

꺼졌다.

가방을 열고 휴대폰을 꺼내 수신거절을 눌렀다. 바로 또 진동이 울려댔다. 아예 전화를 꺼버리고 영화에 집중했다. 영화의 마지막은 늘 그렇듯 주인공의 통쾌한 승리로 끝났다. 민우는 만족한 얼굴이었다.

밥집으로 가는 길에 민우가 승아 언니의 안부를 물었다.

"요즘 승아 누나는 어때?"

별로 대답하고 싶지 않아 시큰둥하게 대답했다.

"그게 왜 궁금한데?"

"아니… 그냥…."

민우의 반응에 갑작스러운 호기심이 생겼다.

"그냥이 어딨어? 뭐야? 뭔데? 갑자기 왜 우리 언니가 궁금한 건데? 혹시 너…?"

그럴 리는 없겠지만, 세상에 불가능한 일은 없다고 했다.

"너, 윤승아 좋아하는구나?"

"지금 무슨 소리야? 누가 누굴 좋아한다는 거야?"

민우가 이상하리만치 버럭 화를 냈다. 큰 목소리에 얼굴까지 벌게지면서. 뭔가 있는 게 분명했다.

"그렇다고 뭐 그렇게 펄쩍 뛸 것까지야 있냐? 윤승아가 통통해서 그렇지, 나름 보면 매력도 있고 귀엽기도 해. 사귈 맘 있으면 얘기해, 내가 전해줄게. 요즘 한 살 연상은 연상도 아니라잖아."

"윤설아! 너, 지금 그걸 말이라고 하는 거야?"

그저 늘 하던 장난일 뿐이었는데 민우는 진지하게 화를 냈다.

"뭐야, 너? 그렇게 반응하니까 더 이상하거든! 왜 그러는 건데? 얼굴까지 붉히고?"

민우는 제풀에 씩씩거리다 대답도 없이 돌아섰다. 기분이 상한 건 나도 마찬가지여서 굳이 붙잡지 않았다.

겨우 한 블록 지났을까, 갑자기 굵은 빗줄기가 후두둑, 쏟아지기 시작했다. 비를 피할 새도 없이 금세 옷이 젖어버렸다. 아 진짜! 비를 피하려고 무작정 뛰어든 데가 신발 가게 처마 아래였다. 진열된 신발을 물끄러미 구경하다 나도 모르게 안으로 들어섰다.

언니와 싸울 때는 미운 감정이 치솟지만, 시간이 지나면 미안한 마음이 새록새록 들고는 했다. 언제나 양보하고 참는 건 언니라는 걸 나도 안다. 그래서 이번에는 먼저 화해의 손길을 내밀기로 했다.

없는 용돈을 탈탈 털어 운동화 두 켤레를 샀다. 신발 끈 색깔만 다른 커플 운동화였다. 좋아할 언니를 생각하니 나 역시 기분이 금세 좋아졌다. 어느새 비는 더 거세지고 있었다.

"언니! 언니?"

집으로 뛰어들어 언니부터 찾았다. 어디에도 언니가 보이지 않았다.

주방에 등지고 섰던 엄마가 앞치마에 손을 닦으며 돌아섰다.

"아침에는 온 집안이 떠나가라 싸우고 나가더니, 언니는 또 왜 찾아?"

"원래 자매 싸움은 칼로 물 베기라잖아. 엄마! 내가 언니한테 선물하려고 운동화 사왔는데, 엄마, 언니 어디 갔어?"

"좀 전에 뭘 두고 왔다고 학교에 갔는데, 그새 비가 많이 오네."
"우산은?"
"안 들고 나갔지. 아까까지는 비가 안 오더니, 날씨가 암튼 요상해."

엄마가 곤란한 표정을 지었다. 이것도 기회라면 기회였다.
"그럼, 내가 우산 들고 마중 나갈게. 다녀올게요, 엄마!"

나는 우산을 챙겨 들고 얼른 집을 나왔다. 사실 엄마와 단둘이 한 공간에 머무는 건 너무 위험한 일이었다.

학교 정문을 통과해 운동장을 가로지를 때쯤 비가 잦아들고 있었다. 저만치 언니의 교실이 있는 건물이 눈에 들어왔다. 새 운동화를 받아 들고 기뻐할 걸 생각하니 걸음이 빨라졌다. 얼른 언니의 웃는 모습을 보고 싶었다. 신나게 휴대폰 자판을 눌렀다.

언니, 지금 어디야?

전송 버튼을 누르는 것과 동시에 쿵, 하는 소리가 들려왔다. 무심코 고개를 드는데, 콘크리트 바닥에 사람이 엎어져 있었다.

이게 도대체 무슨 일이지? 나는 그대로 멈춰 서버리고 말았다. 다리 쪽에 눈에 익은 운동화. 그건 늘 우리 집 현관에 놓여 있던 것과 같은 거였다. 쏟아지는 비와 함께 물에 희석된 핏물이 콘크리트 바닥을 서서히 물들이고 있었다.

움켜쥔 손에서는 아직 휴대폰이 깜빡이고 있었다. 그 순간 알았다. 그건 방금 내가 언니에게 보낸 문자의 도착을 알리는 거였다.

* * *

어디선가 인기척이 느껴졌다. 다시 현실이었다. 아니, 꿈인가? 특유한 향이 코끝을 자극했다. 엄마의 섬유 유연제 냄새도, 아빠의 애프터셰이브 냄새도 아니었다.

무슨 냄새지? 꿈이 아닌가? 그때 들려오는 말소리가 내 귀를 쫑긋하게 했다.

"있잖아, 네 언니!"

누구지? 혹시 아는 음성인가 가물가물 생각을 떠올려보려는데 이어지는 말이 내 뇌리에 꽂혔다.

"자살한 거 아니야. 자살… 당한 거야."

다음 말을 들으려 집중할수록 자꾸만 잠이 쏟아졌다. 아니 정신이 혼미해진다는 게 맞는 표현이었다. 이렇게 죽는 건가? 그렇게 정신을 잃었다. 아니, 잠이 든 걸지도. 아니면 그조차 꿈이었을지도.

얼마나 지났을까? 어디선가 음악 소리가 요란스럽게 들려왔다. 너무 시끄러워서 귀를 틀어막고 싶을 지경이었다. 두통까지 일어 눈살이 절로 찌푸려졌다.

'누가 저 음악 좀 꺼달라고요, 제발! 거기 누구 없어요?'

그런데 주변이 부산스러워지기 시작했다.

"여기요… 여기! 간호사!"

이건 아빠의 목소리였다. 다급함이 묻어났다.

"선생님! 선생님, 눈꺼풀이 움직이고 있어요."

병실은 어느 사이 드나드는 사람들로 소동이 벌어졌다. 그저 내가 한 일이라고는 눈꺼풀을 뜨려고 한 것뿐이었고, 발가락을 꿈틀댄 것뿐이었는데. 잠시 후 눈이 시릴 정도의 환한 빛이 쏟아져 들어왔다. 눈을 질끈 감았다. 그리고 다시 떴다. 나를 들여다보고 있는 사람들의 얼굴이 흐릿하게 보이기 시작했다.

여기가 어디지? 지금 무슨 일이 일어난 거지?

"선생님! 우리 설아가 깨어난 거죠? 그런 거죠?"

흥분한 아빠의 음성이 병실 안을 요란하게 채우고 있었다.

'그러니까, 지금 내가 깨어난 거란 말이지…'

나는 천천히 눈을 감았다 떴다. 아무리 애를 써도 옴짝달싹 않던 눈꺼풀이 이제야 의지대로 움직이기 시작했다. 처음엔 안개 낀 듯 흐렸던 시야도 이내 차츰 또렷해졌다.

나를 들여다보는 의사와 간호사의 얼굴도 보였다. 저만치 깜짝 놀라서는 어쩔 줄 몰라 하는 아빠도 보였다. 그러니까, 이제야 눈을 뜬 거란 말이네?

그게 실감 나기 시작하자마자 나는 눈을 부릅떠야만 했다. 두려웠다. 죽을 만큼.

죽음의 경계에서의 귀환은 모두를 놀라게 했다. 나 역시 충격을 받았다. 그동안 몰라보게 변한 내 몰골에.

비로소 몸의 자유를 찾은 내가 가장 먼저 찾은 물건은 거울이었다. 거울 속에서 내 모습을 발견하고 나는 말 그대로 기절초풍했다. 아무리 병상에 누워만 있었어도 그렇지…. 피부는 거무죽죽하고 머리카락은 아무렇게나 잘려 나간 채였다.

  나는 거울을 들여다보며 습관적으로 불평했다.

"아, 그냥 깨어나지 말 걸 그랬네."

  이내 엄마의 통곡이 병실을 가득 메웠다.

"미안해, 엄마! 진심이 아니야. 그냥 혼잣말이었다고. 그리고 엄마, 엄마도 생각을 해봐. 그동안 병실 드나들었던 사람들이 전부 이런 내 꼴을 봤다는 거잖아. 엄마라도 창피하지 않겠어? 민우, 그래 민우 그 자식도 이런 내 모습을 봤을 텐데."

"너는 지금 그게 중요해? 네가 이러고 있는 동안 우리가 얼마나…."

"아니 그럼 뭐가 중요한데? 죽었다 깨어나면 뭐 이랬던 사람이 다르게 바뀌기라도 해야 하는 거야?"

  그저 농담이었다. 깨어난 게 기꺼워서 뱉었을 뿐인. 그런데 문제가 생겼다. 정말 내게 큰 변화가 생긴 것이다. 그것도 믿기 힘든 놀라운 변화가.

Chapter 2

6
남겨진 자들의 슬픔

강재경, 현재

고객님의 전화기가 꺼져 있어….

며칠째 설아를 볼 수 없었다. 전화도 내내 불통이었다. 똑같은 안내 메시지만 반복되었다.

삐, 소리에 번뜩 정신을 차렸다. 커피포트 뚜껑이 요란한 소리를 내며 덜컹거렸다. 차를 따르는데, 노크 소리가 들렸다.

"네."

상담실 문은 미동도 없었다.

"네, 들어오세요."

더 큰 소리를 내고서야 문이 열리더니, 여학생 하나가 안으로 들어섰다. 낯이 익었다.

'생선 냄새 난다잖아. 냄새나는 반찬 가게에서 일하지 말든가. 아님, 냄새 안 나게 미친 듯이 씻고 오든가.'

날카롭던 정화의 목소리와 함께 그녀를 어디서 봤었는지 기억해냈다. 학생의 명찰에 시선이 머물렀다.

'양윤정'

그래, 이름이 양윤정이었다.

열여덟, 반짝반짝 빛나고 생기가 돌아야 할 나이. 윤정 학생의 얼굴은 어두웠고, 깊이를 알기 힘든 우울의 그림자까지 덕지덕지 묻어났다. 게다가 엄지손톱은 얼마나 물어뜯었는지 너덜너덜해져 있었다.

흡사 세상의 모든 고난과 고민은 다 짊어진 것 같은 모습이었다.

짠한 동시에 화가 났다. 그런 그녀를 보고 있자니 문득 단어 하나가 떠올랐기 때문이다.

'먹잇감!'

일진 학생들에게, 사회의 소시오패스들에게, 그녀는 접근하기 딱 좋은 '먹잇감'이었다.

"선생님, 잠깐 시간 좀 되세요?"

고개를 끄덕였다. 무슨 이야기를 할까, 내심 궁금하기도 하고 걱정도 됐다. 혹시나 정화에게 괴롭힘을 당하고 있는 걸까? 추측도 해봤다. 그러는 새 윤정이 잠시 머뭇거리는가 싶더니 입을 열었다.

"혹시, 미술 선생님 상태가 어떤지 아세요?"

전혀 예상치 못한 질문이었다.

걱정인가? 하지만 그 아래엔 다른 무언가가 더 있었다. 재경은 곧 그것이 자신의 감정 상태와 닮아 있음을 깨달았다.

"깨어나실까요?"

'깨어날까?'

스스로 질문해봤지만 확신할 수 없었다.

"정화가 그러는데… 곧 사망 선고를 할 거래요."

재경은 화들짝 놀랐다. 설아가 병원에서 벌인 소동이 벌써 소문이 난 걸까? 그게 아니라면 정화는 그 사실을 어떻게 알게 된 걸까?

"정화라면… 류정화 말이니?"

"네."

"걔가 그걸 어떻게 알고?"

"걔 엄마가 우리 고등학교 이사장이거든요."

"아!"

그 중요한 사실을 잠시 잊고 있었다. 정화는 재벌 집 딸이자 학교 이사장 딸이기도 했다.

"학교에서 불미스러운 일이 일어났다고 길길이 날뛰었대요."

"날뛰었다고?"

"정화 표현에 의하면요. 걔 엄마가 한성격 하거든요. 사이도 별로고요."

집에 돈이 많다고, 지위가 높다고 부모와 자식 사이가 모두 돈독한 건 아닐 테니까.

"근데요, 선생님! 미술 선생님은 죽네 사네 하는 이 상황을 겨우 불미스러운 일로 치부해서 화를 낸다는 게 말이 되나요? 아무리 이사장이라도 말이에요."

윤정이 도저히 이해할 수 없다는 표정을 지었다. 더 살아보면 이해할 날이 올까? 분명 올 것이다. 인간은 자신의 이익에 반하는 상황에 직면하게 되면 악하게 변하고는 한다는 걸 재경은 이미 알아버린 지 오래였으니까.

"속상해서서 화를 내신 건 아닐까? …그럴 때는 본심과 다른 말이 나오기도 하잖아."

윤정은 듣는 둥 마는 둥 자기 생각에 잠겨 있었다. 그러다 툭 말을 내뱉었다.

"깨어나실 거예요. 분명히!"

윤정의 말속에는 바람과 함께 강한 믿음이 담겨 있었다.

"제 친구 동생 중에요, 윤설아라고, 죽었다가 살아온 애가 있거든요. 그러니까 미술 선생님도 그러지 말란 법은 없잖아요."

설아….

윤정에게서 그 이름을 들을 줄은 몰랐다.

"설아라면, 1학년 윤설아 학생을 말하는 거니?"

"설아를 아세요?"

고개를 끄덕였다. 하지만 언니가 있다는 건 알지 못했다.

"설아에게 언니가 있어?"

황진영 선생은 분명 설아에게 형제자매가 없다고 했다.

"아, 그게요. 지금은 없어요. 죽었거든요. 2년 전에… 자살… 했거든요."

재경은 전혀 놀라지 않았다. 아니, 놀라지 않은 척했다. 괜히 호들갑을 떨었다가 윤정이 입을 닫아버리면 안 될 일이었다.

"자살했다고? 어쩌다가 그 친구는 그런 선택을 했을까?"

"성적 비관 때문이라는 거 같았는데… 저도 잘은 모르겠어요."

하긴 친구의 죽음을 아무렇지 않게 입에 담을 수 있는 사람이 어디 있을까. 재경은 화제를 돌렸다.

"차 한잔 줄까?"

윤정이 시큰둥하게 고개를 저었다.

"아, 쌤, 듣기만 해도 더워요. 시원한 건 없나요? 저는 '얼죽아'거든요."

"아아… 아이스 아메리카노는 없는데… 잠시만."

냉장고 한쪽에 놓여 있던 오렌지 주스를 꺼내 건넸다.

"이거라도 괜찮을까?"

윤정이 주스를 받아 들자마자 벌컥벌컥 들이켰다. 다 비운 병을 테이블 위에 내려놓고는 재경을 빤히 쳐다봤다. 뭔가 할 말이 있다는 듯 머뭇대더니 이내 입을 열었다.

"저 때문이에요."

"뭐가?"

"미술 선생님이요…. 미술 선생님이 저렇게 되신 건…."

"그게 무슨 말이야? 윤정 학생 때문이라니?"

"그러니까… 그게요…."

윤정이 입을 열려는 순간 느닷없이 쾅, 소리와 함께 상담실 문이 벌컥 열렸다.

"선생님!"

윤정과 재경의 시선이 동시에 상담실 문으로 향했다. 설아다. 설아 역시 놀란 눈으로 윤정과 재경을 번갈아보았다.

"아, 죄송해요. 누가 있는 줄 몰랐어요. 노크했는데, 대답이 없으셔서."

윤정은 어느새 한쪽 손에 휴대폰을 움켜쥔 채 자리에서 일어나 있었다. 금방이라도 상담실 밖으로 튀어나갈 기세였다. 아니나 다를까, 윤정이 냉큼 인사말부터 건넸다.

"선생님, 다음에 뵐게요. 그럼 안녕히 계세요."

윤정이 문 쪽으로 다가가는데 설아가 막아섰다.

"잠깐만요. 맞죠? 윤정 언니? 저 설아예요, 승아 언니 동생… 윤설아. 저 알죠?"

"아, 승아 동생? 그래, 오랜만이네."

윤정이 마지못해 아는 척을 했다. 두 사람 사이에 묘한 긴장감이 흘렀다. 설아가 낮은 목소리로 물었다.

"왜 안 왔어요?"

생뚱맞은 질문이라도 받은 듯 윤정이 되물었다.

"무슨 소리야? 왜 안 왔냐니?"

"승아 언니 장례식이요. 두 사람 초등학교 때부터 친했잖아요."

윤정은 물끄러미 설아를 쳐다만 봤다. 그러다 힘겹게 입을 열었다.

"너무 슬퍼서… 그래서 갈 수 없었어…. 미안해."

윤정이 그렇게 대답하고는 돌아서 상담실을 나서려는데, 다시 설아가 불러세웠다.

"잠시만요. 언니!"

당황한 기색이 윤정의 온 표정에 드러났다. 멋쩍은 듯 설아가 코를 한번 쓱 문질렀다.

"그런데 언니 쓰는 향수가 뭐예요?"

그러고는 설아가 윤정에게 다가들어 킁킁댔다. 윤정이 질겁하며 한 걸음 물러났다.

"그건 왜 묻는데?"

"그냥요. 왠지 냄새가 익숙해서요."

"몰라, 선물 받은 거라."

윤정이 다급하게 상담실을 빠져나가는 걸 보며 설아는 고개를 갸웃거렸다. 윤정이 나가고 난 후에도 한참 동안 말이 없었다. 재경이 의자를 밀어주자, 그제야 설아가 털썩 주저앉았다.

"우리 언니 그렇게 된 건… 저 때문이에요. 언니가 죽은 거요."

"그게 무슨 말이니?"

"그날 언니랑 싸우지만 않았으면… 언니한테 그렇게 막말을 퍼붓지만 않았더라면… 언니가 그렇게 떠나지는 않았을 텐데…."

어떤 마음인지 감히 추측할 수는 없었다. 누군가를 위로하는 일은 재경에게 매번 어려운 일이었다.

"그건, 언니를 많이 사랑해서 그런 걸 거야. 사랑하는 사람이 그런 선택을 했을 때 남겨진 사람은 늘, 내가 뭘 더 할 수 있었을까, 생각하게 되거든. 그건 자연스러운 거야. 하지만 언니의 선택이네 탓은 아니야."

자신의 두 손을 맞잡고 손가락을 꼼지락대던 설아가 재경을 보고 슬프게 웃었다.

"언니 생각만 하면 자꾸만 후회돼요. 조금 더 잘해줄걸… 사랑한다고 말이나 해줄걸… 하는 그런 후회들이요."

"후회를 안 하며 살 수는 없겠지. 그래도 지나간 일은 되돌릴 수 없고, 시간이 지나면 다 받아들이게 되더라."

받아들이고, 극복하고, 그리고 이 악물고 바둥바둥 살아내는 것, 그건 남겨진 자들의 몫이었다.

전기포트가 삐, 하고 소리를 냈다. 재경이 커피포트를 들어 찻잔에 물을 따르는데 설아가 물끄러미 보다가 물었다.

"선생님도 그런 적 있으세요?"

재경이 설아를 향해 설핏 미소를 지었다.

"그러엄, 나라고 후회한 적이 없을까 봐…."

"아니요. 후회 말구요."

설아의 질문이 묘하게 재경의 마음을 긁었다. 질문의 진의를 파악하기도 전에 다음 질문이 이어졌다.

"죽고 싶다는 생각이요. 선생님도 죽고 싶다고 생각한 적 있으세요?"

예상치 못한 질문은 재경의 정신을 혼미하게 했다. 대답을 기다리는 듯 설아가 물끄러미 바라보는 게 느껴졌다. 재경은 대답 대신 화제를 돌렸다.

"들려온다는 음악 소리는 어때? 요즘도 계속 들리니?"

설아가 잠시 숨을 죽인 채 가만히 재경을 바라봤다.

"아니요, 요즘은 괜찮은 것 같아요."

"그래, 다행이구나…."

어색해진 공기가 주변을 감싸자 설아가 슬며시 자리에서 일어났다.

"이제 가봐야겠어요. 선생님도 퇴근하셔야 하잖아요."

"그래, 조심히 가렴. 또 놀러오고…."

말을 내뱉고 나니 놀러오라는 말이 영 어색하다는 걸 뒤늦게야 깨달았다.

"근데요, 선생님… 다음에 오면요, 차 말고 핫초코 같은 거, 그런 걸 주시면 좋겠어요. 차는 제 취향이 아니거든요."

그렇게 설아는 당당하지만 조금은 당황스러운 요구를 남기고 총총히 사라졌다.

닫힌 문을 바라보며 재경은 좀 전 설아의 질문을 떠올렸다.

'선생님도 죽고 싶다고 생각한 적 있으세요?'

대답하기 곤란한 질문이었다. 아니, 대답할 수 없는 질문이었다. 안 한 적이 있던가? 스쳐가는 생각에 재경은 씁쓸하게 웃었다.

그때 전화벨이 울렸다.

"네, 강재경입니다."

─ 아, 강선생님! 무슨 전화를 그렇게 사무적으로 받으세요. 우리 사이에.

은형사였다.

우리 사이는 무슨? 그저 형사와 상담사일 뿐인데.

한때는 그의 이런 농담에 설렜던 적도 있었다. 마음이 몹시 흔들리기도 했다. 하지만 그는 정확한 사람이었다. 설렁설렁한 것 같지만 말속에 뼈가 있고, 맺고 끊는 게 분명하고, 목표를 향해 멈춤 없이 달려가는 진취적인 사람. 그런데도 '사람 좋아 보이는' 장점까지 갖추었다.

그래서 문득문득 그의 날카로움과 예리함에 멈칫거렸고, 단호함에 상처도 받았다. 물론 다 지난 얘기였다. 그러니 이제 더는 흔들리면 안 되는 거였다.

— 선생님, 또 정색 중이시죠? 안 봐도 비디오네요.

그의 농담을 한 귀로 듣고 한 귀로 흘린 채 전화한 의도를 파악 중이었다. 순대국밥집에서 만난 그날, 은형사는 대화 중 한순간 표정이 굳어졌었다.

혁신고등학교! 그래 바로 그 단어였다.

"우리 학교에 무슨 일이 있나요?"

— 아, 강선생님! 역시, 예리하시네. 뭐 좀 여쭤보고 싶어서요.

뭐가 궁금한 걸까? 혁신고의 최근 이슈라고는 백선생 일뿐이었다. 그 일 때문인가?

"제가 이 학교에 온 지 얼마 안 돼서요. 도움이 될지 잘 모르겠네요."

일단 한 발을 뺐다.

— 그럼, 언제 만날까요?

일순 당황하고 말았다.

"만나다니요?"

은형사는 대뜸 한가한 시간을 묻더니 며칠 뒤, 저녁나절 약속까지 잡았다. 어느덧 정신을 차려보니 전화는 끊겨 있었다.

　이내 전화벨이 다시 울렸다. 은형사인가 싶어 급하게 수화기를 들었다. 약속을 취소하려는 걸까? 양가감정이 몰려왔다. 실망과 안도가.

　"네, 강재경입니다."

　― 재경이니?

　엄마였다. 며칠 동안이나 모른 척했지만, 엄마는 끈질기고 집요했다. 차라리 잘된 일일지도 모르겠다. 전화를 받지 않으면 끝나지 않을 거라는 걸 재경은 잘 알고 있었다.

　― 누구랑 통화하는데 이렇게 오래 통화를 해? 너 연애하니?

　오늘따라 유달리 친절하다. 머리에서는 이미 위험을 알리는 경종이 울리는 중이었다. 엄마는 늘 세 가지 중 하나의 감정 상태로 전화했다.

　'강재경, 네가 어떻게 이래?'

　이건 섭섭함과 화남이 공존하는 감정 상태.

　'재경아, 어쩌면 좋니?'

　이건 뭔가 많이 아쉽고, 부탁할 말이 있을 때.

　'재경이니?'

　이건 평온을 가장한 협박이다.

　그리고 가장 위험한 감정 상태이기도 했다. 이런 경우엔 특히나 정신을 바짝 차려야 했다. 절대 달콤한 말투에 속아서 부탁을 들어주는 일이 없도록! 하지만 늘 거절의 말은 목구멍에 걸려 나오지 않았다.

— 바쁘니? 바빠도 잠깐 집에 들러 밥이나 먹자고.

엄마의 친절한 말투에 불편한 기분이 먼저 들었다. 어쩌다 우리 가족은 이렇게 되고 말았을까? 한때는 엄마가 좋았던 적도 있었는데, 어쩌다 이렇게 된 걸까? 문득 슬퍼졌다.

"재현이 자식은 어쩌고 있어?"

그 망할 새끼라고 말하고 싶었으나, 엄마의 심기를 건드리고 싶지 않아 돌려 물었다.

— 일단 와, 와서 얘기하자. 너 좋아하는 잡채 해놓을게.

그놈의 잡채. 엄마가 뭔가 큰일을 벌이기 전에 꼭 들이미는 음식이었다. 실소가 나왔다. 엄마의 말 때문이 아니라 이제는 엄마의 수를 빤히 꿰뚫고 경계하기부터 하는 제 모습 때문이었다.

'도대체 이번 잡채의 의미는 뭘까?'

퇴근 후, 재경은 지긋지긋한 집구석으로 무거운 발걸음을 옮길 수밖에 없었다.

"이 집 팔았다. 상황이 상황인지라."

포크로 잡채를 가닥가닥 헤집고 있을 때, 엄마의 폭탄선언이 떨어졌다. 폭탄의 존재는 예상했지만, 그 충격은 예상을 훨씬 뛰어넘었다. '팔 거야'도 아니고 '팔았다'니.

재경은 포크에 몇 가닥 걸린 잡채를 봤다. 금방이라도 뚝 끊어질 것 같은 가느다란 모양이 제 목숨줄인 것처럼 느껴졌다. 속이 울렁거렸다.

자신의 인생은 늘 불공평했고, 엄마도 늘 불공평했다. 살면서 화내봐야 제 손해라는 것도 알게 됐다. 마지막까지도 끊어지지 않고 아등바등 포크에 매달린 한 가닥의 잡채를 바라볼 뿐, 차마 엄마를 볼 수는 없었다.

재경이 고개를 들고 천천히 입을 열었다.

"재현이 때문에?"

수리비에, 합의 비용이 필요했겠지. 답은 뻔했다. 그런데도 물어보았다. 제 어리석음에 욕지거리가 나오려는 걸 애써 참았다.

"화 안 내니?"

엄마의 목소리만으로 알았다. 자신이 화를 내는 순간, 되받아칠 화를 준비하는 걸. 하지만 재경은 화내지 않기로 결심했다. 여기서 화를 냈다간 나중에라도 일이 돌이킬 수 없게 됐을 때, 엄마는 자신이 그녀를 책임질 거라는 희망을 품을지도 몰랐다. 그저 남일처럼 굴기로 했다.

"어디로 가는데?"

또 괜한 질문을 던지고 말았다. 아차, 싶었다. 재경은 엄마가 대답할 틈을 주지 않고 다음 말을 이었다.

"남은 내 짐은 오늘 챙겨갈게."

엄마가 잠시 눈치를 살피는가 싶더니 입을 열었다.

"저기…."

"싫어."

엄마가 어이없다는 표정을 지었다.

"뭐가 싫어? 말도 안 했는데."
"어, 싫어. 무슨 말이든 다 싫어. 안 할 거야."
포크를 들어 잡채를 돌돌 말아 입에 넣었다. 질겼다. 마치 고무줄을 씹고 있는 것 마냥.
포크를 내려놓고서야 엄마의 얼굴을 똑바로 쳐다봤다.
"잘 먹었어요. 그리고 엄마, 이젠 잡채 같은 거 하지 마. 나 잡채 싫어해."
예상치 못한 딸의 반응에 당황해 엄마가 안절부절못하는 사이 재경은 예전 자신의 방으로 들어와 문을 닫았다. 방은 누런 종이 상자들로 가득한 창고가 되어버린 지 오래였다.
왈칵 눈물이 쏟아졌다. 어린 시절의 온갖 기억들이 어지럽게 뒤섞여 있는 집. 아빠의 죽음으로 지켜낸 집이기도 했다. 구치소에 갇힌 아빠를 위해 변호사를 사러 돌아다니던 엄마에게 가진 재산이라고는 이 집뿐이었다.
엄마가 아빠의 변호 비용을 대기 위해 집을 팔기로 한 그날, 아빠는 감옥 안에서 극단적인 선택을 했고, 재경의 가족은 그 이후로 십여 년을 더 이 집에서 살아냈다.
어쩌면 그때부터 예견된 미래였다. 조금 늦춰졌을 뿐. 사람들은 아빠가 죄책감에 자살을 선택했다고 했지만, 재경은 아빠가 이 집을 지켜내기 위해 그랬다는 걸 알았다.
세차게 머리를 흔들어 과거의 흔적을 털어냈다. 왈칵 쏟아진 눈물도 애써 꿀꺽 삼켰다. 방 한쪽에 자리 잡고 앉아 상자에 담긴 물건들을 꺼내 정리하기 시작했다. 우선은 쌓인 먼지를 털어냈다. 오늘부로 다 털어낼 것이다. 가족도, 기억도, 과거도!

눈에 보이는 두툼한 앨범 하나를 집어 들었다. 가족사진들이 가득할 줄 알았던 앨범에는 신문 스크랩들로 가득했다. 눈앞에 벌어진 현실을 인정하고 싶지 않아 의도적으로 읽지 않았던, 아빠의 기사들이었다. 한때 그의 무죄를 밝혀내겠다며 고군분투하던 엄마의 흔적이기도 했다.

심호흡 후, 기사에 눈길을 돌렸다.

씨엘제과 재벌 2세의 딸, 성추행 용의자 자살!

씨엘제과!

뜻밖의 낯익은 이름에 숨이 가빠오기 시작했다. 심장이 미친 듯 뛰고, 뇌 회로가 멈출 듯 큰 전류가 뇌리를 스쳤다. 기사 속 그 용의자는 분명 아빠였고, 그 재벌 2세의 딸은, 그러니까 미루어 짐작해보자면 정화였다.

기사의 연도를 확인하고 시간을 헤아려봤다. 그건 재경 스스로 자신을 확인 사살하는 일이기도 했다.

비릿한 표정으로 바라보던, 친구에게 생선 냄새를 없애고 다니라고 잔인하게 내뱉던 그 학생, 류정화!

미처 씨엘제과에서 막지 못했던 지방지 신문에 조그맣게 난 기사의 일부분을 오려 앨범 한 페이지에 넣어놨던, 엄마에게마저도 까마득히 잊힌 과거, 그 과거가 집채만 한 파도로 변해 재경을 덮치고 있었다.

"아아아… 악! 아니야. 아니야… 아니라고…."

문이 벌컥 열리고 엄마가 뛰어 들어오는 모습이 보였다. 재경은 제 몸이 그녀의 품으로 급히 당겨지는 것을 느꼈다. 그 와중에도 입 밖으로 새어 나오는 울부짖음은 끝날 줄 몰랐다.

6-1
먹잇감 & 희생양

류정화, 2년 전

선물을 준 지 벌써 사흘째.

민우에게는 아직 별다른 연락이 없었다.

혹시나 학원을 오다가다 만날까 싶었지만, 그날 이후로 민우를 볼 수 없었다. 고맙다거나, 잘 받았다거나, 맘에 든다거나, 말을 전할 법도 한데, 전화도 묵묵부답이었다.

"승아야, 요즘 민우가 안 보이네? 무슨 일 있어?"

"일? 모르겠는데? 왜?"

"아니, 요즘 얼굴을 도통 볼 수가 없어서 말이야."

승아가 의외라는 듯 고개를 갸웃했다.

"걔가 일이 있을 게 뭐가 있겠어? 어제 내 동생, 잘만 만나던데."

"혹시 두 사람… 사귀는 거니?"

나도 모르게 파르르 소리를 내지른 것 같아 아차 싶은데, 승아가 더 펄쩍 뛰었다.

"얘, 너는 무슨 그런 말도 안 되는 소리를…."

이때다 싶어 말을 꺼내려 했지만, 승아가 부른 내 이름을 시작으로 치밀하게 세웠던 계획이 어그러지기 시작했다.

"정화야! 있지… 나 너한테 할 말 있거든. 실은 이거 너한테만 하는 말인데, 비밀 지켜줄 수 있지?"

도대체 무슨 말을 하려고 눈 뜨고는 못 봐줄 역겨운 표정을 짓는 건지…. 일단은 들어나 보기로 했다.

"나, 있지, 민우 좋아하거든. 유치원 때부터 좋아했는데, 말을 못 했어. 못 하겠더라. 괜히 어색해질까 봐."

그래, 공부라도 잘하니 다행이었다. 주제 파악, 분수 파악은 잘하는 편이니.

"그런데 나, 이제 고백하려고."

순간 나는 숨을 멈춰버리고 말았다. 입안에서 비릿한 피 맛이 돌았다. 입술을 너무 세게 문 모양이었다.

"민우가 너한테 마음이 있기나 하고?"

내 말에 승아가 입을 다물었다. 그럼 그렇지, 그럴 리가 없었다. 민우 같은 애가 왜 승아를?

"어, 그건 고백해봐야…."

"만약 싫다고 하면?"

"그래도, 안 하고 고민하는 거보다는, 하고 후회하는 게 나을 거 같아."

그렇게 망신을 줬으면 물러날 법도 한데, 승아는 꿋꿋했다.

거절당할 것이 분명했다. 그리고 잠시 후 울리는 내 전화벨이 내게 확신을 줬다. 전화를 건 주인공은 민우였다.

―누나, 잠깐 볼 수 있을까요?

이루어질 수 없는 꿈에 부풀어 있는 불쌍한 승아의 얼굴을 잠시 바라봤다.

"어, 그래. 어디서 볼까?"

민우와 약속을 정하고 전화를 끊은 나는 환하게 웃으며 승아를 격려해주었다.

"그래, 승아야. 잘해봐. 내가 꼭 잘되기를 기도해줄게."

숨이 차게 뛰어왔다는 걸 들키지 않으려고 잠시 눈앞에서 숨을 가다듬었다.

민우는 음료도 시키지 않은 채 무언가를 열심히 끄적이고 있었다. 내가 테이블 앞까지 다가서서야 인기척에 고개를 들었다.

"왔어요?"

"어, 그래, 많이 기다렸니?"

"저도 좀 전에 왔어요."

나는 말없이 민우 앞 테이블에 펼쳐진 문제집에 시선을 주었다.

"아, 좀 이따 학원 가야 해서요. 누나, 뭐 드실래요? 제가 주문해서 받아올게요."

민우가 내 시선을 의식한 듯이 책을 덮었다. 긴 다리로 성큼성큼 멀어지는 그의 뒷모습을 잠시 바라보다가 시선을 돌렸다. 그런데 민우 옆자리 의자에 놓인 백화점 가방이 눈에 띄었다. 힐끗 보니, 그 안에 가방도 그대로 들어있는 듯했다.

"아, 이거요."

어느새 자리로 돌아온 민우가 음료가 든 잔을 테이블 위에 내려놨다. 그리고 내가 보고 있던 종이 가방을 들어서 내 앞으로 밀었다. 순간, 종이가방에 밀린 음료 잔이 바닥으로 떨어졌다. 바닥으로 떨어진 음료 잔은 '쨍그랑' 소리와 함께 산산조각이 났고, 그 안에 담겨 있던 얼음이 바닥으로 흩어졌다.

"괜찮으세요?"

당황한 민우가 어쩔 줄 몰라 하며 일어섰다. 내 자존심은 이미 산산조각이 났다. 마음이 점점 차가워졌다. 민우가 다시 한번 사과했다.

"미안해요. 누나!"

"뭐가? 뭐가 미안한데?"

앙칼진 음성이 내 귀마저도 찢을 듯싶었다.

"선물이요. 이런 비싼 선물은 받을 수가 없어요."

"비싸긴. 그거 별로 비싼 거 아니거든?"

"축하해주셔서 감사해요, 마음만 받을게요. 선물은… 못 받겠어요. 미안해요, 누나!"

민우가 나가고 나서도 나는 한참을 테이블 앞에 혼자 앉아 있었다.

덩그러니 테이블 위에 놓인 가방을 보니 기분이 더러웠다. 오물 덩어리를 앞에 둔 것 같았다.

그냥 쓰레기통에 버려버릴까 하다가 환불받기로 했다. 백화점으로 가는 동안까지도 내 기분은 풀리지 않았다. 브랜드 매장으로 저벅저벅 걸어 들어가 가방을 계산대에 올려놨다.

나를 알아본 직원이 친절한 말투로 뭔가 불편한 점이라도 있었냐고 물었다.

"단순 변심이요."

구구절절 설명하고픈 기분이 아니었다.

"고객님, 혹시 실제로 사용하셨던 건…."

"아, 짜증 나, 사람을 뭘로 보고?"

일단 혼잣말처럼 내뱉었다. 여차하면 들이받을까 했지만, 여직원은 노련했다. 내가 내민 카드를 얼른 받아 결제 내역을 취소한 후, 공손하게 내밀었다. 또 방문해 달라는 영혼 없는 인사와 함께.

매장을 나오자 기분이 더 꿀꿀해졌다. 1층으로 내려가 화장실로 향했다.

손을 닦고 거울 속 내 모습을 들여다보자 더 화가 치밀어 올랐다.

"승아 따위와는 친하게 지내면서 내 호의를 거절해?"

신경질적으로 립글로스를 바르고 화장품 파우치를 챙겨 돌아서는데, 물 내리는 소리와 함께 문이 벌컥 열리더니 여자 하나가 튀어나왔다. 그러고는 그대로 나를 향해 돌진했다.

피할 틈도 없이 여자와 부딪힌 나는 비명과 함께 화장실 바닥으로 넘어졌고, 손에 들려 있던 화장품 가방을 놓치고 말았다. 가방이 공중으로 날아가 탁, 소리와 함께 바닥에 떨어지자 담겨 있던 내용물이 바닥으로 흩어졌다.

그걸 멍하니 보고 있는데, 순간 팔에 날카로운 통증이 느껴졌다.

"괜찮으세요?"

여자가 나를 부축해 일으켜 세우려고 내 팔을 잡은 것이다. 뿌리치려고 손을 드는 순간, 또다시 통증이 밀려왔다. 나도 모르게 외마디 비명이 터져 나왔다.

당황한 여자가 쭈그려 앉더니 다급하게 물건을 주워 담았다. 그러고는 일어서서 파우치를 내게 내밀었다.

"죄송해요…."

울먹이는 듯 음성이 파르르 떨리고 있었다.

물끄러미 파우치를 바라보다 침을 뱉듯이 말했다.

"더럽게."

여자가 놀란 눈으로 나를 보았다.

"지금, 화장실 바닥에 떨어진 물건을 쓰라는 거야?"

여자를 노려보는데, 얼굴이 낯설지 않았다. 유니폼 위에 달린 명찰을 보고, 확신했다. 그녀가 화장품 매장의 '김정미' 사원이라는 걸. 그녀 역시 나를 알아본 듯 얼굴빛이 사색으로 변했다.

"여기, 고객 전용인 건 알죠?"

"죄송합니다. 정말 죄송합니다."

잔뜩 주눅든 채 계속 머리를 조아리고 있는 김정미를 보면서 나는 와락 인상을 구겼다. 그리고 곧장 휴대폰을 들어 강변호사에게 전화를 걸었다.

― 네, 강석환 변호삽니다.

"아저씨, 저예요. 정화!"

내 전화에 그의 말투가 바뀐다.

— 네, 아가씨가 어쩐 일… 이세요. 무슨 일 있으세요?

그 순간 나는 울먹이기 시작했다.

"아저씨, 저 지금 백화점에서 넘어져서 다쳤어요. 팔을 다친 거 같아요. 너무 아픈데 어떻게 하죠?"

강변호사는 변호사답게 차근차근 자초지종을 물었다. 어떻게 다쳤냐는 말에 나는 백화점 직원 '김정미'를 쳐다봤다.

"백화점 직원이 밀어서 넘어졌어요. 일부러 그런 건 아닐 거예요."

강변호사는 우선 병원으로 가서 진단서를 끊으라고 했다. 곧 자신이 백화점으로 와서 해결하겠다는 말과 함께 전화를 끊었다.

전화를 끊고 난감해하는 김정미 사원의 얼굴을 물끄러미 쳐다봤다. 얼굴이 하얗게 질려가고 있었다. 그러든지 말든지, 화장실 밖으로 나오다 화장품 가방을 보란 듯 그대로 휴지통에 던져 넣었다.

일은 거기서 끝나지 않았다. 팔꿈치에 금이 갔다는 의사의 설명과 함께 전치 4주 진단을 받은 것이다. 이건 다 승아 때문이었다. 민우를 좋아한다는 승아의 고백을 들은 후 그 아이가 끔찍하게 싫어졌다. 그런데 조금 전 민우에게 내 마음을 거절당했다고 생각하니, 겹겹이 쌓인 증오와 원망, 짜증이 승아에게로 향하고 있었다.

하지만 승아는 내 기분 따위는 전혀 눈치채지 못했다. 이토록 멍청할 수가!

　이런 내 본심과는 다르게 나는 승아와의 거리를 멀지도 가깝지도 않게 유지 중이었다. 민우의 소식도 간간이 전해 들어야 했고, 아직 기말고사도 남았으니까.

　그사이 내 감정은 조용히 그러나 확실하게 들끓고 있었다. 약한 불에 오래 올려둔 냄비처럼, 겉으론 잠잠해 보여도 뚜껑을 열면 펑 하고 터질 만큼 차오른 상태라고나 할까. 언제든 터져 버릴 수 있었다. 말 한마디, 눈짓 하나, 아주 사소한 자극이면 충분했다.

　솔직히 말하자면, 나는 이미 여러 번 승아를 망신 주는 상상을 했다. 사람들 앞에서 무너지는 얼굴, 말문이 막힌 표정, 금세라도 울 것 같은 그런 걸 보고 싶었다. 그 모든 상상이 달콤하게 내 혈관을 타고 흘렀다. 하지만 지금은 그런 유혹을 애써 외면하는 중이었다. 아직은 때가 아니었다.

　며칠 뒤, 우리는 피자집에 모두 모였다. 어설픈 농담들이 테이블 위를 떠다니고, 콜라 거품은 금세 꺼졌다. 기름기 반들반들한 접시엔 식어가는 피자 조각들이 맥없이 늘어져 있었다. 그 틈에서 승아는 잘도 웃고 있었다. 어깨를 들썩이며, 눈을 반쯤 접어가며, 모두에게 착한 아이처럼 굴고 있었다.

　진심으로 역겨웠다. 웃을 때 올라가는 그 아이의 입꼬리 하나, 피자 조각을 집는 손끝 하나까지도. 갑자기 승아가 내 쪽으로 고개를 돌리며 나를 보고 또 한 번 웃었다. 나는 그 웃음을 피하지도, 받아주지도 않았다. 그저 컵을 들고, 천천히 한 모금 넘겼을 뿐이었다. 그리고 목소리를 부자연스러울 만큼 높여 일부러 호들갑스럽게 물었다.

"승아야, 어떻게 됐어? 고백했어?"

무방비 상태나 다름없던 승아가 멈칫했고, 친구들이 호기심을 보였다.

"무슨 고백?"

"어머, 고백이라니? 뭐? 사랑 고백?"

"설마 윤승아가? 그게 말이 돼?"

친구들의 비웃음 섞인 목소리가 날카롭게 귀를 때렸다.

피식, 웃음이 새어 나왔다. 은근히 통쾌했다. 그때, 승아의 목소리가 조용히 흘러나왔다.

"어, 했어. 고백! 민우도 내가 좋대. 그래서 우리 사귀기로 했어."

꺄아아! 순간 주변에서 친구들의 환호성이 터져 나왔다.

"대박!"

"진짜? 미쳤다."

"야, 윤승아! 너 좀 쩌는데?"

이어 흥분한 목소리들이 들끓었다. 그 목소리들 사이로 이질감이 느껴지는 내 목소리 역시 터져 나왔다.

"거짓말!"

순간 정적이 흘렀다. 모두의 시선이 내게 쏠렸지만, 멈출 수 없었다. 내 안의 무언가가 마침내 뚜껑을 열었다. 그리고 그 순간, 나는 내가 얼마나 이 순간을 기다려왔는지를 깨달았다.

"거짓말도 정도껏 해야지. 이건 너무 심하잖아."

승아가 내 쪽을 향해 천천히 고개를 돌렸다. 승아의 얼굴엔 당황과 의심 그리고 실망 같은 게 엉켜 있었다. 그 표정이 나는 좋았다. 마침내 그 완벽한 가면에 균열이 생기기 시작했다.

"거짓말 아니거든!"

발끈하는 승아의 태도에 나는 비웃듯 어깨를 으쓱했다.

"뭘 아니야. 그런 일이 일어날 리가 없잖아."

나는 말을 질질 끌며 조롱하기 시작했다. 내 목소리에는 차가운 확신이 서려 있었다.

"걔가 눈이 삐었으면 모를까, 너랑 사귈 리가 있겠어?"

"정화야…."

윤주가 그만하라는 듯 조심스레 나를 불렀다. 그 목소리조차 신경에 거슬렸다. 지금, 이 순간을 방해하는 모든 것들이 싫었다.

"착각도 유분수지. 너같이 촌스럽고 뚱뚱한 애를, 민우 같은 애가 좋아한다는 게 말이 된다고 생각하니? 안 그래?"

어느새 친구들 몇몇이 곤란한 표정을 짓고는 고개를 끄덕이기 시작했다. 그 순간이 달콤했다. 승아를 향한 시선들이 하나둘 의심으로 변해가는 것을 느낄 수 있었다.

"야, 류정화, 너, 지금 친구들 앞에서 나 망신 주려는 거야?"

승아가 물었다. 입술이 떨리고 있었다. 그 떨림이 내게는 승리의 신호처럼 보였다.

"아니."

나는 일부러 숨을 고르는 척 승아를 똑바로 쳐다봤다. 이제는 가면을 벗을 때였다.

"그냥, 진실을 확인하고 싶은 것뿐이야."

"확인이라니?"

"증거를 가져와. 그럼 믿어줄게."

"그게 무슨 말이야? 증거라니?"

"네가 민우와 사귀기로 했다는 증거를 보여달라고. 그럼 믿어줄게."

"내가 왜 그래야 하는데?"

"친구니까."

나는 한 글자 한 글자 또렷하게 말했다. 마지막 한 방을 날릴 준비를 했다.

"나는 거짓말하는 앤 딱 질색이거든."

어쩔 줄 몰라 하는 승아를 남겨두고 쌩하니 돌아섰다. 내 안의 모든 독이 다 빠져나간 것 같았다. 시원했다.

"얘들아 가자."

친구들이 머뭇거리며 따라 일어났고, 나는 의도적으로 승아 쪽을 보지 않은 채 자리를 떴다. 그렇게 승아는 혼자 남겨졌다.

발걸음을 옮기면서도, 나는 뒤에서 들려올 승아의 훌쩍거리는 모습을 상상했다. 상상만으로도 충분히 만족스러웠다.

7
과거가 말을 걸어오다

강재경, 현재

상담실 창문 너머로 아이들 고함 소리가 요란했다. 햇살은 창가를 향해 쏟아지고, 상담실 안에는 은은한 음악이 흘렀다. 여느 날과 다름없는 평화로운 일상이었다. 하지만 재경의 마음은 혼란스럽기만 했다.

집에 다녀온 이후로 아무 일도 손에 잡히지 않았다. 끝을 내려던 일이 마지막 그 지점에서 다시 시작되었다. 애써 떠올리지 않으려고 했던 존재, 아버지! 그리고 마치 없었던 일인 양 오려내고 싶었던 과거의 일들이 다시금 스멀스멀 기어나와 재경을 괴롭혔다.

아버지는 많이도 억울해했다. 하늘을 우러러 한 점 부끄럼 없이 살았다고, 딸 키우는 내가 어떻게 그럴 수 있겠냐며, 절대 그런 일은 상상조차 한 적 없다며, 너만은 아빠를 믿어줘야 한다고 재경 앞에서 가슴을 치며 울부짖던 아버지의 모습이 눈에 선했다. 그렇지만 아버지는 결국 자살로 생을 마무리했고, 끝내는 소아 성추행범으로 남았다.

더 끔찍한 사실은 재경 역시 범죄자의 딸이라는 낙인을 지울 수 없게 됐다는 것이다.

'범죄는 유전 때문일까? 환경 때문일까? 타고나는 것일까? 만들어지는 것일까?'

어느 날 우연히 범죄 관련 프로그램에서 던져진 화두. 이후 재경은 이 질문에 대해 끊임없이 생각했다. 두려웠다. 자신도 그 '나쁜 유전자'를 받았을까 봐. 그래서 미친 듯이 그 주제의 자료들을 찾아보고는 했다.

영국 교도소 내 의사 찰스 고링(Charles Goring)은 범죄자의 부모, 자식, 형제가 모두 범죄자일 확률이 높다며 범죄 유전론을 주장했다. 미국 심리학자 헨리 고더드(Henry Goddard)는 가계 분석을 통해 '나쁜 유전자'는 유전된다고 주장했다.

동생 재환이 고등학교에 입학하고 나서 학교폭력, 교권침해 등의 사유로 강제 전학 조치가 세 번이나 취해졌을 때쯤 재경의 두려움은 더욱 극으로 치달았다. 그래서 그때부터 범죄 심리를 공부하기로 했다.

'유전적 요인일까? 환경적 요인일까?'

하지만 아무리 공부해도 재경은 그 문제에 결론을 내릴 수 없었다. 그렇게 대학원에 가고, 경찰서로 비행 청소년 면담을 다니면서 유전적 요인보다는 부모와 환경의 문제가 범죄를 유발하는 요인으로 더 크게 작용하지 않을까 하는 쪽으로 의견이 기울었다.
 만약 동생도 다복하고 행복한 가정에서 자랐다면 지금처럼 개망나니 꼴이 되지는 않았을까?
 그런 생각의 끝에서 아버지에 대한 재경의 원망은 점점 커지만 갔다. 아버지가 그런 일만 저지르지 않았어도 집이 이렇게 풍비박산 날 일은 없었을 거라고, 동생과 자신 역시도 피해의식으로 똘똘 뭉친 인간으로 크지 않았을 거라고. 늘 세상 모든 불행을 다 끌어안은 표정으로 살고 있는 엄마도 하루하루 소소한 행복쯤은 느끼고 누리고 살 수 있었을 거라고.
 재경에게 결백을 주장하던 아버지의 모습은 자식에게만은 나쁘게 비치고 싶지 않은 일말의 자존심, 아니면 가식 내지는 양의 탈 정도일 거라고. 똘똘 뭉쳐진 원망으로 지금까지 살아왔다.
 그런데 자꾸만 억울해하던 아버지의 울부짖음이 진심이었을지도 모른다는 생각이 들기 시작했다. 어쩌면 아버지는 정말 누명을 쓴 걸 수도 있지 않을까?

 특유의 걸음걸이로 어슬렁어슬렁 걸음을 옮기는 학생 주임 이선호 선생을 발견했다. 그는 지난해 정화의 담임이었다. 몇 번이나 만나려고 했었으나, 매번 그의 자리는 비어 있었다. 오늘은 타이밍이 절묘했다.
 "이선호 선생님!"
 혹여나 놓칠까 싶어 생각할 겨를도 없이 다급하게 부르며 뛰어갔다.

이선생은 다가서는 재경을 보며 의아한 표정을 지었다. 누구인지 떠올리는 것처럼 잠깐 눈을 굴리더니, 이내 기억 났다는 듯 시선을 바로 했다.

"아, 상담 선생님! 어쩐 일이세요?"

"여쭙고 싶은 게 좀 있어서요."

말을 꺼내고 보니 인사도 생략한 터였다. 이미 생략한 거, 그냥 넘어가기로 했다. 어차피 그도 별로 개의치 않는 눈치였다.

"여쭙고 싶은 거라니요? 저한테요?"

"학생들에게 애정이 많은 선생님이시니, 아이들에 대해서도 많이 아실 것 같아서요."

이선호 선생은 학생들 사이에서 '벽창호 꼰대'라 불리고 있었다. 하지만 재경이 알아본, 그리고 느낀 이선생은 학생답지 않은 행동을 하는 학생들을 찾아내 어른답게 야단을 치는, 학생들에게, 학교에, 그리고 선생이라는 직업에 여전히 애정을 가진 선생님이었다.

"알기야 잘 알지만, 뭐 상담 선생님처럼 사람의 속내까지 들여다볼 수 있을까 싶은데?"

이선생이 벤치를 가리키며 말했다.

"저기라도 좀 앉을까요?"

재경의 대답이 나오기도 전에 그가 먼저 발길을 옮겼다. 그리고 먼저 자리를 잡고 털썩 주저앉았다.

"비가 오려나…."

그가 무릎을 툭툭 두드리며 혼잣말을 했다. 아이들을 향한 열정, 교사라는 직업에 대한 애정만큼 체력이 따라주지는 않는 모양이었다. 그의 나이는 이미 쉰을 넘겼다. 교감을 달았어도 벌써 달았을 나이에 아직 평교사였다.

재경은 조금은 떨어져 그의 옆에 앉았다. 그가 그녀를 물끄러미 응시했다.

"그래, 어떤 학생이 궁금한데요?"

그의 사려 깊은 시선이 재경의 입이 열리기만 기다리고 있었다.

"작년 선생님 반, 류정화 학생… 이요."

이선생의 표정이 미묘하게 변하는 게 느껴졌다.

"아, 정화 학생이요? 예쁘고, 공부도 잘하고, 뭐 집안도 좋고, 여러모로 나무랄 데가 없는 학생이죠."

그의 말을 곱씹었다. 재경이 원하는 대답은 아니었다. 하지만 그의 미묘한 표정에서 숨겨진 뭔가를 읽어낼 수 있었다. 말하기 곤란한 것이 분명했다.

"왜요? 정화 학생한테 무슨 문제라도…."

다음 질문이 재경의 추측에 확신을 심어줬다. 사실 재경이 기대했던 건 이선호 선생의 한탄과 아이에 관한 뒷이야기였을지도 모르겠다. 상대방을 향한 영혼 없는 칭찬에서 그 사람의 진면목을 읽어내기란 쉽지 않은 일이었으니까. 칭찬이야말로 잘 알지 못하는 사람에 관해 말할 때 가장 쉽게 할 수 있는 선택이라고 재경은 늘 생각해왔다.

대답을 기다리는 이선생이 걱정과 호기심이 혼재된 표정으로 재경을 빤히 쳐다봤다.

누구를 향한, 무엇에 관한 걱정일까? 정화? 아니면 재경?

재경은 잠시 스치듯 지나가는 궁금증을 미뤄두고 대화를 이어나갔다.

"문제랄 건 아니고, 제가 좀 알아봐야 할 일이 생겨서요."

"정화 학생이 좀 어려운 학생이긴 하죠."

이선호 선생은 먼저 운을 떼고도 뒷말을 아꼈다. 이내 그의 눈빛이 조금 날카롭게 변했다. 재경에게 뭔가 경고하고 싶은 것이라도 있는 것 같았다.

"아시죠? 정화 학생 어머님이… 우리 학교 경영진인 거?"

뭔가 의미심장한 뉘앙스였다. 하지만 거기까지였다. 재경이 기대하는 말을 더해줄 기미가 보이지 않았다. 그래서 재경은 들이받아 보기로 했다.

"그러니까 괜히 말을 잘못하면 곤란해진다, 뭐 이런 걸까요?"

잠시 말이 없었다. 그러다 툭 던지듯 가볍게 내뱉었다.

"곤란해질 일이 뭐가 있을까요? 잘리는 것밖에는!"

그의 말이 재경의 현실을 자각시켰다. 정교사도 아닌 기간제 상담 교사인 재경에게는 더욱 피부에 와닿는 말이었다.

"강선생한테만 해당하는 말은 아니지요. 우리 정교사들이라고 뭐 다르겠어요. 윗선에 밉보이면 자의든 타의든 그만두게 되는 거 아니겠어요?"

말을 마친 그가 끙, 소리를 내며 무릎을 짚고 힘겹게 일어섰다. 툭 불거져 나온 배가 오늘따라 더 무거워 보였다.

"이 나이가 되니, 앉았다 일어서는 것만으로도 온몸이 아우성이네요."

그가 몇 걸음 걷다 멈춰서더니 고개를 돌렸다. 그 고개마저 무거워 보이는 건 재경만의 느낌일까? 그가 온화하고도 진지한 시선으로 재경을 바라봤다.

"강선생! 조심해요. 호기심이 고양이를 죽인다는 말도 있잖아요."

낮은 음성이었지만, 그 말은 재경의 귀에 선명하게 파고들었다.

이선생은 그러고는 아무 일 없다는 듯 돌아서 어기적어기적 걸어갔다.

'조심해요.'

그가 남긴 말은 고스란히 재경에게 남겨진 몫이었다. 무슨 의미일까? 그도 분명 '류정화'에 관해 뭔가 알고 있는 거였다.

휴대폰 알람이 울리기 시작했다. '은지형 형사님 약속'이라고 표시된 알람 속 글씨가 반짝거렸다. 잠시 잊고 있었다. 그와의 약속을.

7-1
죽음의 징조

윤설아, 1년 전

여느 날과 다르지 않은 병실의 일상이 이어졌다. 너무나도 감사한 무료함이었다. 식물인간에서 살아 움직이는 윤설아 본연의 모습을 찾아가는 동안, 나는 모든 면회객을 사절했다. 깨어났다는 내 소식에 가장 기뻐했을 민우와도 만나지 않았다.

사람들에게 사고 전과 다름없는 모습으로 보이고 싶었고, 그 모습으로 대면하고 싶었다. 물리치료도 열심히 받았고, 약도, 밥도 때마다 먹었다. 틈틈이 얼굴에 미스트를 뿌려주는 일도 빼먹지 않았다. 내 피부는 소중하니까.

일상으로 돌아가겠다는 내 의지를 꺾을 수 있는 건 아무것도 없었다. 그런데 곧 내가 예전과 같지 않음을 깨달았다. 과거와 다르지 않은 일상도, 무료함도 큰 착각이었다는 사실을 알게 된 것이다.

신기함과 동시에 두려움이 몰려왔다. 도대체 내게 무슨 일이 벌어진 거지?

어디선가 노랫소리가 들려오기 시작했다. 햇살이 환하게 병실 안을 내리쬐던 오후쯤이었다. 일주일 후 퇴원이 가능하다는 의사의 진단으로 기분이 좋아져 있던 날, 정체 모를 노래가 들려오기 시작한 것이다.

'어디서 들려오는 소리지?'

귀를 기울이는데, 문이 벌컥 열리고 간호사가 들어왔다. 간호복 위에 카디건을 걸쳐 입은 여자였다.

전영실. 카디건 가슴팍에 붙은 명찰 속 그녀의 이름이었다. 귀에 익은 목소리와 희미한 장미 향으로, 나는 그녀가 하루에 몇 번씩 병실에 들러 나를 살피던 담당 간호사임을 알아차릴 수 있었다.

"옆 병실에서 음악을 틀어놨나 봐요. 이게 무슨 노래예요?"

약을 건네던 간호사 눈이 동그래졌다.

"노래라뇨? 무슨 노래요?"

그녀는 나와 정면으로 눈이 마주치자 얼른 고개를 돌렸다. 그녀의 눈은 빨갛게 충혈되어 있었다. 부은 것 같기도 했다.

울었나? 왜? 유부남 의사와 연애가 잘 안 되는 건가? 뭐, 그런 관계니 당연히 잘되면 안 되는 거였다. 그런데 충혈된 눈을 보니 살짝 안타까운 생각도 들었다.

내 시선을 의식한 간호사의 행동이 유난히 분주해졌다. 이윽고 병실을 빠져나가려던 그녀가 문손잡이를 쥔 채 멈췄다.

"아직도 소리가 들려요? 혹시 이명이나 그런 게 들리는 건 아니고요? 사고 후유증일 수 있으니까, 담당 선생님께 말씀….”
"아니에요. 이젠 안 들려요."
그녀의 말이 끝나기도 전에 그녀의 말을 막았다. 물론 거짓말이었다. 또 다른 검사에 시달릴 생각을 하니 끔찍했기 때문이다. 와중에 음악 소리는 클라이맥스로 치닫고 있었다.
간호사가 병실을 완전히 빠져나갔고, 문이 닫혔다. 음악 소리가 작아졌다고 느끼는 건 기분 탓일까? 그리고 얼마 지나지 않아, 더 이상 들리지 않았다. 노래가 끝난 모양이었다.
그날 이후 나는 전영실 간호사를 다시 만날 수 없었다. '무슨 일이 있나?' 싶었지만, 일주일 후 퇴원이 확정된 까닭에 그때의 일도, 그녀도, 음악 소리도 까마득히 잊었다. 그 일이 터지기 전까지는.

"그렇게나 좋니?"
퇴원 날 아침, 병실을 나서며 콧노래를 흥얼거리는 내게 엄마가 흐뭇한 얼굴로 물었다.
"당연히 좋지! 죽었다 살아난 건데, 살아나서 두 발로 병원을 걸어 나가는 건데. 엄마는 안 좋아?"
"무슨 소리야. 나도 좋지."
엄마가 내 손을 꼭 잡았다. 조금 갑갑하게 느껴질 만큼 강한 악력이었다. 그것만으로 그간 엄마가 겪었을 맘고생을 충분히 짐작할 수 있었다.

그렇게 엄마와 손을 잡고, 긴긴 병원 복도를 지나 엘리베이터 쪽으로 가는데, 의사와 간호사 두어 명이 다급하게 뛰어 내 옆을 스쳤다.

문득 어디선가 음악 소리가 들리고 있는 걸 깨달았다. 일주일 전에 들었던 그 음악 소리였다.

'어디서 들려오는 거지?'

그대로 걸음을 멈추고 귀를 기울였다. 엄마가 따라 멈춰서서 나를 보는 게 느껴졌다.

"왜 그래? 어디 안 좋아?"

엄마와 잡았던 손을 놓고는, 나도 모르게 이끌리듯 소리의 진원지를 찾아 발걸음을 옮겼다.

소리는 점점 작아지고 있었다. 혹시라도 소리를 놓칠까 싶어 걸음은 더 바빠졌다. 마침내 그 진원지에 이르렀나 하는 순간, 나는 여자 화장실 앞에 서 있었다. 그리고 전영실 간호사와 마주쳤다. 화장실 문에 목을 맨 채 힘없이 늘어진 모습이었지만, 분명 그녀였다.

의사와 간호사들이 그녀를 다급하게 끌어내리고 있었다. 멍하게 그 장면을 보고 있던 나를 간호사 한 명이 발견했다. 그녀가 다급하게 다가와 나를 밀어냈다. 그녀의 손에 속절없이 밀려나면서도 내 시선은 축 늘어진 전영실 간호사에게서 떨어질 줄 몰랐다.

어느새 노랫소리는 멈춰 있었다. 뒤따라 달려온 엄마가 나를 끌어안아 등 뒤로 이끌었다.

"무슨 일인가요?"

걱정스레 묻는 엄마에게 간호사는 '죄송합니다'라는 말만 연신 내뱉었다. 엄마와 나는 그녀의 억센 힘에 밀려 화장실에서 계속 멀어졌다. 곧 엄마의 손에 끌려 나오면서도 나는 전영실 간호사가 있던 곳을 계속 돌아봤다.

'죽은 건가?'

문득 든 의문이었다.

'그래도 여기는 병원이고, 의사와 간호사가 있으니, 살지 않을까? 빠르게 응급처치하면?'

그 생각과 동시에 어디선가 희미한 음악 소리가 다시 들려오기 시작했다. 갑자기 심장이 쿵쾅거렸다. 환희의 감정이 사르르 밀려오는 것 같다고나 할까! 이유는 모르겠지만, 그녀가 다시 살아나고 있음을 느낄 수 있었다.

"설아야, 무슨 일이야? 너 지금 완전 넋 나간 애 같아. 도대체 뭘 본 거야? 왜? 뭔데?"

나는 잠시 엄마를 바라봤다. 근심이 한가득인 눈을 한 엄마에게 차마 내가 본 것을 그대로 말할 수는 없었다. 대신 이렇게 대꾸했다.

"지금 막… 죽었다 깨어난 사람을 봤어. 나처럼."

퇴원한 지 일주일이 지났다.

일상의 소중함이 바로 이런 걸까? 아이스크림 한 입을 베어 무는 순간의 그 달콤함에 감사했고, 거실 한편에서 늙은 고양이처럼 쭈그리고 앉아 화분의 꽃에 같잖은 농담을 걸며 일광욕하는 순간이면, 살아있음이 그렇게나 감사하고 즐거운 일이라는 사실을 깨닫고는 했다.

세상 다 살아본 노인네처럼, 발가락을 꼼지락거리며, 쏟아지는 햇살에 그림자놀이를 하다가 휴대폰 소리를 들었다. 그때 방안에서 엄마가 문을 열고 나왔다.

"설아야, 전화 오나 보다. 내가 네 휴대폰 찾아서 충전기에 꽂아놨는데."

건네받은 휴대폰에는 민우의 이름이 떠 있었다. 전화를 받으려는 찰나, 엄마가 다시 내 옆을 지나며 말했다.

"아 참, 민우가 아침에 너 자고 있을 때 전화했었는데…."

"거참 빨리도 알려주네…."

통화버튼을 누르고 아무 일 없었다는 듯 껄렁껄렁한 인사를 날렸다.

"어이, 한민우…."

— 어이, 윤설아! 뭐하냐?

민우 역시 어제 만났다가 헤어진 친구처럼 인사를 받았다.

"뭐하냐고?"

뭘 하고 있었더라? 졸린 고양이처럼 늘어져서 노인네처럼 햇살을 즐기고 있었다고 하면 분명 비웃을 게 분명했다. 바쁘게 할 말을 찾다가 민우가 한 말을 되돌려줬다.

"넌 뭐하는데?"

— 나, 너 보러 왔지.

민우의 말에 당황했다.

"어… 어딘데?"

— 네 집 앞. 너 보러 왔다니까? 얼른 나와라. 오랜만에 얼굴 좀 보게.

갑작스럽긴 해도, 별스럽지 않게 먼저 전화해준 민우가 너무나 고마웠다.

"엄마, 나 밖에 좀 다녀올게."

방을 향해 소리치고 현관으로 뛰어나갔다. 아무렇지 않게. 아무 일도 없었다는 듯.

정말 그렇기를 바랐다. 전과 지금의 내가 같은 사람이길. 내가 모르는 사이에 날 둘러싼 아무것도 변하지 않았기를. 그러나 그게 그저 철없는 바람이었을 뿐이라는 사실을 깨달은 건 불과 몇 초도 지나지 않아서였다.

현관문 앞에 서 있는 민우를 만난 바로 그 순간, 나는 괜히 뒤통수가 얼얼해졌다.

"뭐냐? 갑자기 키 크는 신비 약이라도 먹은 거야?"

민우의 키가 훌쩍 커져 있었다. 10cm 이상은 족히 큰 듯 보였다. 이대로 엎어지면 내 얼굴이 민우의 가슴팍에 꽂힐 상황이었다. 고작 6개월 지났을 뿐인데, 유치원, 초등학교 동기 꼬꼬마 민우는 어느새 내가 알던 모습과는 크게 달라져 있었다.

"그게, 그렇게 됐네."

머리를 긁적이는 민우는 제 외양이 눈에 띄게 변했음을 알고 있는 모양이었다. 일 년도 안 되는 시간이라고, 겨우 6개월이 지났을 뿐이라고 생각했는데, 그새 민우도, 세상도 정말 많이 변해 있었다.

"용건이 뭐야?"

"야, 섭섭하다. 우리가 언제부터 용건 있으면 보는 사이였다고, 우리 그런 사이 아니잖아?"

"그런 사이 아니면 우리가 뭐, 무슨 사이였는데? 내가 잊은 기억이라도 있는 거야?"

내 농담에 민우가 피식 웃었다.

"너는 어쩌면 변한 게 없냐? 그 실없는 농담 하고는…."

민우의 반응에 내가 발끈했다.

"농담 아니거든. 너야말로 죽었다 살아난 사람한테 고작 한다는 소리가…. 용건 없으면 간다."

"떡볶이 사줄게."

떡볶이라는 말에 나는 걸음을 멈췄다. 단어만 듣고도 군침이 돌았다. 매운 음식을 먹어본 게 언제였던가?

민우의 꼬드김에 넘어간 나는 어느새 떡볶이 가게에 앉아 있었다.

"최고로 매운맛이요."

신나게 외치고 민우와 마주 보고 앉았다. 꼬꼬마 때부터 보던 녀석이 아저씨처럼 보일 줄이야. 매운 떡볶이를 정신없이 흡입하다 나를 물끄러미 보고 있는 민우의 시선이 느껴졌다.

"아, 느끼하게. 뭐야, 할 말이?"

"그냥, 신기해서."

"뭐가? 죽을 줄 알았는데, 멀쩡히 살아 돌아다녀서?"

의식적으로, 아무 일도 없었던 듯 행동했다. 나까지 심각해지면 이 상황이 어색해질 것만 같았다.

'사랑해. 설아야.'

그 순간, 조용히 읊조리던 민우의 말이 귓가에서 울려댔다. 민우의 마음을 몰래 훔쳐보기라도 한 것 같아 양심의 가책이 느껴졌다.

사실, 듣고 싶어 들은 것도 아니었고, 단지 상황이 그랬을 뿐인데, 어쩌다 민우의 마음을 알아버렸다. 죽어가는 친구에게 느낀 연민일지도 모른다. 그래도 나는 듣지 말아야 할 민우의 고백을 들어버렸고, 모르는 게 나았을 민우의 마음을 알아버렸다. 그리고 그걸, 지금 나와 마주 보고 있는 당사자에게 들킬 것만 같아 불안했다.

"나, 네 병문안도 갔었는데. 거의 매일…."

콜록, 콜록!

매운 떡볶이가 목에 걸리고 말았다. 별안간 내가 심하게 기침을 해대자, 민우가 당황하며 눈앞에 물을 들이밀었다.

"천천히 먹어. 괜찮아? 괜찮은 거야?"

괜찮을 리가 없었다.

"어, 어, 괜찮아."

민우의 걱정스러운 눈을 차마 똑바로 볼 수가 없었다. 그의 눈빛은 무척 따뜻했고, 어쩐지 마음을 설레게도 했다. 당황스러운 마음에 시선은 물컵에만 붙박혔다.

도대체 뭐가 변한 걸까? 윤설아! 너 정신 좀 차려봐. 우리는 그저 친구일 뿐이라고.

"뭐하러? 몰골이 말이 아니었을 건데."

"그게 뭐가 중요한데? 암튼 내가 너 병원에 있는 동안, 일주일에 한 번은 찾아가서 말동무도 해주고, 신문 기사도 읽어주고, 본 영화도 이야기해주고 그랬는데."

"암요. 암요. 오셔서 그 어려운 수학 문제도 설명해주시고, 영화 얘기도 모자라 양자물리학 이야기까지 하시고, 내가 얼마나 고마웠는데요. 눈물 나게! 아주 완전 감동이었다니까."

갑자기 민우가 조용해졌다. 표정이 묘했다.

"왜? 뭐? 고마웠다니까. 얘는 고맙다고 해도 불만이네."

뭔가 이상했다. 즉, 내가 뭔 실수를 했다는 건데….

아차, 뒤늦게야 깨닫고 말았다.

아, 윤설아! 생각 없이 말하는 건, 죽었다 깨어나도 바뀌지 않는 모양이다.

"어떻게 알았냐?"

"어떻게 알긴, 들어서 알지? 우리 엄마가 그러더라. 수학 필기까지 두고 갔다면서? 너, 그건 좀 오버지 않냐? 내가 수포자인 거 알면서, 사람 약 올리는 것도 아니고."

"아, 그랬구나!"

임기응변으로 일단 위기는 모면했다. 나는 이 비밀을 언제까지 지킬 수 있을까? 사실 굳이 숨겨야 할 이유는 없다. 다만, 민우가 내가 자신의 고백을 들었다는 걸 알면 얼마나 당황스럽고, 곤란해할까를 생각하면 당분간은 비밀로 두는 것도 나쁘지 않을 거라는 생각이었다. 나는 맘 편히 결론을 내렸다.

민우와 헤어지고 나서는 무작정 걷기 시작했다. 퇴원 이후에 나는 산책의 소중함을 알게 됐다. 빠르게 지나가는 차들, 강하게 불어오는 바람, 반짝이기 시작하는 가로등들 그리고 자욱한 안개까지도, 보고 느낄 수 있다는 게 너무나 감사했다.

안개 속을 하염없이 걷던 나는 어느새 한강 다리 위에 서 있었다. 슬슬 숨이 차오르는 탓에, 잠시 걸음을 멈추고 심호흡을 했다. 한강 다리를 지나쳐 부는 바람이 내 얼굴을 간지럽혔다.

그때 어디선가 음악 소리가 들렸다. 날카로운 바이올린 선율이었다. 어디선가 많이 들었던 음악이긴 했으나, 클래식의 '클'자에도 관심 없던 내가 무슨 곡인지 알 수는 없는 일이었다.

'어디서 들리는 거지?'

주위를 둘러봤지만, 음악 소리가 들릴 만한 곳은 없었다.

'도대체 어디야?'

부산스럽게 걸음을 옮기며 소리의 근원지를 찾아 두리번거렸다. 다리 중간쯤 다다랐을 때, 난간 앞에 서서 강을 내려보는 여자를 발견했다. 모자를 푹 눌러쓴 채 양 주머니에 손을 꽂고 한강을 응시하던 여자가 나를 발견하자 움찔 놀라더니 급하게 움직이기 시작했다.

빠른 걸음으로 걷던 여자가 내 옆을 스치는 순간, 나는 다시 한

번 멈춰 섰다. 멀리서 들려오는 듯하던 바이올린 소리는 이제 내 고막을 찢을 듯 크게 울려대고 있었다.

멈칫하는 사이, 여자가 내게서 멀어졌고, 음악 소리 역시 서서히 줄어들었다.

나는 귀를 의심하며 고개를 들었다.

'지금, 이 음악 소리가 저 여자에게서 들려오는 거라고?'

심장이 쿵, 하고 내려앉았다. 몸이 저도 모르게 굳었다.

불빛도 없고, 스피커도 없는데… 그녀가 움직일 때마다 흐릿한 선율이 피부를 스치듯 새어 나오는 느낌이었다.

"야, 윤설아… 너 지금 미친 거야?"

입술을 꾹 깨물었다.

"사람 몸에서 음악이 들려올 리가 없잖아. 말이 안 되지…."

그 순간… 애써 지우려 했던 장면 하나가 불쑥 떠올랐다.

전영실 간호사.

'그러고 보니, 내가 퇴원하던 날, 그 선생님 곁에서도….'

오싹하도록 낯설고 매혹적인 음악 소리를 떠올린 나는 숨을 훅, 들이켰다. 그리고 억지로 웃었다.

"에이, 설마. 설마 그럴 리가…."

비웃음이 새어 나왔다.

"그래, 내가 예민해서 그래. 요즘 잠을 못 자서 헛소리도 들리는 거고…."

손끝이 작게 떨려오기 시작했다. 그리고 그 떨림이, 마치 조금 전 들었던 음악과 공명하는 것처럼 온몸에 퍼져, 내 귀를 간질이기 시작했다.

나는 돌아서서 여자가 간 방향으로 뛰었다. 금세 여자의 뒷모습을 발견한 나는 다급하게 팔을 잡아챘다.

"저기요!"

불시에 팔을 잡힌 여자가 소스라치게 비명을 지르며 나를 돌아봤다.

"아악…"

순간 여자를 감싼 공포감이 내게도 느껴졌다. 하지만 그녀의 공포는 내 얼굴을 확인하는 순간 안도감으로 바뀌고 있었다. 이내 그녀가 의아하다는 듯 나를 쳐다봤다. 목소리가 사시나무 떨리듯 달달 떨리고 있었다.

"무슨 일이세요?"

"혹시… 이 음악 소리요… 음악 소리가 들리지 않나요?"

그러자마자 다시금 여자의 얼굴이 하얗게 질렸다. '이거 미친년 아니야?' 하는 표정도 함께.

그녀가 내 손을 힘껏 뿌리쳤다. 곧장 몸을 돌리는 그녀의 뒤로, 내 발치에 무언가 떨어지는 소리가 들렸다. 여자에게서 떨어진 물건이었다.

"저기요… 여기 뭘 떨어뜨리셨…."

내가 말을 끝낼 틈도 없이 여자가 달리기 시작했다. 멀어지는 여자를 소리쳐 불렀지만, 그녀는 멈출 생각이 없어 보였다.

나는 바닥에 떨어진 물건을 주워들었다. 자동차 키였다. 다시 한번 여자가 사라진 방향을 살폈지만, 이미 안개 너머 저편으로 자취를 감춰버렸다. 음악 소리도 더는 들려오지 않았다.

"춥다…."

나는 양팔로 몸을 감싸 안았다. 한기는 그래도 나아질 기미가 없었다. 얼른 집에 가서 따뜻한 물로 샤워하고 싶다는 생각이 간절해졌다. 막 발을 떼려다, 뒤늦게 깨달았다.

여자는 한강을 바라보고 있었다. 금방이라도 뛰어내릴 것 같은 표정으로. 나는 엄습하는 불길한 생각을 멈출 수가 없었다. 어쩌면 이 음악 소리는 그 사람의 죽음을 예고하는 것이 아닐까 하는.

8
어쩌면 공감력 제로 소시오패스

강재경, 현재

차 한 대가 미끄러지듯 다가와 섰다. 운전석 문이 열렸다. 움찔하며 한걸음 뒤로 물러서는데, 다행히 아는 얼굴이었다. 그가 태연하게 자신을 불렀다.

"강재경 선생님!"

은지형 형사였다. 환한 미소가 얼굴에 그려졌다. 재경은 잠시 당황했다. 낯설었다. 아주 많이.

경찰서에서 마주칠 때마다 그는 복도 저편에서 한손에 치약과 칫솔을 들고 슬리퍼를 질질 끌며 걸어오거나, 칙칙한 점퍼에 무릎 나온 바지 차림으로 인스턴트 커피가 든 종이컵을 저어 건네곤 했다. 하지만 지금은 가벼운 정장에 구두까지 챙겨 신었다.

"은형사님?"

놀람과 당황이 뒤섞인 표정으로 그를 불렀다.

"많이 기다리셨죠? 죄송해요. 요 앞에서 차가 많이 막히는 바람에…."

재경이 무의식적으로 손목시계를 봤다. 약속했던 시간에서 십 분 정도 지나 있었다.

"타시죠."

은형사가 조수석 쪽으로 돌아오더니 차 문을 열었다. 한 번도 받아 본 적 없는 배려였다. 재경은 바늘방석에 앉는 기분으로 조수석에 올랐다.

"강선생님! 남산, 가보셨어요? 지금까지 한 번도 가본 적이 없는데, 거기서 바라보는 서울 야경이 그렇게 멋있다고 해서요. 피자도 저세상 맛이라던데."

"저세상 맛은 어떤 맛이래요?"

은형사의 너스레에 재경이 저도 모르게 말꼬리를 잡았다.

"어, 강선생님도 농담할 줄 아시네?"

그녀가 눈을 동그랗게 뜨고 덧붙였다.

"농담 아니에요. 진짜로 궁금해서요."

은형사가 피식 웃었다.

"아, 진짜로 궁금하신 거구나? 저도 잘 모르겠네요. 먹어본 적이 없어서. 먹어보면 알겠죠. 저세상 맛이 어떤지."

차 안에 다시 침묵이 흘렀다. 재경의 머릿속이 복잡해졌다. 전혀 예상하지 못한 상황으로 흘러가고 있었다. 은형사가 처음 전화했을 때만 해도 재경은 이 만남의 목적을 어느 정도 예상할 수 있었다. 하지만 조금 전, 은형사와 마주친 순간부터는 이 만남이 어떻게 흘러갈지 전혀 가늠할 수 없어졌다.

'데이트… 인가?'

문득 머리를 스쳐 간 단어에 재경은 피식 웃었다. 은형사가 재경을 힐끗 봤다.

"같이 웃죠."

재경은 머쓱해졌다. 자신이 한 생각을 입 밖으로 내뱉을 수는 없었다.

"아니에요, 아무것도."

식사 내내 은형사는 이런저런 수사 뒷이야기로 재경을 웃겼고, 덕분에 재경은 은형사가 자신에게 만나자고 한 이유에 대한 궁금증을 잠시 잊을 수 있었다. 오늘은 이대로 자신의 상황을 잊고 하루를 마감해도 좋을 것만 같았다.

"혁신고는 언제부터 다니신 거예요?"

남산 계단 참에 앉아 서울 전경을 바라보고 있는데, 은형사가 편의점 냉장고에서 집어온 아이스크림을 내밀었다. 자연스레 재경 옆에 앉아 그가 마침내 질문을 시작했다. 재경은 알 수 있었다. 이게 바로 오늘 만남의 본론이었다는 걸.

"얼마 안 됐어요. 상담사로 일하기 시작한 게 한 달 정도 됐거든요."

"학교였네요."

"네?"

"강선생님이 고민했던 게 기억나서요."

"제가요?"

"네, 학교냐, 군대냐? 그랬었던 거 같은데… 아니에요?"

은형사에게 그런 속 깊은 얘기를 한 적이 있었던가?

"어때요, 학교는? 다닐 만해요?"

"네, 좋아요."

재경은 은형사가 만나고자 한 이유를 빨리 알고 싶었다.

"아…. 한 달이면, 그럼 아는 학생이 몇 없겠네요?"

아는 학생이란 어떤 의미인 걸까? 학교로 출근하고서 상담실에서 만난 학생이라고는 고작 서너 명이었다. 먼저 스쳐가는 건 '윤설아'라는 이름.

'죽었다 깨어난 이후로요….'

어쩐지 설아의 음성이 귀에서 울리는 것 같았다. 최근 예기치 않게 맞닥뜨린 과거의 망령 탓에 재경은 설아를 잠시 잊고 있었다. 그리고 그건 '류정화'라는 이름 때문이었다.

류정화, 그 이름을 떠올리자 잠시나마 평온하고 행복했던 순간이 흔들리기 시작했다. 혁신고에 와서 우연히 만난 류정화가 제 아픈 과거로까지 이어질 거라고는 상상조차 못했었다. 두근두근, 심장 박동수가 올라가고 있었다. 곧 숨이 막힐 것 같은 증상으로 이어지기 전에 지금의 이 불안을 끊어내야 했다.

"저한테 물어보고 싶은 말이 뭔가요?"

재경은 돌려 묻지 않았다. 은형사가 재경을 보고는 씩 웃었다.

"오늘은 그냥 좋은 기분만 남기고 다음에 물어보려고도 했는데, 성격상 그게 힘드네요."

"네."

입술 사이로 건조한 대답이 흘러나왔다. 그게 은형사의 성격이었다. 재경도 알고 있는.

"근데, 지금 후회 중이에요. 참아볼 걸… 하고."

"왜요? 제가 별 도움이 안 될 것 같아서요?"

"네."

은형사가 냉큼 대답하더니 장난스럽게 씩 웃었다.

"너무 확신하는 거 아니에요? 그래도 혹시 모르잖아요, 도움이 될지도. 그러니까 한번 물어는 봐요. 이렇게까지 애썼는데 아무 소득도 없으면 허무하잖아요. 저도 죄송하고요."

"허무하긴요. 이 핑계로 강선생님이랑 데이트도 할 수 있었는데."

은형사의 입에서 나온 '데이트'란 말이 재경의 어깨를 움츠러들게 했다. 저 역시 떠올렸던 단어지만 이내 부정했었다. 그러는 편이 재경에게는 더 편했다.

누군가 관심을 보이고 애정을 보이면 부담이 됐다. 그리고 걱정이 됐다. 제 볼품없는 현실이 그 누군가를 실망하게 할까 봐.

"혹시… 강선생님…."

재경이 은형사의 입을 뚫어져라 보았다.

"혹시 류정화라는 학생을 아세요?"

재경은 저도 모르게 움찔 놀랐다. 류정화…. 그러니까 은형사가 말한 류정화가, 자신이 아는 그 류정화인가? 왜 하필이면 그의 입에서 그 아이가 등장하는 걸까?

"선생님! 강선생님!"

은형사가 부르는 소리에 번뜩 정신을 차렸다.

"…류정화 학생은 왜요?"

재경이 날 선 목소리로 되물었다.

"어? 아세요? 류정화 학생을?"

이번에는 은형사가 놀란 듯했다. 의외라는 표정이 뒤따랐다.

"그러게요. 하필이면 왜 아는 이름일까요?"

은형사의 놀라워하는 얼굴을 물끄러미 보면서 원치 않아도 곧 복잡한 일에 얽힐 것 같은 불길한 예감에 휩싸였다. 설렘 가득한 로맨스인 줄 알았던 오늘의 장르가 스릴러로 바뀌는 순간이었다.

은형사가 집 인근 지하철역에 차를 세웠다. 그의 차가 저만치 멀어지자, 재경은 주위를 두리번거리다 지하철역 화장실로 뛰어 들었다. 변기를 붙들고 구역질을 쏟아냈다. 뱃속에서 치미는 역한 감정도 함께 비워냈다.

은형사가 류정화라는 이름을 처음 들은 건 2년 전이라고 했다.

그가 근무하던 경찰서 여청계에 한 중학교 여학생의 투신 사망 사건이 접수되면서였다. 현장에 나갔지만, 그날따라 비가 억수로 쏟아졌고, 하필이면 CCTV 시스템도 교체 중이었다.

타살의 정황은 보이지 않았고, 학교 내에서 학교폭력 문제도 없었다. 결국 사건은 '성적 비관에 의한 자살'로 처리됐다.

"그 여학생 이름이 혹시… 윤승아였나요?"

재경이 아무렇지도 않게 던진 말에 은형사의 눈이 동그래졌다.

"어, 그건 또 어떻게 아세요, 강선생님?"

"그러게요. 왜 하필 아는 이름일까요…."

승아의 죽음 앞에서 무너졌던 설아의 모습이 떠올랐다. 쓸데없는 말이 나올까 싶어 재경은 서둘러 대화를 원점으로 돌렸다.

"그런데, 류정화 학생이 왜요?"

은형사는 잠시 숨을 고르고 말을 이었다.

"형사들 사이에 촉이라는 게 있잖아요. 그게 좀… 이상하더라구요."

그 촉이 왜 하필이면 은형사에게만 발동됐을까? 재경은 묻고 싶은 걸 꾹 참고 그의 다음 말을 기다렸다.

"그냥 느낌이… 뭔가 꺼림칙했어요. 윗선에서 사건을 너무 성급하게 덮는다는 느낌도 들고."

그랬다. 다른 형사들의 촉은 이미 윗선에서 가로막은 거였다.

"결론은 자살이었지만, 승아 학생의 같은 반 친구들을 다시 만나보기로 했죠."

은형사는 그때 느낀 위화감을 잊지 못한다고 했다.

"다른 애들 말론, 정화 학생이 승아 학생이랑 절친이었다고 하더라구요. 그런데 반응은 전혀 그런 것 같지 않았어요."

같은 반 친구가 죽었는데도, 은형사가 본 류정화의 표정은 어딘가 이상했다. 슬퍼하거나 당황한 기색이라곤 없이, 오히려 상황을 비웃는 듯한 미소가 입가에서 연신 실룩거렸다. 이상한 점은 또 있었다. 정화를 유난히 어려워하던 담임, 정화 얘기만 나오면 격분하던 교장의 모습이었다.

"학교 어딘가 불안하게 기울어져 있다는 느낌이랄까?"

"류정화 학생이 학교 이사장 딸이라서요?"

"아, 그것도 있겠지만, 그게 전부였다면, 제가 강선생님까지 찾아오지는 않았을 거예요."

"그게 전부가 아니라면요?"

은형사가 잠시 침묵을 지키더니 서걱거리는 음성으로 입을 열었다.

"여기저기 알아보니까… 류정화 학생 주변 사람들이 꽤 많이 죽어나갔더라구요. 그것도 자살로!"

재경은 세면대의 차가운 물을 양손에 담아 얼굴에 끼얹었다.

이렇게라도 해야 간신히 토할 것 같은 감정을 눌러둘 수 있었다. 조금씩 진정되는 것 같았다. 집까지 태워준다는 걸 손사래 치며 거절한 것도, 혼자 생각할 시간이 절실했기 때문이었다.

화장실에서 나와 역사로 들어갔다. 지하철이 멈추고, 사람들이 우르르 내렸다. 열차에 올라타 빈자리로 몸을 던졌다.

정신을 차리고 보니 이미 지나버린 정거장. 내리기를 포기하고 다시 자리에 주저앉았다. 머릿속엔 또다시 은형사의 말이 맴돌았다.

"그게 무슨 말이에요… 주변 사람들이 자살했다고요?"

"가정부, 운전기사, 중학교 시절 과외 선생님… 그리고 2년 전 절친 사이였다는 윤승아 학생까지요. 모두 다 자살했어요."

"에이… 그게 정말 류정화 때문이겠어요?"

"그래서 강선생님을 찾아온 거 아닙니까. 반신반의하던 차에 선생님이 그 학교에 있다고 들으니까… 신의 계시다 싶었죠."

재경은 혹시 은형사가 아버지 일을 아는 건 아닐까 싶어 불안해졌다. 잊고 있던 경계심이 스멀스멀 올라왔다.

"그런데 왜 저를요?"

말이 다소 날카롭게 튀어 나갔다. 이내 제 맘을 다잡고 한풀 꺾인 목소리로 물었다.

"제가 무슨 도움이 된다고요…."

"혹시, 소시오패스인 걸까요?"

"네?"

"정화 학생이요. 선생님이 보기엔 어떤가요? 전문가시잖아요."

그는 자신의 촉을 확인하고 싶어 했다. 누군가로부터 객관적인 판단을 듣고 싶었던 거다.

"제가요? 전문가 다 죽었대요? 저 그런 사람 아니에요."

툭 튀어나온 재경의 냉소적인 한마디에 은형사의 눈썹이 실룩거렸다.

"어, 강선생님이 그런 말도 하세요?"

"욕도 잘해요, 저. 몰랐죠?"

은형사가 큭, 웃음을 터뜨렸다. 그리고, 한 박자 쉬고 다시 말을 이어갔다.

"정화 학생이 정말 소시오패스라면, 그리고 그 애가 주변 사람들을 자살하게 만든 거라면…."

은형사가 멈춘 뒤의 말을 재경이 이어받았다.

"문제는 그걸 어떻게 증명하냐는 거겠네요."

은형사가 굳어진 표정으로 재경을 응시했다.

"직접 죽인 것도 아니고, 자살은 어디까지나 자살이니까. 교사로 보기도, 방조로 보기도 애매하고… 결국 증거가 없다는 게 문제죠."

하지만 재경은 알 수 있을 것 같았다. 정화가 사람을 자살하게 만드는 메커니즘 하나쯤은.

만약 은형사의 추측대로 정화가 소시오패스라면, 정화의 말이 거짓이었다면, 아버지는 양심의 가책이 없고 공감 능력 제로인 소시오패스 여덟 살 여자아이의 영악한 거짓말에 당한 걸지도 모를 일이었다.

뜨거운 감정이 가슴에 차올랐다. 머리를 쓰다듬어주던 아버지의 따뜻한 손길이 십수 년 만에 그리워졌다.

일개 초등학교 버스 운전기사인 아버지가 재벌을 이길 수는 없었던 거다. 희망 고문일지언정, 처음으로 아버지를 믿어보고 싶은 마음이, 한 줄기 희망이 재경의 가슴에 새록새록 스며들고 있었다.

며칠 후, 백선생의 죽음이 문자로 날아들었다.

  백미경 선생님께서 금일 오전 11시 30분 운명하셨습니다.

고인의 명복을 빕니다.

 햇살 좋은 날, 공원 벤치에 앉아 하늘을 올려다보던 그 순간, 불어오던 바람이 갑자기 후끈하게 변하는 것 같았다. 눈물도 나지 않았다. 슬프지도 않았다. 믿고 싶지 않아서였을까? 기적처럼 깨어나기를, 설아처럼 다시 눈을 뜨기를 바랐지만…. 고작 문자 한 줄이 그 마지막 희망까지 앗아갔다.
 '여기저기 알아보니까 정화 학생 주변 사람들이 여럿 죽어 나갔더라고요. 그것도 자살로.'
 백선생의 죽음도 혹시…?
 말도 안 되는 생각이란 걸 알면서도, 마음 한편엔 의심이 들끓었다. 은형사는 이 사실을 알고 있을까? 휴대폰을 들어 번호를 눌러보려다 망설였다. 전화 한 통조차 방해가 될까 두려웠다.
 '잠복 중이면? 용의자와 대치 중이라면?'
 하루종일 고민한 끝에 결국 메시지 하나만 남겼다. 최대한 감정을 덜어낸 사무적인 문장으로.

바쁘신가요? 문자 보시면 연락주세요.

 그에게 폐를 끼치기보다는 하염없는 기다림을 선택한 밤이었다.

 출근길, 학교 교문 앞에 섰다. 학생들이 여느 날과 다름없이 웃고 떠들며 등교하는 중이었다. 밖에서 보는 학교는 평화로웠다. 백선생의 죽음 따위는 별일 아니라는 듯.

물론 세상 여기저기서 일어나는 많은 죽음에 일일이 슬퍼할 수는 없었다. 그래도 하루쯤은, 아니 한 시간만이라도 백선생의 죽음에 애도를 표하는 게 도리일 텐데, 학교 측에서는 그녀의 죽음이 밖으로 새 나갈까 쉬쉬하는 데 여념이 없었다.

내일은 백선생의 장례식장도 가봐야겠다. 용기를 내는 게 쉽지는 않았다. 영정사진 앞에서 다시금 느낄 죄책감을 마주하는 일이 말이다. 무거운 마음과 함께 무거운 발걸음을 교문 안으로 들였다.

시간은 무심히 흘러가고, 해야 할 일을 미뤄둔 날은 무슨 수를 쓰더라도 눈앞에 오고야 만다. 재경은 그날을 가늠해보며 상담실 건물 쪽으로 걸음을 옮겼다. 정화 무리가 마주 걸어오고 있었다.

무리 속에 윤정이 있을까 싶어 재경은 잠시 걸음을 멈추고 무리를 건너보았다. 백선생의 죽음에 대해 죄책감을 느끼고 있을 수도 있을까 싶어 걱정스러운 마음이 들어서였다. 하지만 무리에 윤정은 없었다.

재경의 시선을 느꼈는지 정화도 재경을 보았다. 두 사람의 눈이 어쩔 수 없다는 듯 마주쳤다. 정화가 친구들 무리에서 떨어져 나와 천천히 다가왔다. 걸음걸이는 오만하고 심지어 거만했다. 자신만의 느낌일지도 몰랐지만.

"선생님!"

대답 없이 쳐다만 보았다. 표정으로 '왜?' 하는 물음표를 찍으며.

"윤정이가 상담실을 자주 찾아간다면서요?"

예상치 못한 질문이었다. 당황스러움을 감추고 잠자코 바라보기만 했다.

"2학년 양윤정이요. 아시죠?"

"아, 어… 그게 왜 궁금해?"

"왜요?"

재경이 묻는 말엔 대답도 없이 질문부터 했다. 당황스러움을 넘어 황당하기까지 했다.

"어, 왜라니? 뭐가?"

"아, 진짜…. 쌤은 말의 행간 파악 능력이 없으신 거예요? 아니면 질문의 의도를 알면서 모른 척하시는 거예요? 윤정이가 선생님을 왜 찾아가냐고 묻는 거잖아요."

학생의 태도라기엔 다분히 불량스럽기까지 했다.

"그게… 정화 학생이 궁금해할 일은 아닌 거 같은데."

"저 윤정이랑 베프거든요. 그러니까 걔가 자살이라도 할 것 같으면 제가 말려야 하잖아요."

훅 들어온 '자살'이라는 어퍼컷에 정신이 혼미해졌다. 그러다 퍼뜩 정신을 차렸다.

"왜, 네가 보기엔 윤정이가 자살이라도 할 것 같니?"

"미술 선생님요. 윤정이 걔 때문에 그렇게 된 거거든요. 아, 진짜 그게 뭐 자살까지 할 일인지는 잘 모르겠지만."

"그건 또 무슨 말이니?"

"아, 그 얘긴 안 했나 보네. 그럼 됐어요."

정화가 또 제 할 말만 하고는 획 돌아서 무리로 섞여 들었다.

고개가 갸우뚱거려졌다. 윤정이 자신에게 무슨 말을 어디까지 했는지 떠보는 것 같단 건 지나친 생각일까? 정화는 백선생이 그렇게 된 게 윤정 때문이라고 단정 지어 말했다. 몰아가는 느낌도 적지 않았다. '미술 선생님을 죽인 건 윤정이에요'라고.

며칠 전 윤정이 상담실에서 했던 이야기가 떠올랐다.

'미술 선생님이 저렇게 되신 건 저 때문이에요.'

도대체 윤정과 백선생은 무슨 일이 있었던 걸까? 윤정이 그날 다 하지 못했던 이야기는 무엇이었을까?

8-1
달콤살벌한 거짓말

류정화, 2년 전

토요일 아침, 큰 소리에 눈을 떴다. 엄마의 날카로운 음성이 방문을 넘어서고 있었다.

쾅, 문 닫히는 소리가 나는 듯싶더니 이내 고요해졌다.

새벽까지 공부하다 잠이 들었던 터라 오늘은 느지막이 일어나고 싶었는데, 시계를 보니 7시를 조금 넘었다. 잠시 누워 무슨 일일까 생각하다 침대를 더듬어 휴대폰을 찾았다. 그리고 망설임 없이 메시지 창을 열었다.

새로 남겨진 메시지는 없었다. 시시하게도 단톡방은 밤새 고요했던 모양이었다.

> 야, 윤승아! 그래서 언제 보여줄 건데?

내가 운을 떠우자마자 친구들이 이구동성 묻기 시작했다.

네 남친이랑 같이 팥빙수나 먹자.
아, 유치하긴.
아이돌 저리 가라 할 외모라니까 보고 싶네. 그렇게 잘생겼어?

하지만 승아가 읽지 않는다. 반응이 없으니 다들 재미없어 했다.

자나? 아니면 공부 중인가?
하긴, 승아라면 바쁘겠지.
이번에도 1등 안 놓치려면, 이럴 시간이 있겠어?
나두 공부나 해야겠다.
나두! 이번에 성적 떨어지면 나 쫓겨날지도.

다들 제풀에 나가떨어졌다. 이번엔 전화를 걸기 시작했다. 안 받는다. 받을 때까지 건다. 이내 목소리가 들려왔다.
— 여보세요?
늘 재미없게 차분한 승아와는 다른 음성이었다. 한결 높고, 경쾌한 말투.
"여보세요, 윤승아 휴대폰 아닌가요?"
— 언니 휴대폰 두고 일찍 도서관 갔는데요.
'이런 쌍!'
욕이 목구멍까지 치밀어 올랐지만, 감추는 게 어렵지는 않았다.

"아, 그렇구나, 그런데 누구?"

― 저, 승아 언니 동생 설안데요.

말로만 듣던 동생이었다.

"승아, 집순이 아니었어?"

― 그렇긴 한데요, 오늘은 웬일인지 집중해야 한다면서 서둘러 나갔어요. 그런데 누구세요?

"승아 친구 정화. 너 나 알지?"

― 아뇨, 알아야 해요?

어라, 뭐야? 이 반응은? 매사 주눅 들어있던 승아와는 딴판이다. 건너건너 전해 들은 바로는 싸가지가 미장착이라고는 했었다. 말로만 듣던 당돌함을 마주하니 다소 호기심이 생겼다. 게다가 이 아이, 민우와도 절친이라고 했다.

"관심 좀 가져주지 그러니, 언니 친군데."

― 왜요? 내 친구도 아닌데.

돌아오는 말이 죄 통통 튀는 탁구공 같았다. 천방지축 야생마처럼도 느껴졌다. 재밌겠는데, 승아만큼 쉽지는 않겠지만.

"혹시, 승아가 간 곳이 어딘지는 아니?"

― 친구라면서요?

"아, 미안! 모르겠구나? 하긴 공부라는 게 뭔지 알 리가 없으니. 너 전교 꼴찌라 그랬지?"

발끈할 줄 알았는데, 예상이 빗나갔다.

― 공부한다고 휴대폰까지 두고 갔는데, 알려주는 건 아닌 거 같아서요.

어떻게 보면 야무지기까지 하다.

"언제, 누가 찾아간다고 그랬니?"

발끈한 건 오히려 나였다. 순식간에 날이 선 음성이 튀어나왔다. 애가 사람 성질을 미묘하게 긁었다.

— 언니 오면 전화 왔었다고 전할게요.

전화는 그렇게 뚝 끊겼다. 이런 건방짐은 어디서 나오는 걸까? 머리도 나쁜 게. 전화를 끊고 난 후에도 약이 바짝바짝 올랐다.

"뭐 이딴 게 다 있어."

커튼 틈으로 비어져 들어오는 햇살까지 짜증스러웠다. 그래, 날도 쨍하니, 승아한테나 가봐야겠다.

택시를 잡아타고 시립도서관으로 향했다.

승아를 찾는 일은 그리 어려운 일이 아니었다. 공부와 담쌓았다는 설아는 알 리 없겠지만, 민우는 알고 있을 확률이 거의 99.9%였다. 그리고 그걸 듣고 싶으면 그냥 '친절한 동정'만 구하면 되는 거였다.

민우야, 안녕! 나 정화 누난데,
승아가 휴대폰을 안 가져갔다고 해서.
어디 가면 만날 수 있을까?

휴대폰 없이 외출한다는 건 내게는 상상도 할 수 없는 일이었다. 잠시만 손에서 놓쳐도 따라오는 심리적 불안감, 이건 아마도 내 또래 아이들이 모두 겪는 일일 거다. 물론 승아같이 특이한 괴

물만 빼고 말이다.

　한 시간이 채 되지 않았을 때쯤 민우에게 답이 왔다. 민우 역시 요즘 아이였다.

　　승아 누나, 지금 시립도서관에 있어요.
　　　　　　승아한테는 말하지 마. 깜짝 놀래주려고.

　나를 본다면 승아는 정말 깜짝 놀랄 거다. 물론, 다른 의미의 놀라움이겠지만. 적을 알고 나를 알아야 백전백승이라고 했다. 사실, 오늘의 방문은 염탐이 목적이었다.

　　저희 제2열람실에 있어요.

　민우는 마지막까지 친절했다. 민우의 문자에 의하면 둘이 같이 있는 거다. 집순이 승아가 도서관으로 나간 건 민우 때문이 분명했다.
　도서관은 제법 컸다. 곧장 제2열람실을 찾은 나는 익숙한 가방과 필통이 놓인 승아의 자리를 찾아냈다. 자리는 비어 있었다.
　옆자리에 앉아 책을 펴고 공부를 시작했다. 그러다 힐끗 승아 자리를 쳐다봤다. 영어 교과서는 작은 글씨들로 빽빽이 채워져 있었다. 수업 시간마다 선생님을 잡아먹을 듯 보는 승아는 '교과서 위주로 공부했어요' 하는 말이 딱 어울리는, 전형적인 모범생이었다. 그 아래 펼쳐진 노트에는 쓰다 만 예상 문제 몇 개만 덩

그러니 적혀있었다.

힐끔힐끔 승아의 자리를 보다 자리에서 벌떡 일어났다. 인내심의 한계였다. 승아를 만나야겠다. 지금 당장! 그리고 확인해야겠다. 그것도 지금 당장! 만약 그녀의 말이 거짓이라면, 응당 그 대가를 치르게 하리라. 물론 승아의 말이 진실이라고 해도 나는 그 애를 온전하게 두지는 않을 것이다.

그러기 전에 손부터 씻어야겠다.

나는 책이 많은 도서관을 좋아하지 않았다. 당연히 도서관의 눅눅한 책 냄새도 좋아하지 않고. 그런 도서관에 앉아있으려니 손이 불결해진 느낌이었다.

화장실에서 볼일을 보고 나가려다 밖에서 들려오는 귀에 익은 음성에 걸음을 멈췄다.

"넌 할 수 있어. 그래, 밑져야 본전이지. 윤승아, 파이팅!"

칸 너머에서 들려오는 익숙한 이름 석 자. 윤승아였다.

피식, 비릿한 미소가 비어져 나왔다. 순진하기는. 세상에 밑져야 본전인 건 없다. 밑진 건 밑진 거다. 계산이란 게 그렇다. 그럼 이제 승아가 뭘 하려는 걸까?

밖이 고요해지자 나는 문을 열고 나갔다. 손을 닦으며, 승아의 다음 행동이 궁금했다. 물론 승아가 오늘 민우를 만난 이유는 대충 짐작이 갔다. 승아가 내게, 아니 친구들에게 거짓말을 한 게 분명했다. 하지만 심증만 가지고는 그 애의 입술이 바삭바삭 타들어 가게 할 수 없었다. 물증이 필요했다. 야금야금 승아를 갉아 먹을 확실한 물증.

내가 다시 승아를 발견한 곳은 열람실 밖 휴게 공간이었다. 민우의 얼굴이 눈에 들어왔다. 여전히 잘생겼다. 반듯한 잘생김이다. 절대 내게는 넘어오지 않을 것 같은 반듯함이라 조금 기분 나쁘지만, 일단은 승아에 집중하기로 했다.

조심스럽게 승아의 얼굴이 휴대폰 카메라에 정면으로 담기도록 자리 잡았다. 잔뜩 경직된 표정으로 민우를 바라보고 있는 승아의 눈에 내가 보일 리 만무했지만, 조심할 필요는 있었다. 드디어 기다리던 순간이 왔다. 손가락으로 줌을 당기자, 승아의 얼굴이 선명하게 화면에 들어찼다.

"민우야, 나 너한테 할 말이 있는데…."

등지고 앉은 민우의 얼굴은 확인할 수 없었다. 너무 승아의 얼굴만 보이는 곳에 자리 잡은 모양이었다. 잠깐 민우의 어깨가 들썩이는 듯싶었다.

승아가 잠시 민우를 살피는가 싶더니, 다음 말을 이어간다.

"있지 민우야… 나, 너 좋아해."

잠시 민우의 침묵이 이어졌다. 침묵이 조금 길어지자 승아가 입술을 질끈 깨문다. 민우의 표정을 볼 수 없다는 게 정말 아쉬웠다.

"아, 누나 왜 그래? 장난치지 마."

민우가 불편한 순간을 장난스럽게 넘기려고 했다. 하지만 승아가 굳어진 표정으로 다시 입을 열었다.

"너는, 날 어떻게 생각하는데?"

"그야, 가족이지. 누나는 가족 같은 누나고!"

"그럼 이제부터 다시 생각해보면 안 될까? 우리가 진짜 가족은 아니잖아."

어디서 나온 용기일까? 예상외로 당찬 모습이다. 하긴, 밟을수록 더 꿈틀대던 모습을 떠올리면 내가 그동안 승아를 잘못 판단했을 수도 있다.

"누나, 왜 이래?"

"나는 네가 좋아. 언제부터인지는 모르겠는데, 네가 좋아졌어."

"아, 진짜! 누나, 곤란하게 왜 이래, 곧 시험이야. 우리 공부나 하자."

민우가 그대로 승아를 지나쳐 가는데, 승아가 민우의 팔을 잡았다.

"정말 아니야? 넌 나한테 조금이라도 다른 감정이 없어?"

"어, 누나. 누나는 나한테 그냥 친한 누나일 뿐이야."

"그럼, 지금까지의 친절은 뭔데?"

"누나니까."

잠시 두 사람 사이에 무거운 침묵이 흘렀다.

"그럼, 잠깐 사귀는 것처럼 해주기라도 하면 안 돼?"

오호, 승아가 궁지에 몰렸다.

"그게 무슨 소리야? 사귀는 척이라니? 그게 말이 돼?"

"그럴 일이 좀 있어. 그러니까 좀 해주면 안 될까?"

간절함이 표정에 다 드러났다. 지푸라기라도 잡는 심정일 거다. 만약 민우가 저 지푸라기마저 놓아버린다면 승아는 마음이 지옥이겠지? 상상만으로도 짜릿했다. 게다가 지금 이 장면은 녹화 중이다. 민우의 뒷모습에서도 곤란해하는 게 역력히 느껴졌다.

'안 돼.'

민우 대신 내가 대답을 읊조려보았다. 얼른 안 된다고 해야지. 망설이기는 또 왜 망설이는데. 답답한 자식! 그 순간 민우의 대답이 터져 나왔다.

"그건 힘들겠어. 누나…."

승아가 민우를 잡았던 손을 겨우 놓았다.

"왜? 사귀는 것도 아니고, 잠시 사귀는 척만…."

"설아가 어떻게 생각하겠어."

"설아가 무슨 상관이야."

승아의 눈이 동그래진다.

"누나, 사실은…."

잠시 머뭇거리던 민우가 말을 이었다.

"나, 설아를 좋아해. 그러니까 누나 얘긴 못 들은 걸로 할게."

이건 예상과는 다른 전개다. 민우가 놀란 승아를 두고 매정하리만큼 성큼성큼 걸어간다. 설아라면 아까 승아에게 건 전화를 대신 받았던 그 버릇없는 야생마를 말하는 건가?

민우가 사라지고서야 녹화 종료 버튼을 눌렀다. 그리고 천천히 승아 앞에 다가가 모습을 드러냈다.

"승아야! 여기 있었구나? 내가 얼마나 널 찾았는데…."

망연자실 민우가 사라진 곳만 바라보던 승아가 화들짝 놀라며 나를 돌아봤다. 나는 아무것도 모른다는 표정으로 웃어주었다. 물론 다 알고 있지만.

"어떻게 알았어, 내가 여기 있는 거?"

"네 동생이 알려 주던데, 설아 맞지? 동생 이름이?"

일순 화난 기색이 승아의 얼굴을 스치고 지나갔다.

"여기는 왜 온 건데?"

승아의 질문에 잠시 머뭇거렸다. 그러니까 내가 승아를 왜 찾았을까? 그랬다. 약점을 찾으려던 거였다. 이 아이의 뻔뻔하고 추악한 거짓말을 단숨에 밝혀낼 수 있는 약점.

"왜 오긴? 네가 궁금해서지…."

거짓은 아니다. 진짜로 궁금했으니까.

"공부는 많이 했니?"

"그거 물어보려고 여기까지 온 거야?"

승아의 질문에는 날이 서 있었다. 의심스럽다는 뉘앙스도 포함되어 있었다. 뭐, 이해는 됐다. 민우에게 거절당한 지금 기분이 좋을 리가 없을 테니.

"아, 근데 아까 나 도서관에서 민우도 봤는데… 맞다. 너희들 사귄다고 했지? 같이 공부하러 왔구나?"

승아의 얼굴이 흙빛으로 변했다.

"기분이다. 오늘 점심은 내가 쏠게, 너희 둘한테."

"됐어. 네가 왜?"

"우리 친구잖아."

"친구는 무슨… 네가 나한테 친구 아니라고 한 게 바로 얼마 전이거든?"

승아가 또 꿈틀거렸다. 짓밟아주고 싶게. 그래도 괜찮다. 휴대폰에 녹화된 영상을 생각하면 가슴이 벅차올랐다. 그 영상을 보고 당황할 승아를 생각하니 벌써 마음 한편이 짜릿하기까지 했다.

"나는 네가 거짓말하는 줄 알았지. 거짓말 아니니까 다시 친구 하겠다는 건데, 싫어?"

"아니, 싫은 건 아니고…."

승아가 다시 한풀 꺾인 기세로 대답했다. 승아는 모질지 못한 아이였다. 그래서 싫었다. 그런 모습이 너무 병신같아서.

"근데, 어쩌지? 민우 급한 일 있다고 금방 가야 한댔는데."

거짓말! 순간 내 머릿속에는 벽에 머리를 박아 피가 흐르는지도 모른 채 바둥대는 쥐새끼의 모습이 떠올랐다. 입꼬리가 저절로 올라갔다. 승아의 모습은 마치 고양이 앞 생쥐가 빠져나갈 곳이 없는 걸 알면서도, 먹힐 것 알면서도 살아보겠다고 바둥대는 꼴이었다.

더 몰아보기로 했다. 그렇게 자신의 머리를 벽에 박아대다가 조만간 피를 흘리며 죽을지 모를 승아를 위해.

"어, 그래? 그럼, 잠깐 인사나 하지 뭐. 내가 민우를 모르는 것도 아니고."

안절부절, 전전긍긍. 그런 승아의 모습을 지켜보고 있자니 등줄기에 짜릿한 전율이 흘렀다.

"아니야, 다음에. 민우가 부담스러워할 거야. 나중에."

이쪽에서 쿨하게 한 발쯤 물러서 주기로 했다.

"그래, 그럼 우리 시험 끝난 날, 같이 보자."

내 말에 승아의 표정이 더 어두워졌다.

그래, 절벽 끝까지 몰았다. 이제 밀기만 하면 되었다.

교실 안엔 정적이 감돌았다. 긴장한 아이들이 책장을 넘기고, 볼펜을 딸깍거리고, 한숨을 내쉬는 사소한 소리조차 유난히 또렷하게 울렸다.

나는 고개를 숙인 채, 시험지 위의 문제를 빠르게 읽었다. 마지막 과목, 마지막 문제, 답안지에 동그라미를 치며 나는 미소를 지었다. 이번엔 정말 1등을 확신할 수 있었다. 옆을 흘끗 보니 승아는 여전히 고개를 숙이고 있었다. 저 표정, 담담해 보이지만 미세하게 경직된 턱선, 손끝의 힘. 불안하다는 증거였다. 나는 안다. 승아는 흔들리고 있었다.

몇몇 친구들이 시험지를 들고 승아 주변에 몰려들고 있었다. 답을 맞춰보려는 거다. 지금이 기회였다. 나 역시 승아 옆으로 다가갔다. 내 주변에 있던 아이들 역시 따라붙었다.

"승아야, 우리 언제 봐? 네 남친? 시험 끝났는데 오늘은 어때? 내가 쏠게."

그 소리를 들은 애들이 '우와!' 하며 환호성을 질렀다.

그때, 약국집 막내딸 윤주가 김빠지게 끼어들었다.

"난 오늘 과외 있는데…."

"빠져. 뭔 걱정이야."

과외를 빠지든지, 오늘 모임에서 빠지든지, 알 바 아니었다. 사실 다 쓸데없는 걱정이다. 승아는 민우와 사귀지 않는다. 그러니 오늘 내가 쏘는 일은 절대 일어나지 않을 거였다.

"저기 정화야 미안한데…."

나는 중간에 승아의 말을 잘랐다.

"뭐가 미안해? 안 미안하면 되지, 미안할 일을 안 하면 되잖아. 그리고 남친이랑 밥 한번 먹는 게 그렇게 힘든 일이야?"

"야, 근데 누가 승아 같은 애랑 사귀냐?"

뒤에서 비웃는 듯한 남학생의 목소리가 들려왔다.

"무슨 소리야. 네가 몰라서 그렇지, 승아가 얼마나 착하고 귀여운데."

애들 몇몇이 고개를 끄덕였다. 내 말에 공감한다는 듯.

문득 궁금해졌다. 저 아이들의 끄덕거림은 진심일까? 아님, 착한 사람 흉내를 내고 싶은 걸까? 그런 상념을 뚫고 듣기 싫은 비웃음 소리가 비어져 들어왔다. 옆에 있던 또 다른 남학생이었다.

"그래, 돼지가 좀 귀엽긴 하지."

내가 일부러 과장되게 발끈했다.

"승아 그 정도 아니거든. 그리고 너희들이 몰라서 그러는데, 승아 애 남자친구가 얼마나 멋있는 줄 알아?"

내 말이 끝나자마자 또다시 질문이 이어진다.

"진짜?"

"누군데?"

"우리 학교 다녀?"

아무것도 모르는 윤주가 해맑게 대답했다. 뇌가 맑으니, 말투까지 아주 맑았다.

"아직 우리도 못 봤어. 그래서 오늘 만나기로 했거든."

내가 판을 키우면 키울수록 승아의 얼굴에는 곤란한 표정이 역력해졌다.

"류정화, 그만해."

이젠 화가 단단히 난 표정이었다. 터지기 일보 직전의 홍시처럼 벌겋게 달아오른 얼굴, 아니 물만두인가? 툭 건드리기만 하면 터지는 건 시간문제였다.

"뭘 그만해? 네 남친 좀 보여 달라니까, 그게 그렇게 힘든 일이야? 너, 나랑 친구라며? 우리 절친 아니었니?"

머뭇거리는 승아의 자존심에 칼을 푹 꽂아버렸다.

"설마, 안 사귀는데 사귄다고 한 건 아니겠지?"

친구들의 시선이 설마 하는 눈빛으로 승아에게 모였다. 진짜 못생겼다. 다시 한번 이 아이가 끔찍하게 싫어졌다. 문득 집에 쌓여 있던 과학지와 경제지 중 어디선가 읽었던 문구가 떠올랐다. 영국 에식스 대학과 이탈리아의 밀라노-비오코카 대학의 연구에 의하면 좋은 직업, 높은 연봉은 잘생겨야 사회적으로 유리하다는 내용이었다.

'뭐 그걸 연구씩이나….'

그냥 딱 보면 알 수 있는 일 아닌가? 외모는 인간의 서열을 판단하는 중요한 잣대일 수밖에 없다. 그러니 승아는 아무리 머리가 좋아도 외모 때문에 사회적 서열은 밀려도 한참 밀리는 거였다. 아무리 대한민국이 눈부신 성형 기술을 자랑하고 있기는 하지만, 진리는 하나였다.

'원판 불변의 법칙.'

즉, 호박에 줄 긋는다고 수박 되는 일은 절대 일어날 수 없다는 것이다. 바스락바스락 타들어 갈 승아의 마음과는 달리, 내 기분은 희열로 촉촉이 젖어가고 있었다.

"그래서, 오늘 못 만난다는 거야?"

내 물음에 다른 애들이 더 실망한 눈치였다. 이 핑계로 시험이 끝난 오늘을 즐기고 싶었을 테니까.

"그럼 할 수 없지. 다음에 보자."

나는 쿨하게 인사하고 먼저 교실을 나섰다. 애들이 나 대신 승아를 들들 볶을 수 있도록. 문밖으로 나서며 지옥의 구렁텅이에서 허우적거리는 승아를 돌아봤다.

'조금만 더 기다려, 이게 끝은 아니니까.'

시험은 꽤 잘 봤다. 시험 코디가 구해다준 학교 족보도 괜찮았고, 과외 선생이 뽑아준 족집게 문제에서도 유사한 문제가 꽤 나왔다. 이번에는 절대로 승아 따위에 밀리는 일은 없을 거였다. 아니 없어야 했다.

9
요지경 속 딜레마

강재경, 현재

시장통 구석, 반찬가게에 반찬들이 먹기 좋게 수북이 쌓여 있었다. 재경은 매대 앞에 서서 물끄러미 잡채를 보았다. 그러고 보니 며칠 사이 엄마의 연락이 잠잠했다. 불안이 엄습했다. 엄마에게서의 무소식은 희소식이 아니라 폭풍전야의 고요함 같은 거였다.

"담아 드려요?"

내 시선이 잡채에 머물러 있자, 주인으로 보이는 아주머니가 물었다. 윤정과 얼핏 닮은 것 같기도 했다. 얼른 고개를 저었다.

"아니요. 조금만 더 둘러볼게요."

반찬이 필요한 게 아니었다. 윤정을 만나러 온 거였다. 상담 기록지에 적힌 윤정과의 상담 내용을 살피다가, 종이 한 귀퉁이에 적어놓았던 반찬가게 이름을 발견했다. 아이가 그곳에서 종종 일을 돕는다고 했던 말이 생각났다. 고민 끝에 재경은 직접 윤정을 찾아 나섰다.

"선생님?"

돌아보자 마침 윤정이 당황한 표정으로 재경을 보고 있었다.

"어, 윤정아!

아이가 다급하게 들고 있던 바구니와 카드 리더기를 바쁘게 엄마에게 건넸다.

"엄마! 저 잠시만 나갔다 올게요."

"배달은 어쩌고?"

"잠깐이면 돼요. 아, 그리고 엄마, 304호 여사님이 저번 김치가 좀 심심하셨다고 하시네. 다음번 김치 간은 제가 볼게요."

참 착한 딸이다. 내가 엄마에게 저렇게 살갑게 군 게 언제였던가!

"그럼, 저 다녀올게요. 선생님! 얼른 가죠."

앞서 걷던 윤정이 간판이 허름한 커피숍 안으로 쓱 사라졌다. 윤정을 따라 안으로 들어서자 오래된 가구며 소파들이 손님을 맞이했다. 구석 자리에 앉아 메뉴판을 넘기는 윤정의 맞은편에 앉았다. 재경이 앉자마자 윤정은 자신이 마실 음료를 손가락으로 가리켰다.

"쌤, 저는 이거요. 괜찮죠?"

딸기 생과일 파르페, 딱 보기에도 제일 비싼 음료였다. 괜찮냐고 묻는 걸 보니 새삼 눈치가 보였던 모양이다.

"어, 그래."

가볍게 대답했다. 파르페 하나쯤은 사줄 수 있었다. 듣고 싶은 이야기 값으로 그 정도쯤이야.

"선생님은요?"

"어, 나는… 따뜻한 아메리카노."

"이 더운데요?"

생각만으로 덥다는 듯 윤정이 몸을 들썩인다. 고등학생다운 활발한 호들갑에 피식 웃음이 나왔다.

"뭐 좋아하세요?"

"뭘 좋아하냐니?"

"반찬이요."

"아, 잡채…."

생각 없이 툭 내뱉고는 이내 후회했다. 잡채는 이제 좋아하는 음식이 아니라 신경을 건드리는 음식이 되고 말았다.

"손이 참 많이 가는 음식을 좋아하시네요."

윤정의 말이 맞았다. 잡채는 만들어 먹기보다는 사 먹는 게 훨씬 경제적이고 간편한 음식이었다. 하지만 그대로 인정하고 싶지는 않았다.

"정성이 들어가는 음식이어서 좋아하는 거라고 하자."

"네, 뭐 그게 그거죠."

음료가 나오자, 윤정이 굵은 빨대로 있는 힘껏 음료를 빨아들였다. 고개를 박고 바닥이 드러날 때까지. 빠르게 잔을 비우더니 그제야 고개를 들었다.

"근데, 쌤이 여기까지는 어쩐 일이세요?"

"걱정이 돼서… 와봤어."

"뭐가요?"

"백선… 아니 미술 선생님 소식 들었지?"

"네…."

"그때 윤정 학생 말처럼 일어나기를 바랐는데… 이렇게 되어버려서… 괜찮니?"

유리잔 끝을 손가락으로 만지작거리던 윤정이 움직임을 멈추고 재경을 보았다.

"안 괜찮으면요? 왜요? 제가 미술 선생님 따라 죽기라도 할까 봐서요?"

재경이 화들짝 놀라 심각한 표정으로 보자 윤정이 씩 웃었다.

"저 괜찮아요. 걱정해주셔서 감사하고, 찾아와주셔서 감사해요."

그러더니 자리에서 벌떡 일어났다.

"저, 배달 가야 해요. 내일 반찬 할 찬거리들도 다듬어야 하고요."

결국 재경은 아무 말도 못 하고 윤정을 따라 일어섰다. 윤정은 반찬가게까지 재경을 끌고 가더니 검정비닐 봉지를 안겼다.

"반찬이에요. 선생님 좋아하시는 잡채도 쌌어요. 잘 챙겨 드세요. 쌤, 너무 말랐어요."

윤정은 정 많고 착한 아이였다. 정화와는 전혀 다른.

조문을 가지 말라는 학교 교장의 신신당부 협박에도 재경은 백선생의 장례식장을 찾기로 했다. 문자에는 제때 답하지 못했지만, 마지막 가는 길은 놓치지 않고 배웅하고 싶었다.

백선생의 영정사진이 놓인 장례식장 빈소 앞에 서자 주변을 흘

날리던 매캐한 향이 재경을 아버지의 장례식이 있었던 그날로 데려갔다.

* * *

"사람 겉만 보고 모른다니까."
"그러게, 강씨가 그럴 줄 어디 상상이나 했겠어?"
"법 없이도 살 사람 같다고 했는데, 열 길 물속은 알아도 한 길 사람 속 모른다더니, 참 모를 일이라니까."
"사람이 어떻게 그리 겉과 속이 다를 수가 있을까?"
아버지에 관한 험담이 계속 이어지고 있었다. 그러면서도 연신 젓가락질을 이어가는 누군가를 보며 화딱지가 치밀어 올랐다.
'저 인간 머리에 물을 부어버릴까? 아니면 상을 엎어버릴까?'
속이 부글거렸지만 정작 재경은 아무 말도, 아무 일도 할 수 없었다. 그게 더 재경을 미치게 했다.
"여기요. 전 한 접시만 더 주세요."
그들이 재경을 향해 손을 흔들며 말했을 때, '다 떨어졌어요'라고 쏴붙이는 게 고등학생 재경이 할 수 있는 유일하고도 소심한 복수였다.

* * *

"선생님!"
퍼뜩 정신을 차렸다. 누구지? 재경은 눈앞에 서 있는 교복차림의 설아를 발견했다.

"설아야!"

얼마 만인가 싶었다. 한동안 설아를 보지 못했다. 그래서인지 더더욱 반가웠다. 소원해진 친구를 오랜만에 우연히 만난 기분이랄까? 반색하는 재경과는 다르게 설아는 다소 걱정스러운 표정으로 자신을 바라보고 있었다.

"괜찮니?"

"괜찮으세요?"

두 사람이 동시에 서로의 안위를 물었다. 볼 때마다 괜찮은지 서로의 안부를 묻는 게 습관이 되어버린 것 같았다.

"어, 나는 괜찮아. 너는? 괜찮은 거니?"

'백선생이 이렇게 돼서…'라는 뒤의 말은 생략했다.

"저도 괜찮아요. 지금은!"

뒤에 붙인 '지금은'이라는 단어가 왠지 찜찜했지만, 재경은 그냥 모른 척하기로 했다.

"미술 선생님께 마지막 인사를 하고 나오는 길이에요."

설아의 마지막 인사란 말이 조금 슬프게 들렸다.

"어, 그래…."

"결국은 이렇게 됐네요. 깨어나시길 바랐는데."

재경이 딱히 대답할 적당한 말을 찾지 못하고 있는데, 설아가 꾸벅, 이만 가겠다는 인사를 해버렸다.

"그럼, 선생님께서도 미술 선생님 잘 보내고 오세요."

설아가 무심하게 스쳐 가는데, 알 수 없는 미련이 설아를 불러

세우게 했다.

"설아야."

설아가 걸음을 멈추고 고개를 돌렸다.

"소리 들리는 건 어때? 좀 나아졌어?"

설아가 물끄러미 재경을 보다가, 이내 시크하게 대답했다.

"아니요. 여전해요."

그러고는 돌아서 성큼성큼 멀어져 갔다.

사진 속 백선생의 얼굴은 해맑고 이뻤다. 생기도 넘쳐흘렀다. 재경을 찾았을 때의 근심과 걱정은 어디에도 없어 보였다. 기다란 향에 불을 붙이고 향로에 꽂으면서도 재경의 머릿속에는 오만 가지 생각들이 스쳤다.

잠깐의 어려움을 넘기면 또다시 행복한 순간들이 찾아올 텐데, 너무 성급한 선택… 이었다고 말할 수 있을까? 네 삶이 내 삶보다 낫다고 말해줄 수는 있을까? 지금의 순간을 잘 넘긴다고 해서 내일이 더 나아질 거라는 보장은 못 하겠지만, 그래도 살아보는 게 맞는 걸까?

"엄마, 인제 그만 울어요. 이러다 엄마까지 쓰러져요."

"미정아, 우리 미선이 불쌍해서 어쩌니? 가여워서 어째? 학교가 그렇게 힘들었으면 그냥 그만두면 될 것을… 왜 그런 어리석은 짓을 해… 미선아…."

"조용히 하지 못해요! 그게 무슨 자랑도 아니고…."

백선생의 아버지가 발끈하는 소리도 들렸다.

재경은 그들에게 꾸벅 인사를 하고 돌아서서 황급히 빈소를 빠져나왔다. 마음이 울적했다. 혼술이라도 해볼까 생각하던 그 순간 가방에서 진동이 울리기 시작했다. 휴대폰을 꺼내 발신자를 확인하는데, 은형사의 이름이 보였다.

"여보세요."

— 강선생님? 은형삽니다.

"어디세요?"

— 강선생님 뒤에요.

어쩐지 불쾌해졌다. 그의 농담이란 늘 이런 식이었다. 도무지 거리를 가늠할 수가 없다. 재경은 조용히 입을 다물었다.

"강선생님…!"

어째 목소리가 전화기가 아닌 뒤에서 들리는 듯했다. 재경이 소리 나는 쪽으로 고개를 돌리는데, 은형사가 재경을 향해 이를 드러내고 환히 웃고 있었다. 잘못 봤나 싶어 눈을 비비고 다시 봤지만, 은형사가 틀림없었다.

그 순간이었다.

"흑…."

재경의 눈에서 참았던 눈물이 터지고 말았다. 평생 억눌러왔던 감정의 봇물이 한꺼번에 터졌나 싶을 정도로, 눈물을 멈추는 것이 쉽지 않았다. 그녀는 그대로 돌아서 황급히 장례식장을 빠져나왔다.

"강선생님, 강재경 선생님!"

뒤에서 은형사가 부르는 것 같았지만 재경은 돌아보지 않았다. 얼마나 걸었을까? 저 멀리 정자가 눈에 들어왔다. 먼지가 뽀얗게 쌓인 정자 마루에 그대로 주저앉아 펑펑 울기 시작했다. 눈물에 이어 콧물까지 줄줄 흘러나왔다.

"아 씨…."

애써 눈물을 추스르고 주섬주섬 가방을 뒤져보지만, 안에는 휴지 비슷한 쪼가리도 없었다. 슬쩍 눈앞에 체크무늬 남성용 손수건이 들이밀어졌다. 은형사였다. 그 얼굴을 보자 또 울컥했다.

"친했나 봐요?"

은형사가 가라앉은 음성으로 물었다. 재경이 손수건으로 눈물을 닦아내며 대꾸했다.

"누구요? 백선생님이요? 잘 몰라요."

"아, 잘 모르시는구나, 잘 모르셔서 장례식에도 오시고, 이렇게 펑펑 우시기까지 하시는 거구나."

은형사의 가벼운 농담에 재경은 피식, 웃고 말았다.

"은형사님은요?"

"저도 잘 모르는데요."

"아니요, 은형사님이 백선생님 장례식장에는 어쩐 일이시냐구요?"

"아! 자살이잖아요. 류정화 주변에서 일어난 또 다른!"

은형사가 대답한다. 말투는 무심한데 그 속에 담긴 의미는 날카롭다.

"선생이 죽었다고 재단 측에서 장례비에 위로금까지 지원하나요?"

심히 미심쩍다는 말투였다. 하지만 은형사의 말본새가 재경의 심기를 불편하게 했다.

"재단에서 선생님 죽음을 애도하는 마음으로 장례비에 위로금까지 지급한다면 좋은 거 아닌가요?"

"좋긴요. 냄새가 나는데… 썩은 내가 풀풀."

이번에는 냉정하고 신랄한 말투였다. 누가 형사 아니랄까 봐, 사건 얘기만 나오면 저리 변하는 건 은형사의 버릇이었다.

"의심할 수밖에 없는 게, 모든 과정이 윤승아 학생 사건 덮은 방식과 아주 흡사하거든요."

그러고는 또다시 짓궂은 표정으로 재경을 보았다.

"강선생님! 우리, 이렇게 만난 것도 인연인데, 순대국밥이나 먹으러 갈까요? 제가 오늘 온종일 굶었거든요."

은형사의 마지막 말 때문에, 재경은 거절할 수 없었다.

순대국집은 은형사가 오래 단골 삼아 오던 허름한 노포였다. 뚝배기에 담긴 국밥이 나오자, 은형사는 익숙한 손놀림으로 새우젓을 넣고, 고춧가루를 풀더니 밥을 말아 우걱우걱 씹기 시작했다.

"아, 이게 바로 사람 사는 맛이죠."

허기를 달래며 넉살 좋은 미소를 짓던 은형사가 문득 무심한 말투로 물었다.

"근데 말이죠. 강선생님은 혹시, 뭐 들은 얘기 없으세요? 최근에 이상한 얘기라든지, 석연치 않은 소문이라든지."

"없는데요."

망설임 없이 대답했지만, 금세 설아가 했던 말이 떠올랐다.

'음악 소리가 들려오면 사람이 죽어요.'

다시 생각해봐도 허무맹랑한 얘기인 듯싶다.

"제가요, 류정화 학생 주변을 조사하다가 묻혔던 사건 하나를 찾아냈거든요."

묻혔던 사건이라는 단어에 신경이 곤두섰다. 뭔가 싸한 느낌이 등골을 엄습한다. 애써 기어오르는 불안감을 꾹꾹 누르며 재경은 순대국밥을 뒤적거렸다.

"류정화 학생이 초등학교 다닐 때도 일이 있었더라구요."

"초등학교… 요?"

질문인지 혼잣말인지 모르게 재경이 은형사의 말을 따라 하고 있었다.

"그 기업 뉴스만 다뤄온 중년 기자분을 우연히 만났는데…."

그놈의 우연이라는 건 참 쓰잘머리 없이 여기저기 작용했다. 은형사의 입에서 무슨 말이 나올지 불을 보듯 뻔했다.

"류정화 학생이 다니던 초등학교에서 성추행 사건이 있었는데, 그게 류정화 학생이랑 관련이 있었다고 하더라구요. 그런데 그 성추행 용의자가 억울함을 호소하면서 구치소 안에서 자살을 했다네요."

입술이 바짝바짝 말라왔다. 아니나 다를까, 아버지 이야기였다.

털어놓아야 하나, 말아야 하나, 계속 갈팡질팡했다. 물잔을 들어 바싹 마른 입술부터 축이려는데, 은형사가 냅다 폭탄을 투하했다.
"그래서, 그 가족을 한번 만나보려구요."

지하철 플랫폼 벤치에 앉아 재경은 들어오는 지하철을 계속 그대로 보내고 있었다. 벌써 다섯 번째였다. 지금 심정 같아선 빵! 소리를 내며 들어서는 지하철 앞으로 몸이라도 던지고 싶었다.
'그래서 그 가족을 한번 만나보려구요.'
은형사가 그 용의자의 가족이 재경이란 사실을 알게 되면 어떤 표정을 지을지 상상만으로도 끔찍했다. 왜 하필이면 은형사일까?
'딩동' 문자음이 들려왔다. 재경이 무심한 표정으로 휴대폰 화면을 열었다.

    강선생님 잘 들어가셨지요?
    다음에는 제가 더 맛있는 밥 사겠습니다.

다음 만남을 기약하는 문자였지만 재경은 결코 설렐 수 없었다.
만약 은형사의 추측이 사실과 다르다면 어떻게 되는 걸까? 아버지는 여전히 범죄자로 남을 것이고, 재경은 범죄자의 딸이라는 사실을 바꿀 수 없을 것이다.
"그게 뭐? 내가 지은 죄도 아닌데, 내가 부모를 선택해서 태어날 수도 없는 건데. 어쩌라고."

거칠게 혼잣말을 중얼거려보지만, 이내 두려움이 몰려왔다. 은형사는 사람이 참 반듯하고 깍듯하기까지 했다. 그런 사람 됨됨이가 재경에게는 매력으로 다가왔었다. 하지만 오늘은 그 올곧음이 두려웠다. 그런 성격대로라면 은형사가 재경의 가족을 찾아내는 건, 아니 재경을 찾아내는 건 시간문제였다.

엄마가 전화를 받지 않았다. 벌써 이틀째였다. 무소식이 희소식이라는 말은 재경의 가족과는 상관없는 일이었다.

엄마를 만나면 뭐라고 해야 하나? 은형사가 찾아오면 쓸데없는 신세 한탄 같은 건 하지 말라고 입단속을 시켜야 하나? 아님 재현과 마주치는 일이 없도록 조심을 시켜야 하나? 이래저래 고민스러웠다. 그런 이야기를 하다가 어쩌면 아빠가 무죄일 수도 있다는 말을 내뱉어버리면 어쩌나? 기대는 실망만 더 키울 뿐이다.

저만치 파란색 대문이 눈에 들어왔다. 즐거운 우리 집이다.

'화내지 말자. 짜증 내지 말자. 싸우지 말자. 부디!'

재경은 단단히 다짐하면서 걸음을 옮겼다.

비밀번호를 누르고 기다리는데 열려야 할 집 문이 열리지 않았다. 잘못 눌렀나 싶어 다시 다다다다 빠르게 눌렀다. 하지만, 역시 열릴 기미가 보이지 않았다. 다시 한번 눌러보지만, 비밀번호는 계속 삑삑거릴 뿐이었다.

"뭐야? 비밀번호를 바꾼 거야?"

결국 초인종을 눌렀다.

― 누구세요?

인터폰을 통해 낯선 여자의 음성이 흘러나왔다. 뭔가에 홀린 기분으로 혹시나 집을 착각했나 싶어 주위를 둘러봤다. 재경의 본가가 분명했다.

"저, 여기, 장은선 씨 집 아닌가요?"

조심스레 엄마 이름을 댔다. 얼마 만에 말해보는지 모를 이름이었다.

"아닌데요. 저희 일주일 전에 이사 왔거든요."

아, 엄마와 나눴던 대화가 머리를 스쳤다.

'이 집 팔았다. 상황이 상황인지라.'

어떻게 그 말을 까마득히 잊을 수 있었을까? 아니, 그렇다고 엄마라는 사람이 딸한테 이사 가는 날짜도 안 알려주나? 아니, 알려줬던가? 기억하고 싶지 않았던 과거와 마주했던 그날이었다면, 엄마의 말에 신경 쓸 겨를이 없었을지도 모르겠다.

"혹시 어디로 갔는지 아시나요?"

― 그걸 제가 어떻게 알아요.

인터폰이 툭 끊겼다. 묻고 나서도 피식 웃음이 비어져 나왔다. 자신을 향한 실소였다. 전 주인이 이사한 곳을 이사 온 사람이 알리 만무한 일이었다. 돌아서 생각에 잠긴 채 터덜터덜 걷기 시작했다.

'그나저나 도대체 언제, 어디로 이사를 한 걸까? 그리고 엄마는 왜 딸에게 일언반구도 하지 않았을까?'

주섬주섬 휴대폰을 꺼내 엄마 번호를 눌렀다.

번호까지 바꾼 건 아니겠지? 혹시 버려진 건가? 불안함과 불길함이 엄습하는 순간, 수화기 너머에서 익숙한 음성이 흘러나왔다.

― 어머… 재경이니? 아우, 내가 너한테 전화한다는 걸 깜빡했네. 이사하느라 정신이 없어서 말이야.

어이가 없으니 화도 나지 않았다.

"그러니까… 와 보니 딴 사람이 살더라고. 우리 집에."

말이 끝나자마자 엄마가 깔깔대며 웃어댄다. 그렇게 해맑을 수가 없는 웃음이었다.

― 어머, 어떡하니, 미안해서….

그러고는 이내 수화기 너머로 엄마가 크게 묻는 소리가 들렸다.

― 아들! 너, 네 누나한테 이사한 주소 보내주라고 했더니, 안 알려줬어?

나무라는 건지 아니면 예뻐 죽겠다는 건지, 정이 뚝뚝 떨어지는 엄마의 목소리에 이어, 재현의 대답이 희미하게 들렸다.

― 내가 개한테 그걸 뭐 하러 알려줘? 집을 너 때문에 팔았네, 뭐네, 지랄할 게 뻔한데.

'알기는 아네. 망할 놈의 자식!'

― 재경아! 지금 엄마가 바쁘거든. 문자로 주소 보낼 테니까, 한 번 들러라. 알겠지?

섭섭하다, 속상하다, 화난다, 짜증난다, 등등의 감정을 표현할 시간도 없이 전화는 툭 끊겨버렸다.

픽, 웃음이 새어 나왔다. 그러다 파란색 대문 쪽으로 시선을 돌리다 보니 와락 슬퍼졌다. 끔찍한 과거가 발목을 잡아 지긋지긋하기도 했지만, 한편으로는 남겨진 추억에, 미련에 차마 떠나지 못했던 그 집과 모르는 새 영영 작별 인사를 하게 된 거였다.

어린 시절의 추억이 담긴 집을 홀라당 팔아버린 엄마가 못내 야속하긴 했지만, 문득 한편으로는 다행이라는 생각도 들었다. 은형사가 우리 가족을 찾아낼 수 없을 거라는 생각에.

삑, 어디선가 들려오는 차 문 잠그는 소리에 화들짝 정신을 차렸다. 소리가 나는 쪽으로 고개를 돌리자 낯익은 모습이 눈에 들어왔다. 잘못 봤나 싶어 눈을 부릅떴다. 분명 은형사였다. 재경은 그에게 들킬세라 도망치듯 얼른 그 자리를 벗어났다.

가까스로 집에 도착해 잠깐 눈을 감았다 떴을 뿐인데 시계가 저녁 10시를 가리키고 있었다. 뱃속에서는 이미 전쟁이라도 일어난 듯 꾸르륵거리는 소리가 진동했다. 허기가 느껴졌다. 아침부터 전전긍긍 시간을 보냈더니 배고픈 줄도 몰랐다. 한숨 자고 나니 그제야 몸의 생체 시계가 작동을 시작한 모양이었다.

냉장고에서 밑반찬들을 꺼내다 보니 윤정이 싸준 반찬들이 눈에 띄었다. 그러고보니 벌써 윤정을 만나고 온 날로부터 며칠이나 지나 있었다.

잡채 뚜껑을 열어봤다. 면은 이미 퉁퉁 분 상태였다. 식탁 위에 올려놓고 젓가락으로 한 가닥 들어 올리려는데, 잡채의 면이 뭉쳐서는 떡처럼 들어 올려졌다. 그대로 내려놓고 물끄러미 잡채를 보았다. 이미 밥맛은 사라진 지 오래였다.

그때 전화벨이 울리기 시작했다. 설아다. 재경은 빠르게 통화 버튼을 눌렀다. 여보세요, 말을 할 새도 없이 수화기에서는 설아의 비명이 흘러나오고 있었다.

― 선생님! 살려주세요!

9-1
살아는 있을까?

윤설아, 1년 전

우울하고 느린 음악이 들려온다. 등굣길 이른 아침, 정류장 벤치에서였다. 화들짝 놀라 두리번대는데, 벤치 끝에 앉은 젊은 여자가 눈에 들어왔다. 정갈하게 빗어 넘긴 머리, 소박하지만 깔끔하게 차려입은 정장이 인상적인 여자였다.

매일 같은 시간, 이 버스 정류장을 지나지만, 오늘 처음 본 여자. 그녀의 시선은 내내 도로를 향해 있었다. 불길한 생각 하나가 스쳐 지나갔다. 달려오는 버스를 향해 뛰어들 것 같다는. 동시에 지하철 플랫폼의 끔찍한 기억도 떠올랐다. 지하철에 몸을 던지려던 아저씨 그리고 그 아저씨를 막으려고 몸을 던졌다가 오히려 내가 떨어지고 말았던 어이없던 상황이. 그 아저씨는 어떻게 됐을까?

시선은 다시 그녀에게로 향했다.

'그냥 모른 척할까? 이대로 일어서서 정류장을 벗어날까? 그럼 학교는? 다음 정류장까지 걸어가는 건…. 그랬다간 지각할지도 모르는데. 아니다, 말을 걸어볼까?'

생각들이 꼬리를 무는데 마침 버스 한 대가 들어오고 있었다. 여자가 일어나고, 버스의 속도가 줄어들고 있었다. 안도의 한숨이 절로 터져 나왔다. 여자가 탄 버스가 눈앞에서 멀어졌다. 음악 소리도 함께.

나는 다음 버스에 올라탔고, 지각을 면했다. 그리고 하루 종일 여자가 떠올랐다. 그녀에 관한 생각을 놓을 수 없었다. 한 번 생긴 관심은 머릿속을 가득 메우고 떠나지 않았다. 말을 걸어봤어야 했다. 아니면 따라가 봤어야 했는지도 모르겠다.

어쩌면 내일은 그녀에게서 음악 소리가 들리지 않을 수도 있을 것이다. 내가 잘못 들은 것이거나.

일부러 같은 시간에 정류장에 도착했다. 그리고 어제와 다름없이 벤치 끝에 앉은 여자를 발견했다. 음악 소리가 여전히 들려왔다. 슬픈 발라드 음악인데, 무슨 음악일까?

문득 궁금했지만 그런 것까지 신경 쓸 겨를이 없었다. 문제는 그 소리가 여자의 몸에서 계속 흘러나오고 있다는 거였다.

왜 여자의 몸은 저렇게 슬프고 우울한 음악을 노래하고 있는 걸까? 그리고 표정은 왜 저리 불행해 보이는 걸까? 그녀에게 말을 붙이려는 순간, 한 무리의 학생들이 정류장으로 몰려왔다. 머뭇거리던 나는 결국 기회를 놓쳐버렸다.

　버스가 도착했고, 여자가 올라탔다. 버스 문이 닫히려할 때, 나는 즉흥적으로 문을 두드려 같은 버스에 올랐다. 그녀를 따라가 보면 이 음악 소리의 정체를 알 수 있을지도 몰랐다.

　마침 그녀의 뒷좌석이 비어 거기에 앉았다. 그녀의 뒷모습을 바라보다가 창밖으로 시선을 돌렸다. 여자에게서 들리는 슬픈 멜로디 때문에 창밖 풍경까지 슬퍼 보였다. 버스가 갈림길에 들어서더니 학교 가는 길과는 다른 방향의 길로 접어들었다. 그러고도 대여섯 정거장을 더 지났을까? 여자가 하차 버튼을 눌렀다.

　나도 그녀를 따라 내렸다. 여기는 유명 백화점이 가장 가까운 정류장이었다. 그녀는 어느새 백화점 뒤쪽 입구로 사라졌다. 아직 오픈 전인 시각이었다.

　슬그머니 그녀를 따라 들어가자 또각또각 구두 소리가 지하 1층으로 연결된 계단 쪽으로 멀어지고 있었다. 노랫소리도 희미해졌다. 얼른 지하 1층 계단을 뛰다시피 내려가 주위를 둘러봤다. 구두 소리도, 노랫소리도 갑자기 사라졌다.

　어디로 가야 하나, 엉뚱한 데서 길을 잃고 말았다. 얼마 안 지나 문 열리는 소리와 함께 구슬픈 음악 소리가 다시 시작됐다. 백화점 유니폼으로 갈아입은 여자가 복도 끝에서 모습을 드러냈다. 나는 그녀를 확인하고, 한쪽 구석으로 몸을 숨겼다.

　여자가 그리고 그녀에게서 들려오는 음악 소리가 나를 스쳐 지나간다.

　그녀를 놓칠까, 적당히 거리를 두고 뒤따랐다. 그리고 그녀가

1층 화장품 코너에서 근무한다는 사실을 알아냈다. 서둘러 백화점을 빠져나왔다. 이미 지각이긴 했지만, 학교는 가야 했기에.

수업이 끝나자마자 백화점으로 가려고 서둘러 나오는데, 윤희가 불렀다.
"오늘 나랑 아이스크림 먹으러 가자! 쿠폰 있거든."
물끄러미 윤희를 보다가 잘됐다 싶어 그녀의 팔을 잡아끌었다.
"그래, 가자!"
나는 친구의 손을 꼭 쥐고, 백화점으로 향했다. 영문을 모른 채 따라오는 윤희가 백화점에 도착할 때까지 내내 어색하게 웃기만 했다.
"내가 사겠다고 한 아이스크림 매장은 이런 데 없는데."
백화점 앞에 내리자 그제야 기어들어 가는 목소리로 말했다.
"기브 앤 테이크. 어떻게 얻어먹기만 하겠어. 내가 립글로스 하나 사줄게."
"너 뭐 잘못 먹었니?"
어리둥절해하는 윤희를 이끌고 아침에 봤던 화장품 매장으로 향했다.
백화점 입구를 지나 매장을 훑어보는데, 그 여자가 보였다. 아니나 다를까 음악 소리도 들려온다. 매장에 가까워질수록 노랫소리도 한결 커졌다.
"어서 오세요."

여자가 환하게 미소 지으며 인사하자, 음악 소리가 스피커 바로 앞에서 나오는 것처럼 크게 울려댔다. 지척에서 듣고 있으려니 머리가 지끈거릴 지경이었다. 이런 상황을 알 리 없는 윤희가 립글로스가 잔뜩 진열된 판매대 쪽으로 내 팔을 잡아끌었다.

"진짜 사주는 거야?"

"어, 골라봐."

화장품을 고르는 척하며 가슴팍에 붙은 그녀의 명찰 속 이름을 확인했다.

'김정미 사원'

고개를 들자 그녀의 눈과 마주쳤고, 정신이 혼미해질 정도로 소리가 더 커졌다. 흡사 상대방의 심장 박동 소리가 미친 듯 뛰고 있는 것 같았다.

욱, 헛구역질이 나왔다. 못 참고 곧장 화장실로 뛰었다. 그리고 변기를 붙들고 구역질을 해댔다. 갑작스런 행동에 놀란 윤희도 나를 따라 뛰어왔다. 등을 두드려주는 따뜻한 손길에 울렁거림이 어느 정도 가라앉고 있었다. 여자와 멀어지자, 음악 소리도 더는 들리지 않았다.

"설아야. 너, 괜찮은 거야?"

"어, 미안해. 윤희야."

"괜찮아. 그리고 아까 거기 가격 보니까 좀 비싸더라. 우리 그냥 다른 데 가자."

윤희와 함께 노는 동안에는 백화점 '김정미 사원'을 잊을 수 있었다. 그것도 잠시, 집으로 돌아오는 길 버스 정류장에 내려 나는 집으로 가지 못했다. 벤치에 그대로 주저앉았다. 그리고 그녀를 기다렸다. 혹시나 폐점 시간까지 기다리면 그녀를 만날 수 있지 않을까 싶어서였다.

얼마나 기다렸을까, '김정미 사원'이 버스에서 내렸다. 그녀가 시야에 들어오는 것과 동시에 음악 소리가 다시 들려왔다.

그녀의 발걸음은 쇠로 만든 구두를 신은 것처럼 무거워 보였다. 그저 앞만 보고 걸었다. 주위를 살필 여력도 없는 듯했다. 한동안 그녀를 뒤따라갔다.

십 분쯤 걸었을까, 그녀가 즐비하게 늘어선 다세대 주택 단지로 들어섰다. 낮은 건물 서너 개를 지나쳐, 그 뒤에 있는 빌라 안으로 사라졌다. 대상이 시야에서 벗어나자 음악 소리도 사라졌다.

가로등이 정면으로 비추고 있는 건물이었다. 그녀가 계단을 걸어 올라가는지 계단 등이 하나둘씩 켜지고 있었다. 불은 2층에서 멈췄고, 이내 꺼졌다.

'가서 문이라도 두드려볼까?'

차마 용기가 나지 않았다. 그래서 뭐라고 할 건데?

'음악 소리가 들려서 왔어요'라고 할 것도 아니고, '혹시 죽으려고 하는 건 아니죠? 버스에 뛰어든다거나, 할 건 아니죠?'라고 물어볼 수도 없었다.

나도 모르게 실소가 터져나왔다. 여기까지다. 뭘 더 할 수 있는 게 없으니, 그만 집에 돌아가야겠다. 발걸음을 돌렸다. 내일 다시 정류장에서 만날 수 있기를 바라며. 그리고 내일은 꼭 말을 걸어보리라 다짐하며.

다음 날, 하필이면 늦잠을 자고 말았다. 찜찜한 마음을 애써 합리화했다.

'그래, 하루쯤은 아무 일 없을 거야.'

그리고 다음 날도, 그다음 날도 나는 계속 늦잠을 잤고, 그녀를 만나지 못했다.

회피였다. 어쩌면 그녀를 만나는 일이, 그녀에게서 들려오는 음악이 두려워서였을지도 모르겠다. 그녀를 만나 뭘 확인해야 하는지도 막막했고, 정말로 그녀가 죽을 작정이라면 내가 뭘 어떻게 도와야 하는지도 알 수 없었다.

한편으로는, 오해일지도 모른다는 생각도 들었다. 그냥 내가 미쳐가는 걸지도. 미쳐서 남들이 듣지 못하는 소리를 듣는 거고, 여기엔 별 의미 따위 없을지도 몰랐다. 그렇게 애써 불안한 예감을 무시하고 있었다. 하지만 피한다고 머릿속에서 깨끗이 지워지는 것은 아니었다. 문득문득 그녀의 안부가 궁금했고, 숙제 안 하고 잠드는 아이의 마음처럼 늘 가슴 한쪽이 묵직했다.

그렇게 한 달쯤 지났을까? 문득 그녀의 생사를 확인해야겠다는 생각이 들었다.

아침, 같은 시간에 버스 정류장에서 기다렸지만, 그녀를 볼 수 없었다. 학교 대신 백화점으로 향하는 버스에 몸을 실었다. 그리고, 백화점이 문을 열기를 기다린 후 화장품 코너로 향했다.

매장을 둘러보며 '김정미 사원'을 찾으려 했지만, 보이지 않았다.

"도와드릴까요?"

유니폼을 입은 직원 하나가 경계하듯 다가와 물었다.

"혹시, 김정미 사원… 은요? 오늘 쉬는 날인가요?"

그녀의 표정이 왠지 심상치 않았다. 카운터 쪽을 바라보더니 대뜸 다른 직원을 불렀다.

"매니저님! 김정미 사원을 찾는데요."

매니저가 다가오며 물었다.

"무슨 일이신데요?"

그녀 역시 무언가 불편한 표정이었다. 황급히 둘러댔다.

"아는 언니라서요. 잠깐 보러 온 건데. 그냥 전화해볼게요."

믿는 눈치는 아니었다. 나는 서둘러 매장을 나왔다. 그리고 화장실로 들어가서 변기 뚜껑을 내리고 앉았다. 잠시 앉아 생각할 시간이 필요했다. 고요했던 화장실이 이내 다시 부산스러워진다.

"그, 김정미 사원, 그만둔 거지요?"

"말도 마. 한순간 실수로 일이 이렇게 커질 줄 누가 알았겠어. 재벌 집 딸내미 팔이 골절됐다는데, 거기 변호사들이 별별 걸 다 끌어왔어. 업무 중 부주의니, 안전 규정 위반이니, 심지어 백화점 전체 관리 소홀까지 들먹이더라니까. 회사도 처음엔 자기들만 믿으라더니, 언론에 퍼질까 겁난다면서 슬쩍 태도 바꿨지. 결국 김정미 혼자 과실치상 피의자 취급받고, 형사 고소니 민사 소송이니 협박만 잔뜩 받다가… 합의는커녕 회사에서 잘려버렸어. 합의금이니, 위자료니, 회사가 조금 보탰다지만, 그게 무슨 위로가 되겠어. 하루아침에 직장 잃고 전과까지 생겼는데…. 진짜 돈 있고 힘 있는 사람들 앞에선 우리가 아무것도 아니더라."

불길한 예감이 엄습했다. 그녀의 몸에서 흘러나오던 슬픈 음악을 떠올리니 불안감이 더 커졌다. 도저히 학교에 갈 기분이 아니었다. 학교 방향으로 가는 버스를 보내고, 집 방향으로 가는 버스에 올랐다.

세상에 신호등은 왜 이렇게 많은 걸까…. 게다가 오늘따라 버스는 신호등 구간마다 빨간 불에 걸리고 있었다. 이 정도면 버스 기사 아저씨가 신호 위반을 해도 한 번은 봐줘야 하는 거 아닌가 하는 생각이 들 정도였다. 그렇게 긴 시간이 지난 후에야 버스가 집 근처 정류장에 도착했다. 버스에서 내리자마자 뛰기 시작했다.

'아무 일 없을 거야. 그냥 다른 회사를 찾으면 되는 거지. 사람이 제 목숨 끊는 게 뭐 그렇게 쉬워?'

숨을 헉헉거리며 그녀가 사는 다세대 주택 앞에 멈춰 섰다. 어쩐지 대문이 열려 있었다. 활짝 열린 대문을 바라보다가 결심하고 들어가려는데, 안에서 나오는 남자와 마주쳤다.

커다란 검은 쓰레기봉투를 둘러멘 남자.

청소부처럼 보이는 옷을 입은 그에게서는 역겨운 냄새가 진동했다.

여기서 이제 어디로 가야 하나, 막막함에 대문 안쪽을 힐끗거리다 한쪽에 매달린 우편함을 발견했다. 유난히 우편물들이 가득 차 있는 곳이 하나 눈에 띄었다. 203호. 나도 모르게 손을 뻗어 우편물 하나를 꺼내서 살폈다. 익숙한 이름이 눈에 들어왔다. '김정미'였다.

"들어가실 건가요?"

묵직한 목소리에, 내가 문을 막고 서 있는 걸 알았다. 한쪽으로 비켜서자 청소부 남자가 나를 지나쳐 안으로 들어섰다. 나도 2층으로 올라갔다. 그때 203호 열린 문 안쪽에서 두런두런 말소리가 들렸다.

"똑소리 나는 아가씨 같았는데… 이런 사달이 날 줄 알았나, 쯧쯧쯧…."

뒤이어 그곳에서 나오는 한 아주머니의 모습이 보였다.

"그럼 잘 부탁해요."

그렇게 당부하곤 아주머니는 다시 바쁘게 걸음을 옮겼다.

복도 끝에서 서성이는 날 보고 말을 걸려던 그녀가 마침 울리는 벨 소리를 듣고 전화부터 받았다.

"아우, 몰라. 세입자들이 이상한 냄새가 난다길래, 설마설마 했지…. 경찰 다녀가고, 사람 불러서 시신 치우고, 지금은 클린센턴지 뭔지 불렀어. 보아하니 가족도 없는 모양이더라고."

'경찰이 다녀갔다고? 시신이라니?'

아니야. 아닐 거야. 주춤거리며 203호 앞에 섰지만, 선뜻 들어설 용기는 나지 않았다. 대신 문 앞에 서서 안쪽을 들여다보니, 깨끗하게 정리된 집 안쪽에서 락스 냄새 비슷한 약품 냄새가 흘러나오고 있었다.

그때 안에서 남자가 나왔다. 대문에서 마주쳤던 그 사람이었다. 그가 나를 성가신 눈빛으로 빤히 보며 물었다.

"어쩐 일이시죠?"

나도 물었다.

"도대체 무슨 일이에요?"

그가 잠시 시선을 돌려 저편 어딘가를 응시하더니 내 쪽으로 시선을 돌렸다.

그러고는 무거운 음성으로 입을 열었다.

"한동안 못 오셨나 봐요?"

"네?"

"궁금했대요. 그동안 안 보여서."

"그게 무슨…?"

남자의 뜻 모를 말에 잠시 당황한 나는 어리둥절한 표정으로 그를 바라봤다.

"선동 사장, 뭐해? 빨리빨리 안 움직이고."

안에서 들려오는 또 다른 목소리에 그가 잠시 무슨 말인가를 하려다가는 황급히 안으로 사라졌다.

'궁금했다니? 나를? 누가? 왜?'

생각을 곱씹는 중이었다. 피비린내가 느껴진다. 나도 모르게 입술도 함께 잘근잘근 씹어댄 모양이다.

잠시 후 남자가 짐 꾸러미를 잔뜩 들고 밖으로 나섰다. 한쪽으로 비켜섰다. 그가 힐끗 나를 보고는 빠르게 걸음을 옮겼다.

"궁금했다니요? 누가요?"

얼른 뒤따라가며 다그치듯 물었다. 그가 나를 돌아보는데 왠지 측은한 눈길이었다. 그는 들고 있던 짐을 내려놨다. 그러고는 주머니를 뒤적거려 꺼내더니 내게 건넸다. 작은 명함이었다.

"…이선동 클린센터, 유품정리업체, 천국으로의 이사! 이선동 클린센터에 맡겨주세요…?"

종이에 적힌 글자를 소리 내서 읽다가 머리가 멍해졌다.

'그럼… 김정미 사원이 죽었다는 건가?'

그걸 물으려는데, 남자는 이미 눈앞에서 사라지고 없었다. 계단을 빠르게 뛰어 내려갔지만, '이선동 클린센터' 로고가 그려진 검정색 봉고차는 이미 저만치 멀어지고 있었다.

나는 한동안 멍하니 서 있었다. 그녀의 몸에서 흘러나오던 음악 소리의 정체는 무엇이었을까? 그녀에게는 무슨 일이 있었던 걸까?

정신을 차려보니 나는 여전히 김정미 사원의 원룸 건물 문 앞을 서성거리고 있었다.

'음악 소리가 들려오면 사람이 죽는다?'

도대체 내게 무슨 일이 일어나고 있는 걸까?

안개 가득한 한강 다리 위, 누군가 난간 위로 올라선다. 미친 듯 뛰어가 여자의 다리를 움켜쥔다. 손에 잡혔다고 느낀 순간, 여자의 몸은 내 손을 빠져나가 이미 다리 아래로 떨어지고 있었다.

이내 어디선가 내 이름을 부르는 소리가 들려왔다.

"설아야, 윤설아…."

번쩍 눈을 뜨자 내가 내지르는 찢어질 듯한 소리가 귓가에서 울리고 있었다. 놀란 엄마의 눈과 마주쳤다. 꿈이었다. 안도의 한숨을 내쉬는 것도 잠시, 나는 잊었던 한강 다리 위의 여자를 기억해냈다.

옆에 앉아 식은땀을 닦아주며 병원을 가봐야겠다느니, 한약을 좀 먹여야겠다느니 걱정을 쏟아내던 엄마가 한참이나 뜸을 들이다 방을 나갔다. 하지만 내 머릿속에는 온통 한강 다리 위에서 만났던 여자에 관한 생각뿐이었다.

책상 서랍을 뒤져 여자가 남기고 갔던 자동차 키를 찾아내서는 물끄러미 내려다보았다. 문득 그 여자의 안위가 궁금해졌다.

'살아는 있을까?'

음악 소리가 들려오고, 김정미 사원은 죽었다.

문득 나는 병원에서 본 전영실 간호사의 마지막 모습을 떠올렸다.

'살아는 있을까?'

같은 질문이 뇌리를 스쳐갔다.

10
어쩌면 공감력 만렙 엠패스

강재경, 현재

"아저씨, 첨단 오피스텔이요."

다급하게 목적지를 말해놓고는 달리는 차창 밖으로 시선을 뒀다. 무슨 일인지 물을 틈도 없이 설아의 전화는 끊겨버렸다. 정신없이 뛰어나와 무작정 택시에 올랐다.

'쌤, 뱅뱅사거리 첨단 오피스텔로요!'

살려달라는 말 뒤에 그 한마디만 남기고 전화는 끊겼다. 설아의 다급한 목소리는 재경의 두려움을 극대화시켰다. 도대체 설아에게 무슨 일이 생긴 걸까? 가는 내내 심장이 터질 것만 같았다. 택시에서 내리자마자 오피스텔 안으로 뛰어들어 갔다.

"저 그런 사생팬 아니라니까요?"

억울한 목소리로 사정하고 있는 설아가 눈에 들어왔다.

"아니긴, 자네 같은 학생을 내가 한둘 본 줄 알아?"

설아와 오피스텔 중년 경비가 실랑이를 벌이는 중이었다.

설아를 보자 그제야 두려움이 어느 정도 사그라들었다.

"아, 진짜 이러실 거예요? 아저씨! 제가 괜히 이래요? 최이선이 정말 죽을지도 모른다고요."

경비의 표정이 더 굳어졌다. 불쾌함을 넘어 화가 담긴 어조로 설아를 나무랐다.

"이봐 학생, 장난이 심해도 너무 심한 거 아니야? 좋아하려거든 곱게 좋아해, 곱게."

경비 아저씨는 설아를 아예 미친 학생으로 취급하고 있었다.

재경은 천천히 다가가며 상황을 파악하려 애썼다. 그런데 최이선이 누구더라? 어디선가 많이 들어 본 이름이기는 했다.

"장난이라뇨? 누가 그런 장난을 치냐고요? 저 완전 진지해요. 장난 아니라고요."

설아는 억울해 미치고 팔짝 뛸 것 같은 목소리였다. 순간, 최이선이 누군지 떠올랐다. 요즘 들어 최고의 핫이슈, 대한민국을 넘어 해외에서까지 잘나가는 아이돌 그룹의 리더.

그러니까 설아의 주장대로라면 최이선에게서 음악 소리가 들려왔고, 그래서 곧 죽을지도 모른다는 거였다. 자살로!

"아니긴, 학생 같은 학생이 한둘이 아니라니까. 자살은 무슨 자살이야? 숨만 쉬어도 돈을 쓸어 담는 최이선이 뭐가 아쉬워서, 어? 학생… 내가 매니저한테 연락했으니까, 매니저가 알아서 하겠지, 그러니까 인제 그만 가, 사람 그만 괴롭히고."

"저기요. 사람이 자살하는 데는 아주 다양한 요인들이 있거든요. 꼭 돈 때문만은 아녜요. 스트레스가 요인일 수도 있고, 우울증이 요인일 수도 있고요."

흠흠, 헛기침을 하자, 두 사람의 시선이 재경에게로 향했다.

"만약 이 학생의 말이 정말이면 어쩌실 거예요? 최이선이 정말 죽으면요? 책임지시겠어요?"

두려운 말이었다, 책임이라는 단어는.

또 다른 동조자의 등장 때문인지, 재경이 한 말 때문인지 경비의 눈이 동그래졌다.

"그럼… 잠깐 확인만이야."

설아가 격정적으로 고개를 위아래로 흔들었다. 재경의 설득이 성공한 것이다.

'아니, 협박이 성공한 건가?'

아무래도 좋았다. 그들은 중년 경비의 안내를 받아 엘리베이터를 타고 오피스텔 위로 올라갔다. 문 반대편이 통유리로 된 호화로운 엘리베이터에 오르니, 서울 야경이 한눈에 들어왔다.

"거, 되게 황홀하네. 딱 떨어져 죽고 싶게!"

툭 튀어나온 재경의 말에 경비와 설아가 동시에 그녀를 돌아봤다. 재경이 어깨를 으쓱했다.

"야경이 멋지다고요."

반들반들 빛나는 오피스텔 복도를 지나 경비가 안내하는 문 앞에 섰다. 그가 초인종을 눌렀다. 하지만 안에선 응답이 없었다. 두 번, 세 번 더 눌러보지만 역시 답은 없었다.

"최이선 씨, 안에 계세요? 계시면 문 좀 열어보세요."

이번에는 경비가 안을 향해 불렀지만 역시 묵묵부답이었다.

"집에 없는가 본데, 인제 그만 가지."

"아니요, 최이선은 안에 있어요. 음악 소리가 들린다고요."

설아가 재경을 보며 말했다. 그 간절한 눈빛에서는 꼭 살려야 한다는 사명감마저 느껴졌다.

"아, 학생, 뭔 소리야? 소리는 무슨 소리가 난다고 그래?"

이해할 수 없는 말에 경비가 바로 면박을 줬다.

"그러지 말고, 이제 확인했으니 그만 가지. 자꾸 이러면 내가 진짜 곤란해진다니까."

간절한 설아의 표정을 보니 절대 이대로 돌아갈 수는 없었다. 우선은 확인이 필요했다.

"어르신이 진짜 곤란해지는 건 이 일 때문이 아니에요. 까딱하다 앞으로 벌어지게 될 상황 때문이라고요. 그러니까 얼른 문 열어주세요."

중년 경비가 어이없다는 듯 눈을 동그랗게 떴다.

"문을 열라니?"

말도 안 된다는 표정과 말투였다.

"비상 열쇠 있으시잖아요."

여태 어느 구석에 숨어 있었는지 모를 뻔뻔함이 튀어나왔다. 당연했다. 사람이 죽고 사는 문제였다.

"그런 게 어딨어? 없어."

"어르신! 왜 이러세요. 이런 큰 오피스텔 관리인이 비상 열쇠 하나 없다는 게 말이 돼요?"

"그런 거 없다니까. 그리고 요즘 사생활 침해가 얼마나 큰 범죄 줄 알기나 해?"

"아저씨, 사람이 죽어간다고요."

경비의 직업의식과 고등학생 설아의 간절함이 맞부딪쳤다.

"아니, 이 사람들이 보자보자하니까, 도대체 뭔 근거로 사람이 죽는다는 건데? 만약 아무 일도 없으면 어쩔 건데?"

"어르신, 만약 무슨 일이 생겼으면요?"

재경이 확신에 찬 목소리로 되물었다. 경비의 고민이 깊어졌다. 두 여자가 느닷없이 차례로 나타나 최이선이 죽었을지도, 아니 죽을지도 모른다고 난리였다. 어떤 팬들도 이런 식의 수작을 부린 적은 없었다. 그러니 오히려 정말 심상찮게 느껴지기도 했다. 스스로도 점점 궁금해졌고.

에라, 모르겠다. 마지못해 품에서 카드 한 장을 꺼냈다. 느릿느릿 문에 가져다 대면서도 연신 구시렁거렸다.

"내가 잘리면, 그건 다 당신들 책임이야…."

삐리릭, 소리와 함께 문이 열렸다. 설아는 경비가 문을 열어주는 것조차 기다리지 못하겠는지, 잠금이 해제되는 소리를 듣자마자 온몸으로 문을 밀치고는 안으로 뛰어 들어갔다.

"최이선, 야, 최이선… 어디 있어?"

"학생, 신발은 벗어야지."

경비 뒤를 따라 오피스텔 안에 들어선 재경도 최이선을 찾았다. 거실 중앙, 깔끔한 디자인의 회색 소파가 인상적이었다.

곧장 안방으로 들어간 설아가 도로 나오는가 싶더니 화장실 문을 벌컥 열어젖혔다. 다행히 텅 비어 있었다. 혹시 사람이라도 쓰러져 있을까 싶어 등줄기를 서늘하게 했던 긴장이 이내 안도의 한숨으로 바뀌었다. 경비가 거보란 듯 툴툴댔다.

"봐, 응? 아무 일도 없잖아. 괜히 사람이 죽네, 사네, 에잇, 아무 일도 아닌 일에 괜히 심장만 벌렁벌렁했네. 그만 나갑시다."

경비가 재경과 설아를 채근하며 문 쪽으로 돌아섰다.

"선생님, 음악 소리가 계속 들려와요. 한 번만 더 살펴볼게요."

"살펴보긴 뭘 살펴봐? 얼른 나가자니까…!"

경비의 재촉에도 설아가 다시 급하게 안방으로 들어갔다. 중년 경비가 와락 미간을 찌푸리고는 엄한 목소리를 냈다.

"이봐요. 학생… 당장 안 나와요? 정말로 경찰에 신고합니다."

이번엔 빈말이 아닌 듯 경비가 휴대폰을 꺼내 들었다. 정작 다급해진 건 재경이었다. 그녀가 경비의 팔을 와락 부여잡았다. 아까와는 다른 비굴함으로 애걸복걸했다. 자존심이 상하기는 했지만, 학생과 나란히 경찰서로 끌려가는 일보다는 더 나을 테니까.

"어르신! 경찰까지 오면 일이 좀 복잡해지잖아요. 아닌 거 확인했으니까… 이제 나갈게요. 네? …그러니까 그건 좀 넣어두…"

재경의 말이 끝나기도 전에 안에서 설아의 외침이 들려왔다.

"야, 최이선! 정신 차려봐… 정신 차리라고… 야, 자식아…!"

* * *

"엄마! 눈 좀 떠봐, 눈 좀 떠보라고."

아버지가 구치소에서 자살한 그해, 늦은 밤까지 아르바이트를 하고 집으로 돌아온 어느 날이었다. 재경은 집 안에 쓰러진 엄마를 발견하고 다급하게 119에 전화를 했다.

"엄마가 깨어나지 않아요. 수면제와 우울증 약을 한꺼번에 복용한 거 같아요. 시간요? 시간은… 모르겠어요. 집 주소요?"

그러니까 여기가…. 머리가 새하얘져서는 집 주소가 아예 기억이 나지 않았다. 엄마가 영영 깨어나지 못할지도 모른다는 공포에 목소리조차 나오지 않았다.

그리고 어느 순간 정신을 차려보니 재경의 집 안으로 구급대원들이 들어서고 있었다. 그동안의 기억이 잘린 필름처럼 끊겨 있었다. 응급조치를 끝낸 구급대원들이 엄마를 들것에 실어 밖으로 나갈 때까지도 재경은 멍하니 서 있기만 했다.

* * *

"선생님, 최이선 괜찮겠죠? 살 수 있겠죠?"

길가에 나란히 서서 멀어지는 구급차를 보던 설아가 재경을 돌아보며 물었다. 걱정이 가득한 표정이었다.

대답해주고 싶었지만, 자신도 모르기는 마찬가지였다. 요즘 재경에겐 답을 찾기 어려운 질문들이 마구 던져지고 있었다. 오랜 삶의 짐 덩어리들만큼이나 질문의 무게도 만만치 않았다. 뭐라고 대답해줘야 설아의 마음을 좀 편하게 해줄 수 있을까?

그런 이상한 고민이 드는 참에, 귀에 익은 목소리가 옆에서 들려왔다.

"강선생님!"

은형사였다. 걱정이 한가득인 얼굴이었다. 그제야 재경은 자신이 은형사에게 전화를 걸었다는 사실을 깨달았다. 그의 잔뜩 굳은 얼굴을 보며 그녀가 할 수 있었던 말은 '아, 오셨어요'가 전부였다.

"무슨 일이에요? 괜찮으신 거예요?"

뭐라고 설명해야 하나 궁리하는데, 마침 설아가 끼어들었다.

"선생님, 누구세요? 혹시 남자친구? 안녕하세요. 윤설아라고 해요. 선생님 학교 학생이요."

은형사의 고개가 모로 살짝 기울었다. 그의 비상한 머리가 팽팽 돌아가는 소리가 재경의 귀에 들리는 듯했다. 그러더니 그가 재경을 봤다. 아마 윤설아의 이름을 기억해낸 모양이었다.

재경은 마음이 급해졌다. 우선은 그의 입을 막아야 했다. 서둘러 아무 말이나 뱉었다.

"병원이요. 병원부터 가죠."

"병원이라뇨? 강선생님! 어디 아프세요?"

"아, 그게 아니고요."

뭐라고 설명해야 할지 더 난감했다. 그때 또 설아가 끼어들었다.

"선생님이 아프신 게 아니라, 최이선 때문에요."

"최이선? 그게 누군데요?"

질문과 대답의 무한루프에 빠질 것 같은 예감에 재경이 또다시 말을 끊었다.

"가면서 설명할게요. 은형사님! 차 가져오셨으면 신세 좀 질게요."

재경을 찾아온 남자가 형사라는 말에 설아의 눈이 동그래졌다.

"우와, 선생님 남자친구, 형사였어요?"

즉시 오해를 바로잡아야 했지만 재경은 입을 다물고 말았다. 무슨 설명을 하든 구차해질 것만 같았다.

"근데요, 선생님. 저 왠지 선생님 남자친구를 어디서 본 것 같죠? 잘생겨서 그런가?"

설아가 둘을 번갈아 보며 장난스럽게 씩 웃었다. 하지만 재경은 차마 따라 웃을 수 없었다. 설아가 은형사를 어디서 봤는지 떠올리지 않길 바랄 뿐이었다. 이때 하필이면 왜 은형사를 부른 걸까? 급작스럽게 후회가 밀려왔다.

은형사는 정면을 응시한 채 입을 꾹 다물고 운전에만 열중했다. 대신 뭔가 생각이 많은 표정이었다. 조수석에 앉은 재경은 힐끗힐끗 그의 눈치만 살폈다. 그러는 사이, 은형사는 틈틈이 룸미러로 설아를 봤다. 그러고는 다시 정면을 가만히 응시했다.

"그러니까… 음악이 들려오면 사람이 죽는다?"

은형사가 혼잣말인지 질문인지 모를 말을 내뱉었다. 반신반의하는 듯했다. 그런 반응을 재경은 충분히 이해할 수 있었다. 그녀 역시도 처음 설아에게 들었을 때는 말도 안 된다고 치부했으니까. 지금도 여전히 긴가민가할 뿐 확신하지는 못했다. 다시 생각해봐도 설아의 말은 너무 황당무계했다.

"네."

설아가 은형사의 말에 반사적으로 대꾸했다.

"정리하자면, 갑자기 최이선한테서 음악 소리가 들려왔고, 그래서 오피스텔로 뛰어왔더니 이미 약을 털어 넣었더라?"

이번에도 혼잣말인지 질문인지 모를 말이었다.

"그… 음악이 들려오는 증상은 죽었다 깨어난 이후에 시작된 거고?"

그러면서 룸미러로 다시 힐끗거리는데, 이번엔 그의 시선을 느낀 설아가 발끈했다.

"아, 그렇다니까 몇 번을 물으세요?"

은형사가 이내 정면으로 시선을 돌리고는 다시 생각에 잠긴다.

재경은 이 침묵이 오래 유지되면 좋겠다고 생각했다. 은형사가 무슨 질문을 하든, 재경이 명쾌한 답을 줄 수도 없었다.

차를 병원 주차장에 세우자마자 설아가 쏜살같이 튀어 나갔다. 뒤이어 재경이 내리려 하자, 은형사가 그녀를 만류했다.

"강선생님?"

털썩, 재경이 그대로 조수석에 몸을 기댔다. 벗어날 기회를 놓치고 말았다.

"맞죠? 저 학생!"

"뭐가요?"

은형사가 뭘 묻는지 모르지 않았지만, 일단은 모른 척하기로 했다.

"윤설아, 이름이 낯설지가 않더라니. 자살한 윤승아 학생 동생 윤설아, 그 윤설아 맞는 거죠?"

"네, 맞아요. 누가 형사 아니랄까 봐."

"직업병이죠, 뭐. 근데 되게 묘하네요. 이렇게 다 만나고."

설아가 사라진 쪽을 바라보는 은형사의 표정이 묘했다.

그가 천천히 재경을 돌아봤다. 뭔가 물을 것 같은 표정이었다. 피하고 싶은 마음이 굴뚝 같았지만, 좁은 차 안에서 그럴 수는 없을 것이다.

"정신 질환의 일종? 아니면 사고 후 PTSD일 수도 있겠어요?"

"네?"

"아, 미안해요. 수사하다 보면 종종 혼자 질문하는 경우가 많아서요. 그러니까 들려온다는 음악 소리 말이에요."

"그렇다면 최이선은요?"

"우연의 일치? 아니면 소 뒷걸음치다가 쥐 잡은 격? 뭐 그런 거 아닐까요?"

설아의 말을 거짓말로 단정 짓는 그의 태도에 기분이 나빠졌다. 설아를 믿어주고 싶은 자신의 진심마저 부정당한 기분도 들었다. 그래서 발끈하고 말았다.

"진짜일 수도 있잖아요. 이번 일이 한두 번이 아니라면요?"

"한두 번이 아니라뇨?"

은형사의 눈빛이 날카롭게 빛났다. 그런 은형사를 보니 그제야 아뿔싸 싶었다.

"저기, 그게… 백선생한테서도 음악 소리가 들려왔다고…."

은형사가 말도 안 된다며 손까지 내저었다.

"에이, 강선생님도 참! 아실 만한 분이 왜 그러세요? 음악 소리가 들리면 사람이 죽는다는 게 그게 말이 되나요?"

"초능력일 수도 있지 않을까요?"

"초능력이라뇨… 그게 무슨…?

설아를 믿고 싶은 건가? 아니면 말도 안 된다며 쉽게 단정 짓는 은형사에게 반발심이 들어서였을까? 재경은 자신이 알고 있는 지식을 은형사에게 풀어내기 시작했다.

"왜요, 사람이 죽었다 깨어나면 없던 능력도 생긴다잖아요. 미국 정형외과 의사 토니 시코리아는 벼락 맞고 피아니스트가 됐고요, 세미 프로축구 선수 로리 커티스는 교통사고로 코마 상태에 빠졌다가 눈 떠서는 어린 시절에 배운 불어를 유창하게 구사하기도 했다고 하거든요. 아, 맞다. 강도에게 공격받아 뇌진탕에 빠졌던 제이슨 파젯이란 사람은 모든 사물이 기하학적으로 보이는 수학적 재능을 얻게 됐다는 기사도 있어요."

은형사가 경이롭다는 표정으로 재경을 바라보았다.

"우와, 선생님, 그 어려운 꼬부랑 이름들을 어떻게 다 기억하세요? 제 눈엔 그게 초능력 같은데요."

"아, 아무튼요. 음악, 수학 천재가 아니어도 그러니까, 그래요, 뭐… 공감력 천재일 수도 있는 거죠."

"공감력 천재요?"

은형사가 뭔 생뚱맞은 소리냐는 듯한 표정으로 재경을 보았다.

"공감력 제로인 소시오패스가 존재한다면, 공감력 만렙인 엠패스도 있을 수 있는 거 아니겠어요?"

 던져놓고 보니 그럴듯했다. 그래, 어쩌면 설아는 엠패스일지도 모르겠다. 엠패스라면 상대방이 갖는 우울한 기분, 거기에 상대방의 자살 욕구 같은 것에도 공감할 수 있지 않을까? 만약 죽었다 깨어난 설아에게 극강 공감력이 생겼다면, 상대방의 불안한 심리를, 죽고 싶다는 기분을 느낄 수 있고, 그 기분이 소리로 들려올 수도 있지 않을까?

 고개를 들다 은형사의 도통 모르겠다는 시선과 마주쳤다.

 "강선생님! 제가 소시오패스는 알겠는데, 그 엠패스라는 건 도대체 뭡니까?"

 재경은 확신에 찬 표정으로 천천히 입을 열었다.

 "윤설아요."

10-1
그깟, 모래알 따위

류정화, 2년 전

눈빛이 마주쳤다. 쓰윽 내 눈빛을 피한다. 며칠 전부터 승아가 나를 피하는 걸 확실히 느꼈다. 그런다고 끝날 일은 아니었다. 민우가 거절한 마당에 민우와 자신이 사귄다는 걸 증명할 방법은 없다.

그렇다고 내가 찍은 승아의 동영상을 만천하에 뿌리는 일 같은 건 할 계획이 없다. 나쁜 사람으로 낙인찍히는 일만큼 세상 살기에 불편한 일은 없을 테니까. 그건 머리가 나쁜 사람들이나 하는 짓이었다.

담임이 성적이 기록된 서류를 들고 우리를 보고 있었다. 기대와 확신에 찬 눈빛으로 담임을 응시하는 중이었다. 그런데 담임이 내 눈을 회피했다. 뭔가 조짐이 느껴진다.

"이번에 우리 반 1등은 강소라다."

뭐지? 뭐가 잘못됐다. 잘못돼도 한참 잘못됐다. 당연히 불려야 할 이름은 내 이름이었다. 승아 대신 소라의 이름이 불렸다고 해서 딱히 위로가 되는 건 아니었다.

"승아는, 이번에 좀 실수를 많이 했네."

담임의 말에 승아의 의미 없는 시선이 내게 꽂혔다. 그 눈빛의 의미를 생각해볼 여유가 없었다. 내 성적에 도대체 무슨 일이 생긴 거지?

"정화는 교무실에서 잠깐 나 좀 보자."

담임이 내밀어 보여준 내 답안지를 확인했다. 마지막 시험 문제가 주르륵 틀려 있었다.

"답안지를 밀려 쓴 모양이야. 이번 건 타격이 좀 심하겠어."

그러니까 담임 말은 지금 내가 바보 멍청이처럼 답안지를 주르륵 밀려 썼기 때문에 형편없는 성적이 나왔고, 그 형편없는 성적 때문에 앞으로 곤란한 상황에 부닥칠 거라는 말이었다. 본능이 이성을 잠식하기 전에 나는 퍼뜩 정신을 차렸다. 그리고 차분히 내가 할 일을 생각했다.

대세에는 지장이 없는 성적이었다. 단지 중3 마지막 시험을 이리 개판 쳤다는 걸 나 스스로 용납할 수 없을 뿐이었다. 앞으로 쏟아질 장여사의 잔소리가 조금 피곤하게 느껴질 테고.

하지만 불쾌감은 참을 수 없었다. 발가락 사이에 껴서 바스락대며 나를 끊임없이 괴롭히고 있는 모래알처럼, 비 오는 날이면 어김없이 출몰해, 눈앞에서 나 좀 밟아달라고 꿈틀대는 지렁이처럼, 지금 당장이라도 털어내고 싶고, 꾹 눌러 밟아 죽이고 싶은 충동이 거세어지고 있었다.

승아를 흔들어보겠다고 벌인 일들이 나를 너무 들뜨게 했고, 덕분에 최악의 멍청한 짓을 하고 만 것이다. 그러니까 이건 전부 승아 탓이다. 당연히 책임도 원인 제공을 한 승아가 져야 했다. 한 번에 끝내지는 않을 것이다. 야금야금 갉아 먹을 것이고, 차츰차츰 피폐하게 만들 것이다.

"정화야."

승아가 나를 불러 세웠다.

"괜찮아?"

걱정된다는 표정이었다. 참 가증스럽군. 아니, 멍청해 보이기까지 했다.

"너 같으면 괜찮겠니? 물을 걸 물어야지. 눈치 없기는."

승아를 향한 미운 감정이 브레이크가 고장난 기관차처럼 폭주하고 있었다.

무안해하는 승아를 쌩하니 지나쳐 교문으로 향했다. 그리고 교문 밖을 나서며 나는 낯익은 차 한 대를 발견했다. 등교할 때만 이용하던 차였다. 와락 인상이 찌푸려졌다. 답안을 밀려 쓰기 한 그 황당한 사태가 장여사의 귀에 들어간 모양이었다.

장여사의 난리를 또 어떻게 견뎌야 할까 생각하니 벌써 짜증이 밀려왔다. 잠시 문기사의 차를 피해 도망갈까도 고민했지만, 딱히 갈 곳도 없었다.

차 안에 침묵이 흘렀다. 백미러로 나를 불안하게 바라보는 문기사의 시선이 느껴졌다.

"왜요?"

"괜찮으세요?"

안 괜찮을 걸 알면서 사람들은 왜 괜찮겠냐고 물어보는 걸까? 딱히 위로가 되는 것도 아니고, 그렇다고 그런 질문이 곤란한 상황에 처한 사람을 구해줄 수 있는 것도 아닌데. 의미 없이, 멍청하게 던지는 질문들은 괜히 내 피로도만 높이고 있었다.

"안 괜찮으면요? 아저씨가 뭐 어떻게 해줄 수 있겠어요?"

내 날 선 반응에 문기사가 다시 입을 닫았다.

"아저씨! 위로랍시고 주제넘게 턱턱 던지지 마세요. 괜히 듣는 사람 피곤해요."

문기사의 얼굴에 불쾌한 표정이 스쳤다. 본인이 원인 제공을 해놓고 왜 그걸 또 불쾌해하는 건지, 정말 이해가 안 됐다.

거실에 들어서자마자 이미 머리 꼭대기까지 분노한 장여사의 카랑카랑한 목소리가 귓속을 파고들었다.

'아, 피곤해. 사람이 실수도 할 수 있지.'

그대로 장여사를 지나쳐 내 방으로 향했다. 장여사의 고함이 등 뒤에 따라붙는 걸 알았지만, 이미 딴생각으로 중무장한 내게 장여사의 잔소리는 그냥 옆집 불구경이나 다름없었다. 조금 성가실 뿐이었다.

방으로 들어와 책상에 앉았다. 그리고 가방을 열어 책을 꺼냈다. 장여사의 음성이 바로 등 뒤 가까이에서 들렸다.

"어쩔 거야? 성적 그 모양으로 받아서."

아무리 집안에서 운영하는 학교라도 학생 개인의 성적까지 이 사장에게 낱낱이 보고하는 건 엄연히 사생활 침해다. 물려받은 사업이라고는 하지만 분노 조절이 안 되는 장여사 같은 사람이 장학사업을 빙자해 학생들을 관리하는 게 어이없는 일인 것처럼.

"밀려 쓰지만 않았어도 네가 1등이래, 1등! 듣고 있어? 도대체 뭔 짓을 한 거야?"

굳이 안 해도 될 말을 한 건 누굴까? 그렇다고 성적을 고쳐줄 것도 아니고.

"다음에 더 잘 볼게요."

그 말을 하려고 장여사를 똑바로 보는데, 그녀의 눈가가 어색했다. 성형외과를 다녀온 모양이었다. 덕분에 오늘따라 눈이 더욱 매서워 보였다. 쌍심지를 켜고 노려보는 장여사의 얼굴이 흡사 어린 시절 동화책에서 본 마녀의 얼굴과 닮아 있었다. 당장 나를 불구덩이로 밀어 넣고 구워 먹을 듯한 마귀할멈.

몸을 돌려 장여사와 등을 졌다. 주변 소음이 차단되는 이어폰이라도 끼고 있을 걸 그랬다. 아니, 고막이 터질 듯한 크기의 음악 소리가 나는 이어폰이어도 좋을 것 같다. 그 생각을 하니 갑작스레 유행가 하나가 귓가를 맴돌기 시작했다. 노래가 흥얼거리고 싫어졌다. 이 상황에 노래라니…. 그랬다간 장여사가 어떻게 나올지 불 보듯 뻔했다.

한참 뒤, 방 문고리를 잡던 장여사가 생각났다는 듯 입을 열었다.

"아, 그리고 최이선이 우리 회사 제품 모델이란다. 네 아빠는 생각이 있는 건지, 없는 건지. 암튼 너만 아니었으면 그럴 일도 없을 건데, 괜히 약점을 잡혀서…."

"최이선이 누군데?"

하지만 내 질문은 쾅, 하는 문 닫히는 소리와 함께 흔적도 없이 묻히고 말았다.

승아는 며칠째 결석 중이었다. 이번에야말로 걸리적거리던 그 모래알을 털어내 버리고 싶었는데, 그 아이의 무너져가는 모습과 절망을 구경하고 싶었는데.

선생님은 승아가 건강이 안 좋다고 했고, 친구들은 승아가 시험을 망쳤기 때문이라고 짐작했다. 하지만 나는 알았다. 나 때문이라는 걸, 아니 내가 그 애에게 보여줬던 영상, 그 애의 내숭과 거짓말을 만천하에 까발릴 영상 때문이라는 걸.

방학을 며칠 앞둔 어느 휴일, 승아에게 전화가 왔다. 물끄러미 바라보기만 하고 받지 않았다. 그토록 기다렸던 연락이니 조금 더 상황을 즐겨보고 싶었다. 그러니까 더 애를 태워야겠다. 받지 않으니 이내 문자가 날아들었다. 그랬다. 승아는 똥줄이 탄 거다.

할 말이 있어. 우리 좀 만나.

승아를 만나기로 했다. 오늘은 기어이 그 아이의 목줄을 손에 쥐고 싶었다. 감히 나에게 대들 수 없도록. 오랜만에 활력이 도는 기분이었다. 가슴속에서 조금씩 흥분이 차올랐다. 그 아이의 분노가 어디까지 치달을지도 궁금했다.

딩동, 연이어 수신음이 울렸다.

기다릴게.

이번에도 대답하지 않았다. 나는 알고 있다. 승아는 무작정 나와서 기다릴 거라는 걸. 느긋하게 준비하고 집안의 기척을 살폈다. 장여사와 문기사의 시선을 피해야 했다. 들키는 순간 내 알리바이는 물 건너가는 거였다.

아무도 모르게 집 밖으로 나오는 데 성공했다. 곧 비라도 쏟아질 듯 먹구름이 가득했다. 잠시 우산을 챙겨 들고 갈까, 생각했지만 귀찮았다. 미적거리다가는 재수 없이 장여사와 마주칠 수도 있었다.

서두른 덕에 승아보다 먼저, 약속 장소인 학교 옥상에 도착했다. 나는 콧노래를 흥얼거리며 한쪽에 승아의 우스운 고백을 담을 휴대폰을 설치했다. 이제 숨어서 기다리기만 하면 됐다. 옥상 한쪽에 몸을 숨기고 기다리는데 비가 쏟아지기 시작했다.

얼마쯤 지났을까, 비가 잠잠해질 즈음에야 승아가 나타났다. 나를 찾는 듯 주위를 둘러보던 승아가 옥상 난간 앞에 서서 아래를 내려다봤다.

"왜, 뛰어내리기라도 하려고?"

화들짝 놀란 승아가 얼른 돌아섰다.

"그런 거 아니거든!"

어깨까지 들썩이며 발끈했다.

"그래? 내가 너라면 떨어지고 싶을 거 같은데."

승아가 입술을 질끈 깨물고는 따지듯 물었다.

"너는, 사람 갖고 노는 게 재미있니?"

"어."

"야, 류정화."

그래, 지렁이도 밟으면 꿈틀하는 법이고, 쥐도 궁지에 물리면 고양이를 무는 법이니까.

"너… 나한테 왜 이러는 건데?"

"그냥."

"뭐라고?"

꼴에 화가 치밀어 오르는 걸 참을 길이 없어 보였다.

"맞잖아, 너 뻔뻔한 거짓말쟁이인 거."

아무 감정도 싣지 않고 내뱉는 말에 승아가 또다시 발끈했다.

"그래, 나 민우랑 안 사귀어. 그거 거짓말이었어."

"안 사귀는 게 아니고 못 사귀는 거 아니야? 말은 똑바로 해야지."

"그게 뭐?"

"너 되게 웃긴 애다. 사람이라면 양심이 있어야지. 거짓말을 했으면 적어도 창피한 건 알아야 하는 거 아니야?"

"그 거짓말을 하게 만든 게 누군데? 너잖아?"

"아, 이번에는 피해자 코스프레?"

승아가 물끄러미 나를 보았다. 의외다. 점점 더 다급해져야 할 승아의 기세가 갑자기 한풀 꺾인 느낌이었다. 어, 이러면 재미없는데.

"곰곰이 생각해봤어. 네가 왜 그럴까? 친구라고 해놓고, 친구라면 절대 할 수 없는 행동들을 하고, 일부러 불안하게 만들어서 시험도 망치게 하고. 생각해보니까 넌 그냥 날 괴롭히는 거더라. 애초에 날 친구로도 생각하지 않았던 거야. 그치?"

"딱 보면 알 수 있는 걸 뭘 곰곰이 생각씩이나 하니? 네가 멍청하긴 한가 보다. 하긴 공부만 잘한다고 다 똑똑한 건 아닐 테니까."

"네가 내게 주는 모욕감들, 별거 아니야. 뚱뚱한 건 살을 빼면 되는 거고, 이번에 시험 망친 건 다음에 만회하면 되는 거니까."

뭐 그렇게 장황할 것까지야. 저절로 입가에 뒤틀린 미소가 지어졌다.

"그러니까 날 갖고 놀 생각하지 마. 네가 아무리 흔들어도 난 흔들리지 않아. 그 영상, 친구들한테 보내고 싶으면 보내. 네가 하고 싶은 대로 다 하라고. 나는 이제 너 따위 신경 쓰지 않을 테니까!"

승아가 그렇게 말하고는 문 쪽으로 돌아섰다. 이런 걸 예상하지는 않았다. 제발 촬영한 영상을 친구들한테 보내지 말아 달라고, 민우에게는 알리지 말아 달라고, 내 다리에 매달려 애걸복걸

애원해야 했다. 그런데 감히 내 예상을 벗어나고 있었다.

"야, 윤승아! 내 말 아직 안 끝났거든."

하지만 승아는 멈추지도, 돌아보지도 않았다. 잠시 멀어져가는 승아를 지켜보던 나는 비명을 질렀다. 내 비명에 승아가 걸음을 멈췄다. 나는 잠시 그 모습을 지켜보다가 승아가 돌아보는 순간 자리에 주저앉았다. 그리고 발목을 잡고 훌쩍이기 시작했다.

"아이, 씨! 아파 죽겠네. 다리를 접질릴 게 뭐람?"

잠시 망설이는 듯하더니 승아가 주춤주춤 내게로 다가왔다. 그러고는 이내 내 앞에 쭈그리고 앉아 근심스러운 표정으로 들여다봤다.

'걸려들었다.'

그럼 그렇지, 승아는 그렇게 예측 가능한 아이였다. 나는 눈물을 글썽이며 승아를 올려다봤다. 금방이라도 울음을 터뜨릴 것 같은 표정을 지으며, 속으로는 다음 발을 어디로 옮겨야 승아가 더 아프고 괴로울지 잔인하게 계산하면서.

아픈 척 끙끙대며 일어나려 하자 승아가 얼른 일어나 나를 부축했다. 난 일부러 온몸의 체중을 승아에게 싣고는 그 애가 무방비한 틈을 타 난간 쪽으로 힘껏 떠밀었다. 승아가 힘없는 인형처럼 난간에 가 부딪히는가 싶더니 훌러덩 난간 밖으로 고꾸라졌다.

한편의 시트콤 같은 상황에 배시시 웃음이 비어져 나왔다. 천천히 난간 쪽으로 다가가 아래를 내려다봤다. 난간을 붙잡고 올라오려고 안간힘을 쓰는 승아가 눈에 들어왔다. 그 아이와 눈이 딱 마주쳤다.

승아의 눈에는 공포가 서려 있었다. 순수한, 날것 그대로의 공포. 흥미로웠다.

"살려줘, 제발…. 나 좀 잡아줘, 정화야."

나는 천천히 승아 쪽으로 손을 내밀었다. 승아가 난간을 움켜쥐었던 한쪽 손을 떼고는 급하게 내 손을 잡기 위해 허우적댔다. 살기 위한 몸부림이 애처롭기까지 했다.

내가 내민 손이 승아의 바둥거리는 손과 맞닿는 순간, 그 아이의 눈빛에 안도감이 번졌다. 그토록 기다려왔던 순간이었다. 그 아이가 내 손을 와락 움켜쥐려는 그때.

"아, 씨! 지겨워!"

나는 손을 빼버렸다.

경악하는 승아의 눈빛과 마주한 것도 잠시, 이내 승아가 아래로 떨어졌다. 쿵, 하는 둔탁한 소리가 들려왔다.

'끝났다!'

곧바로 공간을 찢는 듯한 비명이 운동장에 울려 퍼졌다. 떨어진 승아를 그새 누가 발견한 모양이었다. 찢어지는 소리가 귀를 지나 혈류를 타고 온몸을 관통하자 오히려 전율이 느껴졌다. 마침내 발가락 사이의 모래를 털어낸 것처럼 상쾌한 기분이었다.

물기를 머금은 눅눅한 바람이 얼굴에 불어오고 있었다. 후유, 숨을 몰아 내쉬어본다. 그리고 천천히 휴대폰을 챙겨 주머니에 넣고는 계단을 향해 돌아섰다. 세차게 쏟아지던 비가 어느새 잦아들고 있었다.

마치 아무 일도 없었던 것처럼.

11
호기심이 고양이를 죽인다

강재경, 현재

병원 응급실 앞에서 셋이 나란히 앉아 최이선이 깨어나기를 기다렸다. 재경은 옆자리 은형사가 계속 신경이 쓰였다. 그가 옆에 있다는 사실이 든든하기도 하고, 불편하기도 했다. 그래서 괜스레 하나마나한 미약한 몸짓을 파닥거려 봤다.

"가보셔야 하는 거 아니에요?"

"이왕 왔는데, 깨어나는 건 보고 가야죠."

설아의 살려달라는 말에 놀라 은형사를 불렀지만, 이렇게 응급실 앞 의자에 나란히 함께 앉게 될 줄은 상상도 못 한 일이었다. 와줘서 고맙다는 말이라도 건넬까 싶어 입을 열었다. 그런데 막상 입을 여니 딴소리가 튀어나왔다.

"죄송해요."

고맙다는 말도 아니고 하필이면 죄송하다는 말인지. 습관이 무섣긴 무서운 거다.

고개를 푹 숙이고 있는데, 쿵쿵 뛰어오는 소리가 들려 고개를 돌렸다. 건장한 남자 하나가 다급하게 뛰어와서는 응급실 데스크 앞에 섰다. 달려온 기세와는 달리 몸을 데스크로 쓱 밀고는 은밀하게 속삭였다.

"최이선이요."

재경의 귀에도 들린 소리를 간호사는 못 들은 모양이었다.

"네?"

간호사가 되묻자, 매니저가 몸을 더 쑥 내밀더니, 속삭였다.

"최이선 씨가 이 병원 응급실에 실려왔다고 해서요."

남자의 노력이 무색하게 간호사는 우렁차게 외쳤다.

"최이선 환자요? 잠시만요! 이간호사, 최이선 환자분 확인 좀 부탁드려요."

로비를 울리는 소리에 일순 사람들의 시선이 데스크로 몰렸다. 순간 남자의 얼굴이 와락 일그러졌다.

'누굴까? 최이선의 가족인가? 어떻게 알았을까?'

재경의 생각을 읽기라도 한 듯 설아가 퉁명스럽게 말했다.

"최이선 매니저예요."

"아…."

그제야 매니저를 불렀다던 경비의 말이 떠올랐다. 매니저가 힐끗 고개를 돌려 재경 일행을 보았다. 그러다 설아의 얼굴에서 시선이 멈췄다. 고개를 갸웃거리고는 저벅저벅 걸어와 앞에 섰다.

"우리, 어디서 본 적 있지 않나요?"

설아가 입을 떼려는데, 응급실 문이 열리고 의사와 간호사가 나왔다.

"최이선 환자 보호자분."

세 사람이 동시에 의자에서 일어났다. 매니저가 어리둥절한 표정으로 세 사람을 번갈아봤다.

의사는 네 사람을 한 번에 둘러보더니 이내 덤덤히 말을 이었다.

"일단 의식은 돌아왔고요. 후유증은 없나 경과를 지켜봐야 할 것 같습니다."

모두가 소리 내 안도의 한숨을 내쉬었다.

의사가 간단히 인사를 하고 돌아섰고 간호사가 뒤따랐다. 매니저가 고개를 돌려 재경 일행을 빤히 쳐다보았다. 그의 표정엔 이번엔 경계심이 다분했다.

"누구세요?"

누구도 대답하기 난감한 질문이었다. 은형사가 힐끗 재경을 보았다. 어찌해야겠냐고 묻는 표정이었다. 사실 어떤 설명을 하든 매니저를 이해시키기는 어려웠다.

재경이 뭐라 말해야 할까 고심하던 차에 설아가 한 발 앞으로 나서며 대꾸했다.

"최이선 생명의 은인이요."

"생명의 은인이라니…?"

"설명하자면 좀 복잡하구요. 아, 설명한다고 해도 이해할지는 모르겠지만, 암튼 살았으니 된 거예요. 그쵸? 살았으니까 됐죠."

뭐. 그럼, 수고하세요."

꾸벅 허리를 숙여 인사까지 하곤 설아가 돌아섰다.

"선생님! 우린 이제 가죠."

재촉하는 설아를 따라 돌아서는데 뒤에서 매니저의 소리가 들려왔다.

"저기 잠깐만!"

매니저란 남자가 다시 다가와 설아 얼굴을 빤히 보았다. 무슨 기억을 떠올리는 것처럼. 그러다 이내 와락 미간을 찌푸리고는 소리쳤다.

"너, 걔 맞지? 그때 그 사생팬!"

두 사람은 어디선가 본 적이 있는 게 분명했다.

"너 때문에 내가 얼마나 고생했는지 알아?"

매니저가 설아를 향해 버럭했다. 설아도 지지 않고 물끄러미 매니저를 보았다. 겁먹은 표정은 아니었다. 눈 하나 깜짝 않고 그를 빤히 보았다.

"한 달 동안 팔에 깁스까지 하고…."

깁스라는 말에 팔을 보니, 지금은 멀쩡해 보였다.

"어허… 사생팬이라니요? 생명의 은인이라니까. 그리고 최이선이 깨어났다는데 들어가 보셔야 하는 거 아닌가? 입원 수속도 밟아야 하잖아요. 저 뒤에서 보호자님 애타게 찾고 있는데… 이러다가 온 세상천지에 다 소문나겠어요. 최이선이 병원에 입원했대!"

그제야 매니저는 황급히 뒤를 돌아보았다. 간호사가 '최이선

환자 보호자님!'을 연신 외치는 중이었다. 그가 서둘러 간호사 쪽으로 향하자 설아는 아무 일 없었다는 듯 평온한 표정으로 걷기 시작했다.

가만 보니 저 험상궂은 매니저가 설아 앞에선 본전도 못 찾고 한 번씩 쥐어박히는 느낌이었다. 보면 볼수록 참 묘한 아이였다. 설아란 아이는!

과로로 인한 응급실행, 당분간 잠정 휴식 취하기로.

최이선 일은 그렇게 마무리됐다. 자살 소동이 과로로 인한 응급실행으로 탈바꿈하는 선에서 정리된 모양이었다. 재경은 스크롤을 내리던 인터넷 창을 닫았다. 최이선의 기사도 함께 사라졌다.

이제 분주하게 퇴근 준비를 시작했다. 콩나물시루 같은 지하철에서 이리저리 치일 생각을 하니 벌써부터 가슴이 답답해졌다. 재경의 집은 학교에서 멀진 않아도 교통이 불편한 편이었다. 버스에 지하철도 두 번이나 환승해야 했다. 하지만 선택의 여지가 없었다. 학교 인근에 집을 마련할 만한 여유가 없었기 때문이다.

멀리 교문 밖으로 검정색 세단 한 대가 서는 게 눈에 들어왔다. 무심히 바라보는데, 그 앞으로 누군가 달려가고 있었다. 정화였다. 재경은 일부러 걸음을 늦추었다. 정화와 대면하고 싶지 않았던 탓이었다. 하지만 바람과는 달리 정화가 휙 뒤를 돌아봤다. 그러곤 차 문을 여는 대신 재경에게 다가왔다.

"아, 쌤, 퇴근하세요? 퇴근이 늦으시네요?"

그러고는 환하게 미소를 짓는다. 신경이 곤두섰다. 정화가 짓는 미소의 의미를 도통 파악할 수 없었다.

"그러게, 할 일이 좀 남아서…."

"아, 할 일…. 상담 일이 남아서까지 할 정돈가요? 몰랐네."

정화의 마지막 말이 푹, 재경의 가슴을 찔렀다. 마음을 단단히 먹었는데도 고통이 느껴졌다.

"그러게, 오늘따라 일이 많아서 말이야. 정화 학생도 하교가 늦었네?"

사실 하나도 궁금하지 않았다. 예의상 던졌을 뿐이다.

"저도 학교 임원단 회의가 있어서요."

재경은 이 소모적인 만남을 얼른 끝내고 집에 가서 쉬고 싶다는 생각뿐이었다.

"그럼, 조심히 들어가요."

급하게 인사하고 돌아서는데 정화가 재경을 다시 불렀다.

"선생님!"

정화를 돌아봤다.

"태워다 드릴까요?"

재경은 움찔했다. 얼른 거절했다.

"아… 아니, 난 괜찮아. 고마워. 마음 써줘서."

"아, 오해하셨구나…. 선생님 때문에 그런 건 아니고, 제가 상담이 좀 필요해서요."

정화의 말이 재경을 또 한 번 당황시켰다. 특권의식인가? 상담

신청을 이런 식으로 하다니. 재경은 애써 불쾌해진 기분을 감췄다.

"그럼, 우리 내일 상담실에서 만나는 건 어떨까?"

"저 그렇게 한가한 사람 아니에요, 쌤!"

정화는 어떻게 하면 사람의 기분을 상하게 할 수 있는지 도가 튼 사람 같았다.

"그리고 상담심리 선생이라면, 선생으로서 학생의 고민 정도는 들어줘야 하는 거 아닌가요?"

너무나도 뻔뻔한 요구에 당황스럽기까지 했다.

"선생님이 고민을 안 들어주셔서 제가 내일 자살이라도 하면, 그 죄책감은 어쩌시려고요?"

이건 도움 요청을 넘어 엄연한 협박이었다. 이 아이에게 자살할 징후는 찾아볼 수 없었다. 하지만 정화의 협박은 효과적이었다. 백선생 일에 대한 그녀의 죄책감을 직접 자극했기 때문이다. 아랫입술을 지그시 물다가, 재경은 문득 궁금해졌다.

'도대체 정화는 어떤 이야기가 하고 싶은 걸까? 내게 상담까지 필요한 일이 뭘까?'

슬금슬금 호기심이 발동하기 시작했다. 머릿속에서는 위험하다는 경고를 계속 보내고 있었지만 참을 수 없었다. 언젠가 들었던 '호기심이 고양이를 죽인다'라는 영국 속담이 떠올랐다. 하지만 늘 그렇듯, 끝내 호기심이 이기고 만다.

"그래, 그렇다면… 타고 가야겠네."

애써 가볍게 대답했지만, 마음은 전혀 가볍지 않았다.

"아저씨! 오늘은 선생님부터 모셔다드리고 가요."

재경이 뒷좌석에 오르자, 룸미러를 통해 눈을 마주친 기사가 꾸벅 인사를 했다. 희끗희끗한 머리카락을 보니, 자신보다 훨씬 연배가 있어 보였다.

재경도 꾸벅 인사를 하고는 차 안을 둘러보았다. 방향제 냄새가 코끝을 자극했다. 괜히 혼미해지는 듯한 착각이 들었다.

"선생님?"

번뜩 정신을 차리고 정화를 보았다.

"주소요. 어디 사는지 알려 주셔야죠."

"아, 근처 지하철역까지만 가주면 될 것 같은데…."

"선생님 집이 여기서 꽤 멀지 않아요?"

재경이 놀라 흠칫하며 정화를 보았다.

"뭘 그리 놀라세요? 그게 무슨 그리 큰 비밀이라고. 선생님 집이 어딘지 아는 거 정도야 일도 아닌데요, 뭐."

정화가 대수로지 않다는 듯 어깨를 들썩였다. 따져 물을 수는 없으니 그냥 묻기로 했다.

"어떻게 알았는데?"

"저 전교 회장이에요."

전교 회장이면 당연히 선생님들의 주소를 다 볼 수 있는 걸까? 잠시 제 상식을 의심하게 될 정도로 정화의 태도는 당당했다. 말문이 막혀 차마 따져 물을 수가 없었다.

"근데, 차 안에서 괜찮겠니?"

짐짓 운전기사가 신경 쓰였다. 정화가 귀찮다는 말투로 입을 열었다.

"신경 쓰지 않으셔도 돼요. 문기사님이야 돈 받고 비밀 유지 각서 쓰고 일하는 거니까."

이번에는 당당함을 넘어 거만하기까지 했다. 사람에 대한 배려가 전혀 보이지 않았다. '너, 비밀 유포하면 바로 죽음이야' 하며 목에 대고 칼을 긋는 시늉을 하는 것 마냥, 정화의 말은 잔인하기까지 했다.

"선생님, 정말 고민 같은 걸 털어놓고 나면 기분이 홀가분해질까요?"

"아무래도 나누면 조금 더 가벼워지기는 하겠지. 기쁨은 배가 되고, 슬픔은 반이 된다고 하는 말도 있으니까."

"그게 모두에게 적용되는 말은 아니지 않아요?"

"받아들이기 나름이지 않을까?"

"뭐 이론적으로야 무슨 말을 못 하겠어요. 상담도 그런 거잖아요. 자신은 실천도 못 하면서 남한테 뻔한 이야기를 그럴듯하게 늘어놓는 거. 중이 자기 머리 못 자른다잖아요. 그 말이 왜 나왔게요?"

정화는 계속 부정적인 쪽으로 말을 돌리고 있었다. 처음부터 마음의 빗장을 걸고 시작하는 사람과의 상담은 쉽지 않았다. 재경도 정화가 애초에 상담할 마음이 없다는 걸 짐작하고 있었다. 이건 상담이 아니다. 탐색전이었다. 일단 찌르고 반응을 보는.

"선생님, 저는요, 때때로 제가 되게 나쁜 사람인 것처럼 느껴질 때가 있어요. 제가요, 남이 잘되는 걸 보면 그렇게 배가 아프거든요."

'이 아이는 이런 얘기를 왜 내게 하는 걸까?'

문득 정화의 솔직함이 두려워졌다. 다른 의도가 있는 게 분명했다.

"질투심을 느끼는 건 인간의 본성이 아닐까?"

"질투라는 게 인간의 본성이라면, 누구에게나 당연히 생기는 문제라는 거죠?"

"그렇지, 질투는 누구나 하는 거니까."

"그럼 제가 나쁜 사람은 아니라는 거죠?"

"그렇게 이분법적으로 생각할 일은 아니고."

"그럼 제가 나쁜 사람이라는 거예요?"

잠시 기분 상했다는 듯 팩 내지르더니 정화가 이내 다음 말을 이어갔다.

"어느 순간에는요. 남이 잘되는 걸 보면 미칠 것 같을 때가 있어요. 저보다 더 관심받거나 사랑받으면 미치도록 그 사람을 미워하게 되기도 하고요. 근데 제가요. 그럴 때는 본심을 감추고 축하하거나 기뻐해 줄 수가 없더라고요. 그럴 땐 어떻게 해야 할까요?"

정화가 진지한 표정으로 보았다. 진심으로 모르겠다는 표정이었다.

"질투는 누구나 하는 거니까, 그냥 당연한 거다, 생각하면 좀 편해지지 않을까?"

정화의 입가에 미소가 드리워졌다가 이내 사라졌다.

"제 질투 때문에 사람이 죽어도요?"

컥, 침을 삼키다 사레가 걸리고 말았다. 콜록콜록, 마른기침이 연신 튀어나왔다.

"놀라셨나 봐요, 선생님!"

민망했다. 애써 참아보려 했지만 그러고도 한참이나 기침이 나왔다.

"질투 때문에 사람이 죽다니… 콜록, 그게 무슨 말이니?"

묻는 동안에도 기침은 멎지 않았다.

"말 그대로예요. 제가 질투만 해도, 그래서 저 사람이 죽었으면 좋겠다고 생각만 해도 사람이 죽어요!"

왠지 그게 즐겁다는 말투였다. 그런 정화의 말에 기시감이 느껴졌다.

'음악 소리가 들려오면 사람이 죽어요.'

설아에게 들었던 말이 떠오르는 건 왜일까?

잠깐 생각에 잠긴 동안에도 정화의 말은 이어지고 있었다.

"저는 정말 아무것도 안 했거든요. 그냥 상상만 했을 뿐인데, 그런데 어느 날 보면 사람이 죽는 거예요, 그것도 스스로…. 도대체 뭐가 문제인 걸까요?"

정화가 물끄러미 재경의 눈을 바라봤다. 정말 이해를 못 하겠다는 표정으로.

재경도 정화를 물끄러미 바라보다가 입을 열었.

"그게 언제부터였는데?"

묻는 순간부터 재경은 후회했다. 정화가 던진 미끼를 물지 말았어야 했다.

"언제부터였더라…, 아마도 초등학교 때부터였나?"

정화의 대답에는 흥분이 서려 있었다.

"초등학교?"

재경은 저도 모르게 정화가 한 말을 되뇌었다. 정화와 맞물리는 기억하고 싶지 않은 기억일지도 모른다는 생각이 불현듯 스쳤기 때문이었다.

"암튼 기억나는 건 그래요."

정화의 미간이 살짝 일그러졌다 펴졌다. 그러고는 말을 이어갔다.

"친구가 공주 뮤지컬의 주인공으로 뽑혔거든요. 생긴 건 꼭 시녀처럼 생긴 게, 노래 조금 잘 부른다는 이유만으로 주인공이 된다는 건 말이 안 되는 일이잖아요."

정화는 여전히 그 시절 일이 분하다는 표정이었다.

"질투가 났겠네? 그 친구한테?"

"네, 죽이고 싶을 정도로요. 하지만 죽이진 않았어요. 상상만 했지."

"상상만 했다고?"

"그냥, 뭐. 사라져버렸으면 좋겠다고 생각한 거죠. 그 어린 나이에 제가 뭘 할 수 있겠어요."

재경은 정화의 말에 잠시 할 말을 잃었다. 정화의 사악함에 경악했다기보다는 이런 얘기를 뻔뻔하게 털어놓는 솔직함에 놀란 것이다. 정화의 저의가 궁금하면서도 밀려드는 공포감은 점점 더 커졌다. 알면서 모른 척하는 일 역시 쉬운 일은 아니었다.

"그래서, 그 친구가 사라진 거니?"

정화의 입가에 또다시 비릿한 미소가 스쳤다.

"아니요, 그 친구가 죽었냐고 물으신 거면 그건 아니에요."

"그럼?"

"불똥이 다른 곳으로 튀었다고나 할까? 하필이면 그날, 나는 기분이 나빠 미쳐버리겠는데, 버스 운전기사 아저씨가 그 아이한테만 친절한 거예요. 눈치도 없게. 아주 멍청했던 거죠."

그랬다. 분명 아버지 얘기였다. 단번에 알 수 있었다. 재경의 눈썹이 움찔했다. 얼굴이 일그러지려는 걸 애써 숨기는 중이었다. 정화가 힐끗 재경을 보더니 말을 이어갔다.

"그래서… 생각했죠. 그 아저씨가 죽었으면 좋겠다고. 그런데 죽더라고요."

대수롭지 않다는 듯 내뱉는 정화의 말에 재경은 순간 숨이 턱 막혀 왔다.

"어, 선생님! 다 왔는데요."

이미 알고 있는 결말이지만, 정화의 입을 통해 들을 여유도 없이 차가 멈췄다.

"얘기 들어주셔서 감사해요. 그렇게 털어놓으니 좀 속이 시원하네요. 감사해요."

흡사 얼른 내리라는 암묵적 강요처럼 느껴졌다. 재경은 떠밀리듯 문을 열고 내려야 했다. 그리고 멍하니 서서 무기력하게 차가 멀어지는 걸 지켜봤다.

'그 아저씨가… 죽었으면 좋겠다고 생각했어요. 그런데 죽더라고요.'

정화의 목소리가 귓가에서 경쾌하게 울리고 있었다. 피가 거꾸로 치솟는 것만 같았다.

'그 사람이…. 내 아빠라고! 네가 죽었으면 좋겠다고 생각했던 그 아저씨가 내… 아빠란 말이야. 그렇게… 네가 죽게 만든 사람이 내 아버지라고….'

재경은 그 자리에 쭈그리고 앉아 간신히 숨을 내쉬고 있었다. 화가 머리 꼭대기까지 치솟아 올라 미쳐버릴 것만 같았다. 하지만 자신이 할 수 있는 게 없었다. 적어도 이대로 정신을 놓아서는 안 된다!

재경은 초인적인 힘으로 지금의 상황을 벗어나기 위해 노력했다. 그리고 생각했다. 도대체 정화는 무슨 생각으로 이런 이야기를 털어놓은 것일까? 죄책감 때문은 아닌 게 분명했다.

전화벨이 울렸다. 희미한 벨소리가 어느덧 선명해지고 있었다. 은형사였다. 당장이라도 저 전화를 받아 '은형사님, 살려주세요!'라고 외치고 싶었다. 하지만 자신은 그럴 수가 없는 사람이었다. 그저 아무 일 없이 평온한 강재경으로 그의 전화를 받아야 했다. 통화 버튼을 누르자, 수화기 너머로 그의 음성이 들렸다.

─ 강선생님! 어디세요?

평소와는 다른 묵직한 음성이었다. 재경은 그의 목소리에서 또 다른 거센 폭풍이 불어올 것 같은 불길한 예감에 휩싸였다.

11-1
졸지에 사생팬?

윤설아, 1년 전

  초등학교 앞 미미분식은 오래되고 허름한 분식집이었다. 빛바랜 간판에는 'ㅁ'자 하나가 떨어져 나간 채 긴 세월의 흔적을 남기고 있었다. 내게는 승아 언니를 맘껏 떠올리고 그리워할 수 있는 곳이었다.

  머리채를 잡고 악다구니를 쓰며 싸우기도 했지만, 미미분식에서 떡볶이를 먹을 때만큼은 우리도 둘도 없이 사이좋은 자매였다. 우애 좋게 너 하나 나 하나도 하고, 이미 낙서로 까맣게 변해 버린 벽에 대고 '승아 언니 사랑해', '설아야 사랑해' 따위의 글자를 쓰며 낄낄대던, 그런 추억이 가득한 곳이기도 했다.

  초등학교 하교 시간을 훌쩍 넘긴 시간이라 그런지 분식집은 한가했다. 안으로 들어서자 불판 위 떡볶이를 주걱으로 뒤적거리던 할머니가 나를 넌지시 바라봤다.

"승아는 어쩌고 너 혼자 왔어?"

할머니의 입에서 승아 언니의 이름이 나왔다. 승아 언니가 이 세상 사람이 아닌 걸 할머니는 또 잊었나 보다.

"언닌 공부하느라 바빠서 못 온다고 몇 번을 말해요."

나 역시 모른 척, 언니가 어디 학원에라도 가 있다는 듯 대답했다. 그러고는 저벅저벅 안으로 걸어 들어서서 민우가 앉은 테이블 앞 의자에 가방을 철퍼덕 던지다시피 내려놨다.

떡볶이 냄새를 맡으며 수학 문제를 풀던 민우가 고개를 들었다.

"왔나?"

"왔지, 그럼 갔겠나?"

민우가 주섬주섬 수학 문제지를 가방에 쓸어 담듯 넣었다.

"넌 공부가 그렇게 좋냐?"

오늘은 민우가 떡볶이를 쏘기로 했으니 이 정도만 하고 그냥 넘어가기로 했다.

너무 매콤해 눈물 콧물까지 흘리며 먹다가, 어느새 귀에 음악 소리가 들려오기 시작했다. 분식집 벽에 걸린 TV 안에 노래의 주인공인 아이돌 그룹 멤버의 얼굴이 화면 가득 차 있었다. 그는 치아를 드러내고 환히 웃고 있었다.

다시 떡볶이를 입에 넣는데, 이상하다는 걸 깨달았다. 내가 보고 있는 프로그램은 토크쇼였다. 마주 앉아 떡볶이를 게걸스럽게 먹고 있는 민우에게 조심스럽게 물었다.

"민우야, 혹시 음악 소리 들려?"

민우가 어리둥절한 표정으로 두리번거렸다.

"무슨 음악?"

"이 음악 소리… 안 들려?"

설아가 들었던 음악을 흥얼거리기 시작했다.

"음악이라니?"

내 귀에만 들리는 게 분명했다. 우선은 음악 소리에서 멀어져야 했다. 들고 있던 젓가락을 내려놓고 다급하게 분식집을 뛰쳐나왔다. 그리고 무작정 뛰기 시작했다.

뒤에서 큰 소리로 민우가 불렀지만, 뒤돌아볼 겨를이 없었다. 무작정 뛰었다. 소리가 들리지 않을 때까지. 점점 희미해지던 소리가 어느새 멈춰 있었다. 이내 거칠어진 내 숨소리만 귓가를 채웠다.

"누가 윤설아… 아니… 랄까 봐, 헉헉…, 괜… 찮냐?"

내 가방까지 둘러멘 민우가 어느새 따라와 숨을 몰아쉬며 걱정스러운 표정으로 나를 보고 있었다.

"후유, 너야말로 괜찮은 거야? 숨넘어가겠다."

민우에게서 가방을 넘겨받고 나는 아무 일 없었다는 듯 걷기 시작했다. 잠자코 따라오던 민우가 생뚱맞게 말했다.

"맵다. 아이스크림이나 먹자."

민우는 나를 끌어다 인근 편의점 야외의자에 앉히고는 아이스바 두 개를 사와 하나를 건넸다.

"역시 매운 거 먹은 후에는 상어바가 최고라니까?"

민우는 왜 그랬냐고 묻지 않았다. 어린 시절부터 함께 지내온 친구인 터라 캐물을수록 입을 다물어버리는 내 성격을 너무도 잘

아는 까닭이었다. 민우가 이리 나오니 되레 입이 근질거리기 시작했다.

"민우야, 나, 죽음이 들려."

"뭔 소리야?"

시답잖다는 반응이었다. 그래, 우리는 그런 사이니까.

그래도 털어놓기로 했다. 그러지 않으면 답답해 미쳐 죽을 것만 같았다.

"사람에게서 음악 소리가 들려오는데… 그러고 나면 그 사람이 죽어."

상어바를 우걱우걱 씹던 민우가 씹는 걸 멈추고, 그대로 꿀꺽 삼켰다. 그러고는 인상을 찌푸렸다. 아, 머리 띵하겠다. 나까지 따라서 눈살이 찌푸려졌다.

"죽음이 보이는 것도 아니고 들린다고? 그게 말이 돼?"

무슨 뚱딴지같은 소리냐는 듯 민우가 되물어왔다.

"어, 그러게. 그런데 말이 될지도 모르지 않을까? 나같이 죽었다 깨어난 사람한테는."

내 말에 민우가 급하게 태도를 바꿨다.

"아, 맞다. 그럴 수 있겠다. 너 죽었다 깨어났지?"

이어 대꾸할 틈도 없이 질문을 이어갔다.

"그래도 음악 소리라니? 왜? 저승사자가 방울이라도 흔들면서 나타나니?"

민우의 말에 잠시 심각함을 잊고 피식 웃고 말았다.

음악 소리가 다시 시작된 건 소파에서였다. 낮잠을 자다가 잠결에 들려오는 노랫소리에 미적미적 일어나 TV 리모컨을 찾았다. 머리맡에 있던 리모컨에 손을 뻗자 툭 아래로 떨어졌다. 끙, 신음과 함께 누운 채로 손을 뻗자 리모컨이 다시 툭 밀리더니 소파 밑으로 아예 들어가버렸다.

아, 씨! 소파 아래로 허리를 숙여 리모컨을 잡았다. 그때까지 음악 소리는 계속 이어지고 있었다. 아니, 점점 선명해지고 있었다. 이미 잠은 다 깨버렸다. 두통에 눈살을 찌푸리며 무심코 시선을 돌렸는데, TV 화면 속에 남자 아이돌 얼굴이 가득 담겨 있었다.

'그러니까 아이돌이 왜? 잘나가는 아이돌 멤버가 왜? 아닐 거야. 이건 그냥 뭐가 잘못된 걸 거야.'

그런데… 만에 하나 진짜 잘못되기라도 하면?

들려오는 음악뿐 아니라 도돌이표처럼 반복되는 양심의 질문까지 함께 나를 힘들게 했다. 내가 이 상황을 벗어날 방법은 단 하나였다.

음악 소리와 함께 다가오는 죽음을 막는 것! 이건 이제 거의 운명이나 마찬가지였다.

우선 TV 속 아이돌에 대한 정보가 필요했다. 그런데 꽃미남 아이돌은 젬병이었다. 파퀴아오 같은 격투기 세계 챔피언이라면 모를까. 그러니 정보를 모아야 했다. 민우 역시 제외였다. 그 녀석의 관심사는 빌 게이츠나 스티브 잡스 형님 쪽이니까. 최종 선택지는 같은 반 연서였다. 호기심 많고, 세상 모든 유행 정보를 꿰고 있는 그 아이. 나와는 또 다른 결의 '전지적 지식 보유자'였다.

가방을 대충 메고 젖은 머리를 날리며 현관문을 나섰다. 발걸음이 빨라졌다. 학교 매점에서 사온 캔 커피를 그녀 책상 위에 툭 올려놓고 책상 앞자리에서 돌아앉았다.

"뭔데?"

연서가 캔 커피를 힐끗 보더니 경계하는 표정을 노골적으로 드러냈다.

"블루엔젤."

"아, 걔네. 뭐?"

"어떤 그룹이야?"

"왜?"

"팬클럽에 가입해볼까 하고…."

"누군데?"

"뭐가?"

"멤버 중에 네가 찜한 애가 누구냐고?"

나는 휴대폰을 열어 남자 아이돌의 얼굴을 보여줬다.

"오, 최이선이네!"

연서의 눈이 반짝반짝 빛났다.

"그럼 그렇지, 역시 윤설아라니까. 너의 탁월한 선택을 환영한다. 암튼 입덕 축하!"

"어떤 사람이야? 최이선은?"

연서의 눈치를 살피며 조심스럽게 물었다.

"어떤 사람이냐니? 너 질문이 아주 낯설다."

"그게, 저…."

뭐라고 대답할까 잔뜩 곤란해져서 눈을 굴려 천장을 바라보는 사이, 연서가 와락, 내 어깨를 끌어안았다.

"내가 알지, 네 취향이 꽃미남 아이돌이 아니었다는 걸. 그러니 내가 친절히 기초부터 가르쳐주마. 최이선은 말이지. 성이 최, 이름이 이선인데, 본명은 아니야."

"아, 예명이었구나?"

"본명 쓰는 아이돌은 거의 없을걸…. 그리고 이선이라는 이름도 한글이 아니야. Ethan이라고 쓰고, 이선이라고 부르는 거지."

"아, 애초에 한국 이름이 아닌 거야?"

"그러게. 친구야! 더 많이 배워야겠지? 덕질의 세계는 아주 심오하단다."

더 묻고 싶은 말은 많았지만, 문이 열리고 선생님이 교실로 들어섰다. 곧 수업이 시작됐어도 귀에는 하나도 들어오지 않았다. 지금의 관심사는 최이선, 아니, 최이선에게서 들리는 음악 소리였다.

"좋은 말 할 때 그냥 가라… 응?"

나는 곧 시작될 공개방송 프로그램의 입장을 기다리는 중이었다. 길게 늘어선 줄, 그 안에서도 민우는 꿋꿋이 무선 이어폰에 태블릿을 들고, 미치고 환장하게도 수학 인터넷 강의를 듣고 있었다.

"친구 사이에 의리가 있지, 어떻게?"

"너 이러고 있는 거 하나도 도움 안 되거든? 그냥 가주는 게 도와주는 거라고 내가 몇 번을 말해."

기껏 욱하는 성질을 참아가며 부탁하는데 이 자식이!

그때 한쪽에서 여학생들의 '빨주노초 레인보우!' 하는 환호와 남학생들의 '우윳빛깔 밀크티!' 하는 굵직한 음성이 한데 섞여서 들려왔다.

"…그냥 독서실 가서 맘 편히 하는 게 낫지 않겠어?"

"여기도 나쁘지 않아. 사실 공부라는 건, 의지만 있다면 장소 따위는 상관없는 법이거든."

말이나 못 하면. 부글부글 화가 치밀어 올랐다. 뒤늦은 후회도 밀려왔다. 이런 융통성이라곤 눈곱만큼도 없는 자식에게 내 계획을 얘기하는 게 아니었다.

"민우야, 여길 좀 봐봐. 이 분위기가 솔직히 공부할 분위기는 아니잖니? 사람이 때와 장소에 맞게 행동할 줄도 알아야지."

이게 다가 아니었다. 무엇보다, 민우의 뒤에는 강자 이모라는, 어마어마하게 큰 문제가 남아 있었다.

"내가 너 여기 데리고 온 거, 너희 엄마가 아시기라도 하면…. 나 죽일 년 되는 건 시간문제거든."

죽음이 들린다는 비밀을 털어놓지 말 걸 그랬다. 돌이킬 수 없는 실수에 한숨만 나왔다.

나의 친절한 권유를 넘어선 회유와 압박에도 불구하고 민우는 내 곁에 딱 붙어 떨어지지 않았다. 녀석은 원래 그랬다. 그의 가장 큰 장점이라면 잘생긴 얼굴과 함께, 어떤 유혹에도 쉽게 흔들리지 않는 우직함이었다.

그런데 그런 장점들이 지금의 나에게는 성가신 방해밖에 되지 않았다. 시간이 갈수록 밀려드는 팬들 역시도 큰 장애물이었다.

'그 틈을 파고 들어가는데도 위치선정과 기술이 필요한 법이라고! 덕질은 뭐 아무나 하는 줄 알아?'

연서의 말이 떠올랐다. 좋아서 하는 일이라 할지언정 세상에 쉬운 일은 없었다. 저 많은 광분한 팬들 틈을 뚫고 가는 것보다는 방송국의 빈틈을 찾는 일이 더 쉬워 보였다.

어쨌거나 나는 최이선을 만나야만 했다. 그를 만나기만 한다면, 내게 일어나고 있는 일들을 멈출 수 있을지 모른다.

저만치 벤 한 대가 들어오고 있었다. '블루엔젤'을 외치며 뛰어가는 여학생들을 보니, 분명 저 벤 안에 최이선이 있는 게 분명했다. 눈으로 보지 않아도 알 수 있었다. 내 귀에 이미 블루엔젤의 음악이 시작되고 있었기 때문이다. 분명한 죽음의 전조였다.

환호성을 질러대는 팬들을 향해 환한 미소를 지으며 손을 흔드는 최이선의 표정 그리고 내 귓가에 들리는 음악은 기가 막히게 어우러져 청춘 드라마의 한 장면을 연상시키기에 충분했다.

우울한 징후 같은 건 전혀 보이지 않았다. 겉으로 보이는 동기도 알 수 없었다. 어쩌면 이번에는 잘못 짚은 걸지도 모른다. 아니, 사실은 제발 그렇기를 바라는 마음이 절실했다.

나는 우선 그 절실함을 최대한 발휘해, 방송국에 침투하기로 했다. 한 번도 가보지 않은 방송국 안에 숨어든다는 건, 대단한 지혜와 용기가 필요한 일이었다. 각종 팬카페에 가입하고 공부한 덕분에 공개방송이 있는 날이면 사용되는 방송국 대기실의 도면을 구할 수 있었다.

이제 필요한 건 용기! '일단 저지르고 보자'를 좌우명으로 삼고 살아온 내가 하지 못할 일은 없었다. 죽었다 깨어나는 것까지 해내지 않았던가. 민우가 다시 수학에 정신을 파는 사이, 나는 소녀들 무리 속으로 모습을 감췄다.

음악창고 녹화장은 2층. 둥그렇게 둘러싼 대기실 중 하나에 분명 블루엔젤과 최이선이 있을 것이다.

'그런데 만약 대기실을 찾아 들어가서 최이선을 만나면, 그때는 어떻게 해야 하지? 무슨 말을 해야 하지?'

화장실에서 잠시 숨을 고르다 나가려는데, 때아닌 걱정이 밀려들었다.

'걱정한다고 해결될 일도 아닌데, 뭐.'

될 대로 되라는 심정으로 화장실 문을 박차고 나왔다. 그리고 날렵하게 대기실이 모여 있는 복도로 숨어들어, 문 앞에 붙어 있는 이름표를 하나하나 확인하기 시작했다.

정신없이 복도의 양쪽 문을 살피며 걷는데, 저만치 앞에 한 무리의 남자들 속에 최이선의 얼굴이 보였다.

나는 생각할 겨를도 없이 무작정 그를 향해 돌진했다. 그리고 몇 발짝 떼지 못해 곰 같은 누군가에게 부딪혀 함께 복도 바닥을 뒹굴었다. 다름 아닌 블루엔젤의 매니저였다.

"최이선을 좀 만나야 한다구요. 중요한 할 얘기가 있단 말이에요."

"좋은 말할 때 그냥 가라! 아우, 너 같은 사생팬이 한 둘인 줄 알아? 진짜 지겨워 죽겠네!"
"지금 누가 최이선이 좋아서 이러는 줄 알아요!"
답답했지만 속 시원히 말할 수도 없었다. 가뜩이나 나를 이상한 사람으로 의심하는 모양인데 거기다 대고 최이선이 죽을지도 모른단 말을 외칠 수는 없는 노릇이었다.
'아니, 이 정도로 못 알아들으면 외쳐도 되지.'
나는 생각을 바꾸기로 했다. 이젠 눈을 부라리며 말했다.
"최이선이 죽을지도 모른다구요."
"무슨 미친 소리야? 헛소리 그만하고 좋은 말 할 때 가라고."
매니저가 내 팔을 잡으려는 동작을 보이자, 나는 또다시 반사적으로 행동하고 말았다. 팔을 꺾고, 그를 복도 한쪽으로 밀어버린 것이다. 그가 그대로 나동그라졌다.
이번에는 다른 매니저가 알아차리고 나를 향해 달려들었다. 그가 팔을 뻗는 순간, 방어적으로 그의 팔을 잡아 돌렸다. 아악! 고통스러운 비명이 들리자 나도 깜짝 놀라 팔을 놔주었지만, 잔뜩 찌푸려진 그의 얼굴을 보니 팔이 온전치 못할 것 같았다.
결국 그대로 줄행랑을 치는 수밖에 없었다. 방송국을 뛰쳐나오면서도 매니저의 팔이 걱정됐지만, 한편으로는 화도 났다.
"사람 좀 살리겠다는데, 도와주지는 못할망정…."
방송국 앞에서 씩씩거리는 나를 발견하고 민우가 뛰어왔다.
"야, 윤설아!"
그렇지 않아도 하얀 민우의 얼굴이 더 하얗게 질려 있었다.
방송국을 뒤로 하고 걷기 시작하자 민우가 따라왔다.

"한참 찾았잖아. 전화도 안 받고, 얼마나 걱정했는지 알아?"
"그런 걸 우리 엄마 표현을 빌리자면 뭐라는 줄 알아?"
민우가 모르겠다는 듯 멀뚱멀뚱 눈만 굴렸다.
"사서 걱정, 걱정도 팔자!"
"내가 너를 걱정했겠냐? 네 주변 사람 걱정한 거지."
갑자기 멈춰서자 바짝 따라 걷던 민우가 내게 부딪히고 말았다. 돌아보니 민우도 짐짓 긴장한 표정이었다.
"민우야, 나 살리고 싶어. 이번에는 꼭…."

며칠 후, 최이선이 해외 투어 중이라는 소식을 들었다. 아무리 생각해도 이해할 수 없었다. 대한민국을 넘어 외국에서조차도 유명세를 타고 있는 잘나가는 보이 그룹.

그게 그의 현실이었다. 그런데, 그가 도대체 왜? 그에게서 왜 음악 소리가 흘러나오는지를 도통 알 수가 없었다. 하긴 개개인의 행복을 남이 판단할 순 없을 테니까. 결국은 만나서 물어보는 수밖에 없었다.

하지만 최이선을 만나는 건 그냥 옆집 오빠 만나는 것과는 차원이 달랐다.

'포기할까? 제 인생 그냥 제가 알아서 살라고 내버려둘까?'

벽에 부딪히는 기분이 들 때마다 그냥 모른 척하고 전부 내려놓고 싶은 마음도 들었다. 하지만 이내 불안해졌다. 시한폭탄이 터지기 전에 시계의 초침이 끝을 향해 달리는 것 같아 조급해지기까지 했다.

창의성이라고는 제로인 민우가 무심코 말했다.

"귀국하는 날, 공항으로 찾아가든가?"

순간 정신이 번뜩 들었다. 내가 왜 그 생각을 못 했을까?

"…진짜 그럴 생각은 아니지?"

물론, 진짜 그럴 생각이었다. 윤설아라는 이름을 걸고, 일단은 되든지 안 되든지 시도는 해봐야 했다. 그러려면 다시 연서의 도움이 필요했다.

굳이 바쁘다는 연서를 끌고 학교 매점에 가서 간식거리를 잔뜩 안겼다. 곧 최이선의 귀국 일정을 손에 넣을 수 있었다.

"새벽 비행기로 떨어진댔어. 아마 아침 일찍 도착할걸."

"시간은?"

"한국 도착 시간? 아마도 새벽 6시쯤?"

"새벽 6시…?"

뜻밖에도 생각보다 치밀한 계획이 필요했다. 엄마가 걱정하지 않도록. 전날 저녁에 방에 일찍 들어가서 자는 척하다가, 엄마가 잠든 틈에 몰래 공항으로 향하는 막차를 타야겠다.

'만약, 엄마가 새벽에 깨서 방문을 열어보면 어쩌지?'

그건 운에 맡기기로 했다.

저 멀리 굉음과 함께 비행기가 활주로로 내려앉는 모습이 눈에 들어왔다. 이른 아침 시간인데도 공항 대합실은 사람들로 복작거리고 있었다. 갑자기 화장실이 급했다. 엄마에게 계획을 들킬까 봐 긴장해서 계속 물을 들이켠 탓이다.

화장실을 가리키는 표지판이 눈에 띄자 뛰기 시작했다. 어디선가 음악 소리가 들려왔다.

어디지? 드디어 화장실 입구에 도착한 순간, 퍽 하는 소리와 함께 몸이 붕 떴다. 미처 반대편에서 오던 누군가를 보지 못하고 그대로 충돌한 모양이었다.

살짝 비틀거리긴 했지만 발을 잘 디뎠다고 생각했는데, 발목에 심한 통증이 느껴졌다. 제길, 착각이었나 보다.

풀썩 바닥에 쓰러지는 순간, 나는 짜증 가득한 표정으로 나를 보는 최이선의 눈과 마주쳤다. 찌릿한 다리 통증을 단번에 잊을 만큼 극심한 두통이 함께 찾아왔다. 또다시 시작된 음악 때문이었다. 최이선에게 들려오는 소리였다. 속이 울렁거렸다. 두 손으로 귀를 막아봐도 소리는 작아지지 않았다.

"그 음악 좀 꺼줄래요? 제발!"

숨넘어가는 소리로 간신히 말했다. 최이선이 의아한 표정으로 나를 보고만 있었다.

"시끄러우니까… 그 음악 좀 꺼달라고요!"

그렇게 소리를 지르고 나선 그대로 정신을 잃고 말았다.

눈을 떴을 때 병원이라는 걸 알아차렸다. 왈칵 두려움이 밀려왔다. 또 같은 일이 벌어졌을지 모른다는 생각 때문이었다. 그러나 분명히 나는 눈을 뜨고 있었다. 병실의 하얀 천장이 고스란히 눈에 들어왔다. 내 상태를 의식한 순간, 벌떡 자리에서 일어났다. 그때 누군가 병실 문을 열고 들어섰다. 예의 음악 소리도 함께.

최이선이었다.

"뭐냐? 너? 사람 놀라게 하는 재주 있더라."

다행히도 음악 소리가 한결 줄어들어 있었다. 작지는 않아도 들어줄 만했다. 어찌 된 영문인지 머리를 흔들고 생각해보는데, 그가 선 채로 손에 든 음료를 따서 벌컥벌컥 마셨다. 다 들이켜고는 나를 호기심 어린 눈으로 빤히 보았다.

"아무리 좋아도 그렇지, 기절까지는 좀 그렇지 않냐?"

'좋아하기는 누가? 내가? 미친!'

속 터지지만 설명할 길이 없었다. 말문이 막힌 채 그가 늘어놓는 어이없는 착각을 들어줄 뿐이었다.

"윤설아?"

"어, 어떻게 알았어?"

놀라서 묻자, 그가 내 앞으로 가방을 툭 던져놓았다.

"남의 물건 막 뒤지는 거, 사생활 침해거든."

"뒤지긴. 가방 옆에 떡하니 명찰 달려 있던데. 그러는 넌, 어떻게 알았냐?"

뭘? 하는 멍한 표정으로 올려다보자, 그가 다시 물었다.

"내 스케줄 말이야. 너 그거잖아. 사생팬."

그의 말에 기분이 꽉 상했다.

"사생팬은 무슨! 미안하지만 나 그거 아니거든. 내가 미쳤냐? 목숨까지 걸고 널 따라다니게."

이어 혼잣말로 중얼거렸다.

"아, 내가 미쳤지. 딱 봐도 너 따위가 절대 그럴 리가 없는데…."

이번에는 최이선이 발끈했다.

"너 따위?"

그러다 이내 눈을 반짝이며 물었다.

"그래, 좋아, 나 따위가 뭐가 그럴 리 없다는 건데?

'자살할 리가 없다고!'

다짜고짜 그렇게 말할 수는 없었다.

"됐다. 말을 말자."

이불을 젖히고 침대 아래로 발을 디디려는데, 찌르르, 통증이 몰려왔다.

"아흑!"

비명 같은 신음이 터져 나오는 것과 동시에 그가 입을 열었다.

"아, 맞다. 아까 보니까 다리 접질린 거 같던데."

눈물이 찔끔 나는 통증에 와락 짜증이 몰려왔다.

"미리 말을 해줬어야지."

"해줬잖아, 지금."

최이선은 재밌다는 듯 입꼬리를 슬쩍 올렸다.

진짜 밥맛이다. 침대 옆 보조 테이블 위에 놓인 휴대폰을 집어 들었다.

"너희 엄마는 아시냐? 너 이러는 거?"

여전히 재수 없다. 내가 한마디 지르려는데 문이 벌컥 열리며 의사가 들어왔다. 그는 내 발목을 한 번 더 살펴보고는 발목 인대가 놀란 것 말고는 이상 없으니 퇴원하라고 했다.

그런데 이해할 수 없는 건, 의사의 진단을 최이선이 내 곁에서 같이 들었다는 것이다. 재수 없는 말을 틱틱 내뱉으면서도 그는 내 옆에 끝까지 붙어 있었다. 심지어 그게 전부가 아니었다. 굳이 데려다주겠다며 내가 잡은 택시에 동승까지 했다. 도대체 왜?

"나 보고 가끔 기절하는 애들 있다."

택시에서 그가 처음 뱉은 말이었다. 그것도 자랑이냐! 힐끗 그를 흘겨봤다.

'귀신은 뭐 하나? 저런 놈 안 잡아가고.'

내가 사고 칠 때마다 시골 할머니가 하던 소리가 떠올랐다.

그러다 문득 달라진 게 있다는 걸 깨달았다. 최이선에게서 음악 소리가 들리지 않았다.

'뭐지, 이 평화로움은? 직전까지 들리던 음악 소리는 어디 가고?'

설마, 번지수를 잘못 고른 걸까? 그럴 리는 없었다. 분명 아까까지는 그의 모습이 보이자마자 음악 소리가 나를 괴롭히지 않았던가.

택시가 학교 정문에 도착했다. 내리려고 손을 차 문손잡이에 가져가는데, 벌컥 문이 열렸다. 반대편 문으로 내린 이선이 어느새 내 쪽으로 돌아와서 차 문을 연 것이다. 어라, 이건 무슨 수작질이지?

택시에서 내리자 이선이 내게 제 휴대폰을 건넸다.

"번호 눌러라. 택시비는 갚아야지. 반땡이다."

"그럼 그렇지, 있는 놈이 더하다더니!"

내 말에 그는 씩 웃기만 했다.

"알면 됐고."

휴대폰을 돌려받아 그가 통화 버튼을 누르자 내 휴대폰이 울리기 시작했다.

"사생팬, 내 번호다. 울리면 받아라."

"아, 진짜… 사생팬 아니라니까…."

이선이 피식 웃으며 택시로 걸음을 놓았다.

"죽지 마… 죽지 말라고."

목구멍까지 눌러 담았던 말이 튀어나왔다.

그가 차 문을 열려던 손을 멈추고 섰다. 고개를 숙인 채 미동도 없었다. 그리고 이내 돌아서서는 나를 보고 피식 웃었다.

"왜? 누가 내가 죽는데?"

"저기… 그게…."

당황한 나는 횡설수설 말을 이어갔다.

"그러니까… 지금은 그냥 살고 늙어 죽자고, 이 아름다운 세상 즐기다 죽어도 되잖아. 나이도 젊은데…."

"그렇게 따지면 뭐 하러 사냐? 어차피 죽을 거?"

표정이 어두워진 채 이내 택시 문을 열었다. 제대로 짚었다. 비웃음 섞인 대답과 달리, 그는 무서운 생각을 하고 있는지도 몰랐다. 이럴 때 쓰는 방법이 있었다. 그냥 단순하고 무식하게, 솔직히 물어보는 거다.

"그러니까 왜 죽으려는 건데?"

"죄책감?"

내가 다음 말을 묻기도 전에 택시의 문이 탁, 하고 닫혔다. 어느새 최이선을 태운 택시는 금세 시야에서 멀어져갔다.

Chapter 3

12
잔인한 고백

강재경, 현재

쌍화차에 계란이 동동 떠 있다. 말로만 듣던 계란 띄운 쌍화차였다. 물끄러미 보고만 있자 은형사가 한 번 더 찻잔을 밀며 권했다.

"드셔보세요."

재경이 끌려오다시피 들어와 앉아 있는 곳은 어느 골목 귀퉁이의 '장미다방'이었다. 이렇게 쌍화차를 사이에 두고 은형사와 마주하게 될 줄이야….

"심신 안정에 좋아요."

감기도, 피로 회복도 아니고, 심신 안정에 좋단다. 그러니까 그가 보기엔 지금 자신은 심신 안정이 필요하다는 말이었다. 도대체 은형사는 무슨 말을 하려고 이러는 걸까?

수화기 너머로 느꼈던 불안이 그저 짐작만은 아니었다는 걸 다시 한번 확신했다.

"강선생님! 제가 강선생님 많이 좋아합니다. 그거 아시죠?"

뜬금없이 중학교 시절 국어 선생님이 떠올랐다.

'제가 여러분 많이 좋아하는 거 알죠? 그런데, 여러분은 저한테 너무한 거 아니야?'

왠지 은형사의 말투에서 그 국어 선생님의 향기가 났다.

'시험 성적을 이따위로 받으면 나더러 가르치라는 건가요, 말라는 건가요?'

선생님은 존댓말과 반말을 섞어가며 교묘하게 학생들을 나무랐다.

그런데, 강선생님이 저한테 어떻게 이러실 수 있어요? 여지없이 그 학창 시절의 기억 속 국어 선생님이 했던 그 말이 나올 순서였다. 재경은 저절로 고개가 숙여졌다.

"예전에도 좋아했고, 지금도 좋아하고, 앞으로도 좋아할 겁니다."

예상을 깨는 말에 번쩍 고개가 들렸다.

"은형사님! 도대체 왜 이러세요?"

재경의 음성은 떨려서 나왔다. 하지만 은형사는 흔들림이 없었다. 다부진 표정으로 재경을 바라봤다. 진지하고 단호하기까지 했다.

"그러니까요, 강선생님! 마음 단단히 먹고 지금부터 제가 하는 말 잘 들으세요."

"은형사님?"

"강선생님 아버님이요, 무죄일 수도 있어요."

아버지가 무죄…. 재경도 짐작하던 일이었다. 밝혀질 게 밝혀진 거다.

재경은 김이 나는 쌍화차 잔을 후후 불어 한 모금 마시고 마음을 진정시키려 했다. 그러다 한 발짝 늦게 무언가 잘못되었다는 사실을 인지했다. 사색이 된 채 은형사를 바라봤다. 그렇게 얼마나 지났을까.

"그러니까… 알고 있었던 거예요? 자살한 그 버스 기사가… 내 아버지란 걸?"

그는 이미 알고 있었던 거다. 재경이 그렇게도 감추고 싶었던 사실을. 감정이 싸늘하게 식어가는 동시에 피도 얼어붙는 느낌이었다. 따뜻하게 느껴지던 쌍화차의 온기도 언제 그랬냐는 듯.

"강선생님, 괜찮으세요?"

당연히 괜찮을 리가 없었다.

"언… 제부터요?"

간신히 소리가 메마른 목구멍 사이를 비집고 나왔다. 쓰라렸다. 목이 아픈 건지, 마음이 아픈 건지 잘 모르겠다.

은형사가 잔에 담긴 음료를 벌컥벌컥 들이마셔 버리고는 테이블에 탁 소리 나게 내려놓았다. 그러고는 재경을 뚫어져라 봤다. 아주 충격적인 고백이라도 할 듯이.

"처음부터요."

재경은 잘못 들었다고 생각했다.

"처음… 부터라뇨?"

재경이 다시 물었다.
"그 처음이… 언제부터인데요?"
"순대국밥집."

순대국밥집이면…. 백선생의 문자를 외면했던 그날이었다. 그를 볼 때마다 미안해 어쩔 줄 몰랐던 마음이 어느새 분노로 바뀌어버렸다. 쌍화차 따위를 권해서 될 일이 아니었다. 지금처럼 미친 듯 펄떡이는 심장에는 아예 우황청심환 같은 걸 줬어도 모자랄 일이었다.

"그럼 다… 알고 접근한 건가요?"

재경의 질문에 날이 서 있었다. 은형사가 난감해했다.

"접근이라는 단어는 좀 그렇구요. 그날 만남은 정말 우연이었어요. 묘한 타이밍이긴 했지만."

재경이 자리에서 벌떡 일어섰다.

"강선생님을 향한 제 마음도 진심입니다."

여전히 진중하게 들리는 음성이었다.

재경은 은형사를 차갑게 바라봤다. 속으로는 열불이 나고 있었지만 애써 참아 누르는 중이었다.

"어떤 마음이요? 사람 실컷 갖고 놀다가…. 솔직히 고백하지 못해 얼마나 죄책감을 느꼈겠게요. 볼 때마다 미안하고, 죄지은 사람 같고, 얼마나 전전긍긍했는데…."

재경이 내뱉는 목소리가 바들바들 떨려왔다. 차마 말을 마무리하지 못하고 재경은 힘겹게 돌아섰다. 은형사의 담담한 음성이 뒤따랐다.

"강선생님! 갈 때 가셔도 제 얘기는 듣고 가세요. 아직 할 말이 더 남았어요."

하지만 재경은 그럴 생각이 없었다. 이 상황에서 벗어나고 싶다는 생각뿐이었다.

재경은 도망치듯 다방을 빠져나왔다. 은형사는 차마 그녀를 붙잡지 못하고 그 자리에 서서 외쳤다.

"강선생님! 꼭 해야 할 말이 남았어요. 강선생님!"

꼭 해야 할 말… 그게 뭐길래!

재경은 진정 궁금했지만, 절대로 궁금해하지 않기로 했다.

학생들이 다 빠지고 나니 어느새 하루가 저물었다는 게 실감났다. 아침에 출근할 때만 해도 은형사와 아버지 일들로 한껏 머리가 복잡했는데, 정신없이 바쁜 상담이 휘몰아치고 나니, 슬금슬금 다른 걱정거리들이 재경의 머릿속을 채워주었다. 딩동, 문자 도착음이 울렸다. 엄마였다.

오늘 집에 좀 들르렴.

"왜 또!"

엄마의 문자에 짜증 섞인 소리가 먼저 절로 났다. 그래서 더 슬펐다. 우리 가족은 어쩌다 이렇게 된 걸까?

집을 방문하는 일도 차일피일 미루고 있었다. 혹여나 얘기를 나누다가 하지 말아야 할 말까지 하게 될까 두려워서였다. 괜한 희망은 다시는 치유할 수 없는 고통이 될 수도 있었다. 아빠가 무죄일 수도 있다는, 어쩌면 아빠의 무죄를 밝혀낼 수 있을 거라는 그 말만은 하지 않겠다고 굳게 결심했다.

생각에 잠긴 채 터덜터덜 걷다 정신을 차려보니 예전 집 앞이었다. 반갑지 않은 귀소본능이다. 엄마가 이사한 집으로 가려면 두어 정거장 더 지나 내렸어야 했는데.

거짓말이 사람을 죽였다. 하지만 그 거짓말에는 구형을 내릴 수도 없고, 감옥에 넣을 수도 없다. 게다가 그 거짓말을 한 아이는 미성년자였다.

잠시 서서 물끄러미 예전 집 앞을 바라보다 다시 돌아서 버스 정류장을 향해 걸었다. 그러다 동네 어귀 빵집 앞에서 걸음을 멈췄다. 생긴 지 30년도 더 된 빵집이었다.

어린 시절 동네를 산책하는 척하며 아빠의 손을 이끌고 종종 들르던 곳이기도 했다. 아빠는… 재경의 속셈을 뻔히 알면서도 몇 번이고 속아주곤 했다.

"언제 이사 간 겨?"

빵집 주인 황씨 아저씨였다. 한때 아빠와 형동생 하던 사이였던 사람. 하지만 아버지가 구치소에 들어가고 나서는, 전염병에라도 걸린 사람마냥 재경의 식구들을 피했다. 그 이후 황씨 아저씨 집과 재경의 집은 왕래가 끊겼다.

황씨 아저씨만 그랬던 건 아니었다. 동네 사람들 모두가 그들을 슬금슬금 피했으니까. 지금 생각해보면 이사 안 가고 버틴 게

용한 일이었다.

"안녕하세요."

"무슨 일 있는겨? 갑작스럽게 이사는 왜?"

"어쩌다 보니요."

"아니, 팔라고 얘기할 때는 안 팔더니, 소리 소문도 없이 언제 팔았대?"

"그러게요."

그대로 지나쳐 가려는데 아저씨가 재경을 불렀다.

"또 언제 볼지 모르는데, 들어와서 커피 한잔하고 가. 단팥빵이랑."

"아니에요. 괜찮아요."

거절하고 빨리 자리를 벗어나려는데, 아저씨의 말이 재경의 발걸음을 붙들었다.

"뭐 버티기도 오래 버텼지, 팔았으면 진즉에 팔았어야 했을 건데. 위로금이라도 받았으니 버틴 거지. 그걸로 너희 학교도 보내고. 안 그러니?"

기분 나쁜 말을 아무렇지 않은 얼굴로 내뱉는 건 여전했다. 하지만 재경의 신경을 긁은 건 아저씨의 무례함이 아니었다. 그의 입에서 나온, 위로금이라는 단어.

"마실게요. 주세요. 커피!"

"재현이 놈은 요즘 어때? 사고는 안 치고?"

걱정을 가장했지만, 걱정이 아님을 안다. 호기심이다.

"네, 잘 지내요."

나는 아저씨의 야비한 호기심을 단순에 잘라버렸다.

"그런데요, 아저씨. 아까 말씀하신 그 위로금이라는 게 뭔가요?"

아저씨가 순간 고개를 갸웃거린다.

"위로금? 아, 그거? 네 아부지 죽고 나서 얼마 안 있다가 네 엄마가 위로금 명목으로 돈을 받았다는 소문이 파다했는데… 몰랐니?"

몰랐다. 동네 주변에서 떠도는 소문 따위 신경 쓸 겨를이 없었다. 학교생활을 견뎌내는 것만으로도 이미 힘겨웠다.

"네, 몰랐어요."

짧게 대답하고 다시 물었다.

"그 위로금이라는 거, 누구한테 받은 건데요?"

"누구긴? 네 아부지 일하던 초등학교 재단에서 준 거지."

"학교에서요? 위로금을 왜요?"

"그걸 내가 어떻게 알아? 그건 네 엄마한테 물어봐야지."

위로금의 정체가 궁금해 앉았건만 재경은 의문만 더 남긴 채 자리에서 일어났다.

"커피, 잘 마셨습니다. 그럼 건강하시고요."

빵집을 나서는데, 아저씨가 따라 나왔다. 그러고는 빵이 담긴 종이봉투를 건넸다.

"단팥빵 몇 개 넣었다. 민수도 단팥빵 무척 좋아했는데…"

오랜만에 들어 본 아버지의 이름이었다.

"얼른 받지 않고 뭐해?"

황씨 아저씨가 내 손을 잡아 봉투를 쥐여주었다.

집으로 돌아오는 내내 재경의 머릿속에는 위로금이라는 단어로 가득 차 있었다.

도대체 아저씨가 말한 그 위로금이라는 게 뭐였을까? 갑작스럽게 등장한 위로금의 정체가 신경 쓰였다. 사실 확인을 해야겠다는 생각에 발걸음을 재촉하는데, 문득 전에 들었던 말이 떠올랐다.

'선생이 죽었다고 재단 측에서 장례비에 위로금까지 지원하나요?'

문 앞에 서서 자동 도어락을 물끄러미 쳐다봤다. 이사 온 집의 비밀번호를 들은 기억이 없었다. 초인종을 누르려다 이전 집 도어락 번호를 눌러봤다. 띠리릭, 하는 소리와 함께 문이 열렸다.

엄마는 개수대 앞에 서 있었다. 설거지를 마치고 행주에 손을 닦고 돌아서다 현관에 서 있는 재경을 발견했다.

"왔니?"

"왜 오라고 하신 거예요?"

"오이소박이 해놨어. 그거 가져가라고."

오늘따라 엄마는 엄마 노릇이라는 걸 하고 싶었나 보다. 하지만 재경은 하나도 고맙지 않았다. 그 오이소박이를 주고 또 뭘 해달라 할지, 엄마의 요구 사항이 두려웠던 까닭이다. 엄마는 매번 그런 식이었으니까. 하지만 오늘은 날 선 말을 하지 않기로 했다. 들어야 할 말이 있었으니까.

엄마에게 말없이 들고 있던 단팥빵 봉지를 건넸다.

"뭐니?"

엄마가 봉지 안을 들여다보았다.

"단팥빵."

대답하면서도 재경은 위로금이라는 단어를 생각 속에서 놓지 못하고 있었다. 질문할 시점을 엿봐야 했다.

"어머, 네가 웬일이니? 빵을 다 사오고…."

봉지에 쌓인 단팥빵을 꺼내던 엄마가 종이봉투에서 황씨 아저씨네 빵집 이름을 발견했다.

"어마, 황씨네 거네…?"

"생각 없이 가다 보니 옛날 집 앞이더라고. 어이없게."

"너는 젊은 애가…. 하긴 나도 장보고 집에 돌아올 때면 그 집 쪽으로 향할 때가 있더라고. 습관이 무섭긴 무서워…."

엄마가 빵 봉지를 뜯어서는 덥석 한입 베어 물고는 우물우물 씹었다.

"얼마 만인지 모르겠네. 황씨네 빵이 안 달아서 좋긴 해. 이 단팥빵, 네 아빠도 참 좋아했었는데…."

아차, 싶었는지 엄마가 얼른 화제를 돌렸다.

"그 집은 잘 지낸다니?"

재경은 엄마를 물끄러미 보기만 했다. 지금 질문을 던지면 목이 메겠다 싶어 컵에 물을 담아 건넨다.

"물이랑 같이 드세요."

빵을 꿀꺽 삼키곤 엄마가 재경을 의아한 표정으로 보았다.

"뭐야? 너 지금 나한테 할 말 있지?"

엄마는 엄마였다. 자신의 속내를 단번에 알아챘다.

"위로금이 뭐야?"

아니나 다를까. 엄마가 대번에 콜록거렸다. 물을 벌컥벌컥 마시더니, 이내 긴장한 표정이 역력했다. 재경은 단번에 느꼈다. 뭐가 있구나!

"그게 뭔데?"

모른 척하기엔 너무 늦었다. 이미 낌새를 눈치채고 말았으니까.

"위로금이 뭐냐니까?"

"위로금이라니?"

"아빠가 죽고 난 후 위로금이라는 걸 받았다며?"

엄마는 대번에 신경질적으로 반응했다.

"누가 그런 소리를 해?"

"황씨 아저씨가!"

"그 미친 인간은 애 붙들고 왜 쓸데없는 소리라니?"

"나 애 아니야. 뭐예요, 그 위로금이란 거?"

"그런 게 어딨어? 다 헛소문이야, 헛소문…."

엄마가 먹던 빵을 식탁에 던져버렸다.

"엄마… 놀라지 마요."

"뭐 갖고 그러는데? 내 나이쯤 되면 놀랄 일도 없어."

"아빠가 무죄일지도 몰라."

엄마는 별다른 반응이 없었다. 어떻게 알았냐고, 누가 그랬느냐고 묻지도 않았다. 너무 충격을 받아서 그런 걸까? 그렇다기엔 엄마의 표정이 너무 무덤덤했다. 오히려 충격을 받은 건 재경이었다.

"그러니까… 엄마는 아빠가 무죄라는 걸 알고 있었던 거야. 그치? 알고 있었던 거지?"

그랬다. 엄마는 알고 있었던 거다.

"그게 지금 와서 무슨 소용이야. 네 아버지는 죽고 없는데. 그리고 이미 십 년도 더 지난 일이야. 나는 다 잊었다."

심장이 폭발 직전이었다. 분노인지, 울분인지 모를 감정이 목구멍을 타고 끓어올랐다.

"엄마! 미쳤어? 미치지 않고서야 어떻게 그런 말을 할 수가 있어? 아버지가 성추행범이라는 누명을 쓰고 죽었는데, 무슨 상관이냐니?"

잠시 숨을 골라야 했다. 턱까지 차올라 당장이라도 숨이 멎을 것만 같았다.

"그래서 받은 거야? 그 위로금이라는 거? 억울한 누명을 푸는 대신 덮느라 받은 거냐고?"

"그래, 받았다. 누구는 그러고 싶어 그랬겠어? 네 아부지도 죽고 없는데, 이미 죽어버렸는데, 먹고는 살아야 할 거 아니야."

"엄마… 적어도 우리한테는… 말했어야지, 자식인 나랑 재현이한테는 말했어야지. 아니, 나한테만이라도 말했어야지."

"비밀 유지 서약서에 서명했어. 누구한테도 말하지 않기로. 특히 너희들한테. 그러니까 너도 입 닫아. 그게 한마디라도 새어 나가면 받았던 돈 다 토해내야 하니까."

"돈 때문에!"

"야, 이 기집애야. 그 돈이라도 받았으니 네가 공부도 하고, 취직도 한 거야."

"지금 그걸 말이라고 하는 거야? 그 돈이, 아빠의 결백보다 중요하냐고!"

"중요하지, 그럼. 네 아빠만 해도 그래. 억울하다고 그렇게 무책임하게 죽어버리면, 그럼 남은 가족은? 너희들은 누가 책임지는데? 이미 죽은 마당에 무죄든, 아니든 그게 무슨 상관이야. 산 사람이 우선이지."

이젠 자초지종을 들어야 했다. 일단 흥분을 가라앉혔다.

"어떻게 알았어?"

애써 진정했음에도 심하게 떨리는 음성이 재경의 귓가를 울려댔다.

"뭘?"

"아빠가 무죈 거?"

"그걸 내가 어떻게 알아."

"엄마!"

이성의 끈을 잡아야 했다. 그렇게 안간힘을 쓰자. 머리가 띵해졌다.

"그냥, 도둑이 제 발 저린다고, 저희가 뭔가 구린 게 있으니까 위로금이라는 걸 줬겠지 했어. 내가 형사도 아니고, 그걸 어떻게 알아? 짐작만 할 뿐이지."

"비밀 유지는 또 뭔데?"

"재벌 집 딸이 성추행당했다는 얘기가 퍼지면 애한테 좋겠니?

그건 숨기고 싶었겠지."

"만약 성추행이 아니면?"

"애 거짓말로 사람 하나 죽인 거지. 그러고 나서 돈으로 덮은 거지. 돈 있는 인간들이 뭘 못 하겠어."

엄마의 목소리에는 깊은 무기력이 엿보였다.

"재현이한테는 입 닫아. 괜히 걔 알았다가는 또 어떤 사고를 칠지 모르니까."

엄마가 잠시 말을 멈추고는 한숨을 쉬었다.

"네 아빠 죽고 내가 살 수 있는 길은 그것뿐이었어. 각서에 도장 찍어주고 입 닫고, 돈 받고, 그걸로 너희 키우며 살아내는 거. 하루에도 열두 번 혀 깨물고 죽고 싶은 걸, 너희 생각해서 살아낸 거야, 나도! 그러니까 어디 가서라도 입 뻥끗하지 마. 그 순간 너 죽고 나 죽는 거니까."

그토록 매정한 말을 뱉어내는 엄마의 눈빛은 한없이 공허했다. 그런 엄마의 눈빛을 보며 재경은 절망했다. 인생이 뭐 이따위람! 정말 구질구질했다.

"인제 그만 가라. 피곤하다. 문 앞에 오이소박이 놨으니까 잊지 말고 챙겨가고."

안방 문이 닫히는 소리가 들리고 나서도 한참 동안 재경은 그 자리에서 움직일 수 없었다.

12-1
누구에게나 비밀은 있다

류정화, 2년 전

승아의 죽음은 성적 비관에 의한 자살로 마무리 지어졌다. 당연한 결과였다. 때마침 학교 CCTV는 수리 중이었고, 비도 억수같이 쏟아졌다. 물론 계획적이었던 건 아니었다. 하지만 온 우주의 기운이 나를 중심으로 돌고 있는 것 같았다. 승아의 비관적 선택을 받아들이지 못한 건 그녀의 가족뿐이었다.

"우리 애는 그런 애 아니에요."

그들의 아이는 온전히 '그런 애'다. 아닐 거라고 착각할 뿐. 부모들은 절대 모른다. 그들의 자식들이 그들이 없는 곳에서 어떤 짓을 저지르고 있는지.

종종 부모들이 간과하는 게 있다. 자식들은 엄마 뱃속에서 나온 순간부터 부모와 완전히 다른 개체라는 것. 종종 그들은 부모의 머리 꼭대기에 올라앉곤 한다는 사실을 말이다. 머리가 굵어지기 시작한 자식들에게는 당연히 부모가 모르는 은밀한 비밀 한두 개씩은 있다. 물론 나도 예외는 아니었다.

　간절한 기도에도 불구하고 다음 날 눈뜨면 언니는 여지없이 존재했고, 여전히 나를 귀찮게 했다. 그러던 어느 날, 계단 끝에서 놀고 있는 언니를 봤다. 문득 궁금해졌다. 저기서 언니를 밀면 얼마나 다칠까? 죽을 수도 있을까? 그 생각이 들자, 고민할 틈도 없이 몸이 움직였다. 나는 달려가서 언니와 부딪쳤다.

　언니의 무게가 내 손에 느껴졌고, 비명이 들렸다. 이어 언니의 몸이 그대로 계단 아래 바닥으로 곤두박질쳤다. 하지만 실망스럽게도 부러진 곳은 목도, 다리도, 팔도 아니었다. 고작 이마 한쪽에서 피가 철철 나고 있었고, 언니는 세상이 떠나갈 듯 울기 시작했다.

　그 소리에 밖으로 나온 장여사가 언니를 보더니 비명을 질렀다.
"김실장!"

　김실장이 피로 범벅이 된 언니의 얼굴을 보고는 사색이 되어 119에 전화했다. 병원으로 실려간 언니는 이마를 삼십 바늘이나 꿰맸다.

"언니가 계단에 있는지 몰랐어요… 죄송해요."

　놀란 표정을 지었다. 눈물도 글썽거렸다. 그리고 서둘러 잘못을 시인했다. 인정할 건 인정해야 한다. 그래야 빨리 끝난다.

　아니나 다를까, 내 생각대로 사건은 금세 일단락됐다. 그리고 그날 일은 나만 알고 있는 비밀이 됐다.

　그날 이후 언니는 계단 위에서 놀지 않았고, 나를 피해 다녔다.

그리고 몇 년 후 쫓기듯 유학을 가버렸다.

지금까지도 언니에게 미안하지는 않았다. 내 계획이 내 예상과는 너무 다르게 흘러가서 많이 당황스러웠을 뿐. 오히려 언니는 내게 고마워해야 했다. 내 덕분에 성형 미인으로 거듭날 수 있었으니까.

건물에 들어서자마자 매캐한 냄새가 코끝을 자극했다. 장례식장의 향 냄새였다. 베르사유의 오물 냄새가 향수를 만들어 냈다면, 장례식장의 시체 냄새는 향을 만들어냈다. 머리가 지끈거렸다. 돌아갈까? 불쑥 튀어나온 생각을 꾹꾹 눌러 담았다. 괜한 오해를 살 필요는 없었다. 저 멀리 302호 조문실의 팻말이 눈에 들어왔다.

조문실 앞에 서자 향을 피우고 있는 교복 차림의 반 친구들 뒷모습이 눈에 들어왔다. 절을 하던 친구 하나가 울음을 터트리기 시작했다.

당황스러웠다. 순간의 당황함을 정리할 겨를도 없이 옆에 있던 친구들이 따라 울기 시작했다. 장례식장은 금세 울음소리로 가득 찼다. 나도 모르게 와락 눈살이 찌푸려졌다. 기어이 보고 싶지 않은 장면과 마주하고 만 것이다.

그랬다. 내가 장례식장에 오기 싫었던 이유, 그건 승아의 죽음이 불편해서도, 승아의 죽음에 일말의 죄책감을 느껴서도 아니었다. 그건 바로 사람들이 슬픔을 가장해 질척거리며 흘리는 가식적인 눈물 때문이었다.

나는 사람들이 느낀다는 슬픔이라는 감정을 도저히 이해할 수 없었다. 그리고 사람들이 슬퍼하면서 흘리는 눈물도 견딜 수 없이 거북했다. 아주 어린 시절부터 그랬다.

* * *

"둘째 외숙모? 왜 울어요? 울지 마요."

외할아버지의 장례식장, 작은 외숙모가 우는 모습을 물끄러미 보던 나는 나도 모르게 둘째 외숙모의 등에 살며시 손을 얹었다.

둘째 외숙모가 퉁퉁 부은 눈으로 나를 바라봤다. 그러고는 나를 와락 끌어안았다. 아마도 내가 자신을 위로한다고 생각했던 듯싶다. 착각은 자유지만, 당하는 사람은 피곤하다. 답답함에 몸을 꿈틀대며 둘째 외숙모를 밀어낸 나는 도저히 이해할 수 없다는 표정으로 그녀를 보았다.

"외숙모가 원했던 일이잖아요. 근데 왜 울어요?"

"류정화, 지금 무슨 말을 하는 거야?"

둘째 외삼촌이 무서운 표정으로 나를 보았다. 그의 표정과 음성에서 끓어오르는 화가 느껴졌다.

하지만 그 순간을 다시 떠올려봐도 그런 외삼촌이 무섭지는 않았다. 억지로 슬픔과 눈물을 자아내는 그들의 모습이 우스웠을 뿐.

"노인네가 죽으려면 빨리 죽든지… 언제까지 살아서 저렇게 사람을 들들 볶을 거냐고. 사람 갖고 장난쳐? 꼴랑 언론사 하나가 뭐냐고? 언론사 하나가!"

 외숙모의 말투를 제법 그럴듯하게 똑같이 내뱉은 후 나는 둘째 외삼촌을 똑바로 쳐다봤다.

 "외숙모가 그랬는데… 분명 들었는데…."

 첫째 외삼촌이 둘째 외삼촌을 나무랐다.

 "너희 부부는 애 듣는 데서 무슨 소리를 한 거야?"

 그들의 실수는 나를 너무 어린애로 봤다는 거였다. 나는 그들이 생각하는 것보다 어리지도, 어리숙하지도 않았다. 오히려 그들이 상상할 수 없을 정도로 똑똑했다.

 물론 첫째 외삼촌도 둘째 외삼촌을 나무랄 입장은 아니었다. 나는 큰외삼촌 쪽으로 고개를 돌렸다. 순간 그가 움찔하는 게 느껴졌다. 흡사 내 입에서 무슨 말이 나올까 잔뜩 긴장한 표정이었다. 어쩌면 자신이 무슨 말을 내뱉었는지 곰곰이 기억을 되돌리고 있었을지도 모르겠다.

 슬픈 표정을 짓고 있던 사람들의 표정이 하나둘 경악으로 바뀌어 가고 있었다. 어른들을 당황하고 화나게 했다는 생각이 들자 묘하게 기분이 좋아졌다. 재미있기까지 했다. 배시시 입가에 미소가 지어졌다. 가식적이던 장례식장의 분위기가 이제는 제법 솔직해진 것 같았다. 그러고 나니 견딜 만해졌다.

 그렇게 혼자 내 기분에 취했을 즈음, 첫째 외삼촌이 나를 향해 호통을 치기 시작했다.

 "류정화! 너는 어디 어른한테 예의 없이 이게 뭐하는 짓이야?"

 순간 좋아졌던 기분이 상했다. 아무리 생각해도 내가 잘못한 건 없었다. 나는 그저 솔직하게 들은 대로, 사실대로 말했을 뿐이었다. 거짓말을 한 것도 아닌데 이게 혼날 일이던가? 화가 났지만, 그냥 울기로 했다. 금세 울음이라도 터질 듯한 표정으로 첫째 외삼촌을 봤다.

"큰오빠! 지금 애한테 뭐 하시는 거예요? 애 듣는 데서 할 말 못 할 말 다한 둘째오빠 내외 잘못이지. 애가 무슨 잘못이라고 왜 애먼 애를 잡고 그래요?"

장여사의 냉랭한 음성이 조문실의 공기를 갈랐다. 광기로 똘똘 뭉친 그녀의 표정과 음성은 외삼촌들까지도 움찔하게 했던 거다.

* * *

어느새 흐느낌이 잦아들었다. 나는 천천히 다가가 승아의 영정사진 앞에 섰다. 옆에 놓인 국화꽃을 들어 영정사진 앞에 놓았다. 사진 속 승아의 얼굴을 빤히 쳐다봤다.

슬픈가? 별다른 감흥이 느껴지지 않는다. 문득, 옥상 난간에 매달려 바둥거리던 승아의 표정이 스쳐 지나간다. 갑자기 큭, 실소가 터져나왔다. 나는 한 손으로 입을 가리고는 조문실을 빠져나왔다.

변기 뚜껑을 내리고 그 위에 앉아서 웃어댔다. 하도 웃어댔더니 눈가에 눈물이 맺혔다. 그때 누군가의 인기척이 들려왔다. 나는 슬며시 화장실 문을 열고 밖으로 나갔다. 거울 속에서 마주한 사람은 좀 전, 조문실에서 제일 먼저 눈물을 터트렸던 그 애였다.

조영주! 승아를 따돌리던 주동자 중 하나, 내 기억에는 그랬다. 영주가 나를 보고 아는 척을 한다.

"언제 왔어?"

나는 대답 대신 조용히 옆에 서서 영주의 얼굴을 쳐다봤다.

"어, 아까."

대충 대답했다. 내 머릿속에는 오로지 질문 하나가 떠다니고 있었다.

"궁금해서 그러는데, 전에 승아한테 물에 퉁퉁 불은 물만두 같다고 하지 않았어? 그랬던 네가 승아가 죽은 게 그렇게 슬퍼?"

영주가 당황했다. 그 당황하는 꼴이 우스웠다. 아니 가식적이라고 해야 하나?

"그… 그거야 우리가 서로 사이가 안 좋았을 때 그랬던 거고."

말까지 더듬는다. 나는 약점을 자극하는 말로 사람을 흥분하게 만드는 이런 상황이 참 재미있었다. 사람들이 당황해서 화를 내거나, 말을 더듬거나, 또는 모른 척하거나, 감정에 휩쓸려 자신을 제어하지 못하는 장면을 보는 것만큼 흥미로운 일은 없었다.

"근데 너, 승아랑 사이좋았던 적은 없잖아?"

"야, 류정화, 사이가 좋건 나쁘건, 그래도 친구…."

"친구가 그런 건가? 괴롭히고, 놀리고 그러는 거, 나 생생하게 기억하는데. 너 승아한테 그랬잖아. '너같이 퉁퉁 불은 물만두, 어디 가서 터져 버렸으면 좋겠어'라고?"

영주가 이해할 수 없다는 표정으로 나를 보았다. 나 역시 이해할 수 없단 표정으로 영주를 보았다. 나는 진심으로 궁금했다.

"야, 좀 솔직해져 봐, 너 기쁘지 않아? 네가 원하던 대로 불은 물만두가 빵, 하고 터져버렸는데?"

"야, 류정화, 너는 무슨 말을 그렇게 심하게 해?"

"나는 진짜 궁금해서 묻는 거야. 진심이야, 아니면 예의상 튀기 싫어서 보이는 가식인 거야?"

영주의 숨소리가 점점 거칠어졌다. 여차하면 달려들어 머리채라도 잡을 분위기였다. 온몸이 긴장 상태에 돌입하려는 순간 영주가 몸을 돌려 화장실 밖으로 나가버렸다. 콜라에 김이 빠지듯, 흥이 식어버렸다. 다소 실망스럽기까지 했다.

"아, 씨! 지겨워."

심드렁한 말투로 혼잣말을 내뱉는 순간, 화장실 문이 열리며 안에서 누군가 나온다. 검은 상복을 입은 또래 여자아이였다. 그 아이가 넋이 나간 표정으로 나를 바라보고 있었다. 승아의 멍청한 표정과도 얼핏 닮았다.

"뭘 보니?"

나는 불편한 심기가 그대로 묻어나는 한마디를 남기고 그대로 화장실을 나왔다. 그렇게 내 장례식장 방문 미션은 클리어됐다. 이제 승아의 존재는 내게서도, 이 우주에서도 말끔히 지워지고 없었다.

승아의 죽음 이후 반 아이들은 한동안 슬퍼했고, 우울해하기도 했지만 나는 알았다. 그런 그들의 감정이 오래가지 않을 거라는 것을. 인간은 망각의 동물이다. 분명 모든 건 시간이 해결해준다. 감정이라는 것도, 기억이라는 것도 모두 시간이 지나면 희미해지게 되어 있으니까.

그건 인간이 가진 장점이자 약점이기도 했다. 잊는다는 것. 잊힌다는 것. 아니나 다를까, 누군가의 죽음에 들썩이던 학교도 며칠이 지나자 다시금 일상으로 돌아가 있었다. 언제 그랬냐는 듯.

또다시 무료한 일상이 시작될 즈음, 담임의 호출이 있었다. 담임을 따라간 상담실에서 나를 기다리고 있던 건 사복을 입은 형사였다. 형사치고 꽤 잘생기긴 했다. 입은 옷도 형사치고 센스가 있었다. 그는 내게 자신을 은지형 형사라 소개했다.

그의 소개 따위는 귀에 들어오지 않았다. 그러니까 '형사가 나를 왜?'라는 의문과 함께 그의 표정을 살피는 중이었다.

'다 끝난 일을 인제 와서 왜?'

잠시 의아했지만, 이내 영문을 모르겠다는 표정으로 형사를 쳐다봤다. 담임 쪽에는 눈길도 주지 않았다. 하지만 나는 알고 있었다. 이제 담임 목숨이 파리 목숨이란 걸. 장여사가 알기라도 하면 학교가 온통 뒤집어지고도 남을 일이었다. 어설픈 정의감이 제 명줄을 단축한다는 걸, 그녀는 모르고 있는 거다. 순진하게도.

"잠깐 몇 가지 질문만 하신다고 했어."

담임이 조심스럽게 내 반응을 살피며 입을 열었다.

담임에게로 내 시선이 천천히 옮겨갔다. 내심 정의롭고 싶었겠지. 승아의 죽음에 양심의 가책이라는 게 느껴졌을 테니까. 때에 따라 마음의 짐을 덜기 위해 간사하게 움직이는 게 사람의 양심이다. 짐작할 수는 있었으나 이해되지는 않는 어리석은 행동이었다. 이어 은지형 형사에게로 생각을 옮겨본다.

뭘 알고 온 건 아닐 거다. 하지만 여기서 장여사를 들먹이거나 보호자 동의는 받았냐며 따져 묻는 똑똑한 여학생 행세를 하는 건 그리 좋지 않을 것 같았다. 그런 식으로 기싸움하기에는 은형사라는 사람의 눈빛이 만만치 않아 보였다.

문득 변호사를 요구할까 생각해봤지만, 그것 역시 왠지 죄가 있다는 걸 인정하는 것 같아 이것도 선택지에서 제외하기로 했다.

남은 방법은 하나. 나는 절친 승아의 죽음의 충격에서 미처 헤어 나오지 못한 채, 영문 모를 상황에 겁을 먹은 여학생처럼 그를 대해보기로 했다.

"그냥 몇 가지 질문에 아는 만큼만 대답해주면 돼요. 류정화 학생이 윤승아 학생이랑 친했다면서요?"

"네."

짐짓 슬픈 표정도 지어 보인다.

"그날, 승아 학생이 정화 학생한테 만나자고 문자를 보냈는데, 왜 안 나갔나요?"

"시험 성적 때문에 기분이 별로였거든요."

"정화가 답안지를 밀려 쓰는 바람에요."

도움이랍시고 담임이 말을 보탰다. 하나도 반갑지 않았다.

"아, 답안지를 밀려 썼어요?"

은형사가 탄식조로 반문한다. 공감한다는 뜻이겠지만, 이 상황에선 별 위로가 되지 않았다. 오히려 그날 일을 상기시키니 기분만 불쾌해졌다.

"근데요, 선생님! 어머니는 제가 형사님 만난다는 걸 아시나요?"

일부러 기다렸다 던진 질문이었다. 물론 알 리가 없었다. 담임이 움찔했다. 찔린 모양이었다. 아무리 그래도 형사가 보호자 없이 미성년자를 취조할 수는 없었다. 그래, 이건 취조다.

"아니, 그냥 몇 가지만 물으면 되는데 그럴 필요까지는 없을 것 같은데요, 정화 학생…."

형사가 다급해졌다.

"그래도 어머님께 말씀은 드려야 할 것 같아서요."

동시에 나는 주머니에서 휴대폰을 꺼내는 중이었다. 난감한 표정의 형사와 담임이 서로 눈빛을 마주치는 순간, 나는 통화 버튼을 누르고 있었다. 동시에 상담실 문이 벌컥 열리고 교장이 들어왔다.

"황정원 선생, 이게 무슨 짓입니까?"

격노한 교장 선생님의 음성이 들려왔다. 올 것이 왔다. 교장한테도 말을 했을 리 없겠지. 쌤통이다. 입가에 비릿한 미소가 지어지는 걸 억지로 참는 중이었다.

"류정화 학생! 당장 교실로 돌아가세요."

어쩔 줄 몰라 하는 담임을 두고 유유히 상담실을 빠져나왔다.

상담실 문을 나서는 길, 곤란한 표정으로 나를 바라보는 담임의 눈빛에 나도 모르게 씩 입가에 미소가 드리워졌다. 이내 움찔 놀라는 담임의 눈빛에서 그녀가 내 미소를 봤다는 걸 알 수 있었다. 내 본색을 그녀에게 들킨 것 같아 잠시 찝찝했지만, 그렇다고 달라질 건 없었다. 어차피 그녀는 학교에서 사라지게 될 거니까.
 장여사는 자신의 비위를 거스르는 사람에게는 가차 없었다. 그게 내가 존경해 마지않으면서도 동시에 극도로 혐오하는 그녀의 탁월한 능력이었다. 그리고 내 예상은 빗나가지 않았다. 얼마 지나지 않아 담임은 시말서를 썼고, 그리고 몇 달 후에는 사표를 냈다. 내 예상보다는 오래 걸렸다. 담임의 저항이 좀 거셌나 보다.
 "괜히 죽였나?"
 애초에 승아를 죽일 계획은 없었다. 그 애가 나를 도발하지만 않았어도 옥상 난간 밖으로 밀어버리는 일은 없었을 거다. 물론 발가락 사이의 모래가 없어지자, 걸음이 한결 편해지기는 했다. 그러나 이내 시간이 지나자 무료해지기 시작했다. 학교, 집, 학원을 오가는 삶은 지루하기 짝이 없었다.
 게다가 그 망할 형사가 찾아온 이후로 장여사의 간섭은 더욱 심해졌다. 은형사의 방문은 혹여나, 대학에 가기 전에 불미스러운 일이 벌어질까 봐 그녀의 노심초사를 더욱 부채질했다. 그럴수록 숨이 턱턱 막혀왔다. 숨이 막혀 죽을 것만 같았다. 흡사 장여사가 두 손으로 내 목을 조르고 있는 것 같았다.
 차창 밖으로 창밖의 풍경이 의미 없이 스쳐 지나갔다. 자동차가 버스 정류장을 지나칠 때, 순간 나는 버스 정류장 입간판 위에서 환하게 웃고 있는 모델 얼굴을 발견했다. 어, 우석이다! 이리 반가울 수가.
 입간판에 미소 짓고 있는 그를 따라 내 입가에도 환한 미소가 지어지고 있었다. 찾았다. 다음 재밋거리.

문자 도착음이 울렸다. 최우석. 아니, 지금은 이름을 바꾼 최이선의 문자였다.

　무슨 일이야?

문자에서도 고스란히 느껴졌다. 내 연락이 전혀 반갑지 않다는 게.
　하지만 무시할 수는 없을 거라는 걸 나는 알았다. 나는 광고주의 딸이었으니까. 하지만 그건 단순히 표면적인 이유일 뿐이었다. 이선과 내게는 떼려야 뗄 수 없는 과거가 있었다. 은밀하고도 비밀스러운!

* * *

"정말이야? 거짓말 아니고?"
　류회장은 내 말을 의심부터 했다. 그런 류회장의 반응에 장여사가 버럭 화를 냈다.
　"왜 애한테 그래요? 그러잖아도 잔뜩 겁먹은 애한테."
　"사람 인생 하나가 걸린 문제야."
　류회장이 격하게 말을 내뱉었다.
　"당신 딸 인생은 아니고요?"
　"까딱하면 사람 하나를 성추행범으로 내모는 일이라고."
　"그럼, 정화가 그런 걸로 거짓말을 했겠어요?"

류회장이 나를 빤히 바라봤다. 겁먹은 내 표정에서 진실이라도 찾아내려는 듯.

류회장은 늘 내게 그런 존재였다. 내 편이 아니라 늘 내 반대편에 서 있던 사람, 늘 내가 한 말을 내 행동을 믿어주지 않았던 사람이었다.

하지만 장여사는 달랐다. 무조건 내 편이었다. 하지만 자식에 대한 무한한 애정과 사랑 때문은 아니었다. 그저 자신의 체면이, 얼굴이 중요할 뿐이라는 걸 나는 그 어린 나이에도 알 수 있었다.

내가 느끼는 사람의 화는 주파수가 각각 달랐다. 음계가 달랐다고 해야 할까? 류회장이 낮은 도였다면 장여사는 귀청 찢어지게 하는 아주 높은 도였다. 안정적이던 사람의 불안까지 자극하는. 하지만 나는 장여사가 내는 고주파의 히스테리컬한 화보다는 류회장의 저주파에 더 타격감을 느꼈다. 더 무서웠다고나 할까? 류회장을 믿게 할 방법이 필요했다.

"우석 오빠가 봤어요."

우석은 오빠 친구였다. 나랑 같은 사립 초등학교에 다니고 나보다 두 살 많은.

종종 오빠를 따라 우리 집에 놀러 오고는 했다. 오빠 친구인 우석의 아빠가 뭘 하는 사람인지는 몰랐지만, 우리 학교에 다닐 정도면 그래도 제법 잘사는 집안의 자식이긴 한 거였다. 우리 집에 올 때마다 우석은 내게 학교 앞 문구점에서 파는 핀이며 보석 반지를 사다주곤 했다. 나는 본능적으로 알았다. 우석이 나를 좋아한다는 사실을. 하긴, 나를 좋아하지 않을 사람은 없었다.

눈 아래로 주르륵 흐르는 눈물까지 훔치며 말하는 내게서 류회장은 한참이나 시선을 떼지 못했다. 생각 중인 듯싶었다. 내 말을 믿어야 할지 말지를 고민 중인 게 분명했다. 매서운 눈빛이었다. 내 거짓 연기를 꿰뚫어버릴 수도 있을 만큼.

"오빠가 봤잖아. 아저씨가 나 만지는 거, 아저씨가 내 머리 쓰다듬고, 볼에 뽀뽀하고… 분명히 봤잖아."

"저기 그게….”

우석이 머뭇거렸다. 바보 같은 자식! 그냥 봤다고 고개만 끄덕이면 될 일을, 그게 그렇게 망설일 일인가.

"봤니? 정말 본 거야?"

류회장이 근엄한 표정으로 물었다.

"그게… 아저씨가 정화의 머리를 쓰다듬는 걸 보긴 봤는데요…."

"그리고?"

우석이 입을 꾹 다물었다. 더 이상 입을 열지 않았다. 순간 그의 뒤통수를 한 대 갈기고 싶었다.

"아저씨가 정화한테 뽀뽀도 했니?"

류회장이 다시 묻자 우석이 나를 간절한 눈빛으로 쳐다보았다. 나는 우석을 향해 눈을 부라렸다. 빨리 대답하라는 듯.

"아, 네…."

이거였다. 순간 나는 고개를 푹 숙였다. 어깨가 들썩여졌다. 사람들은 울고 있다고 생각했겠지만, 나는 피식피식 비어져 나오려는 웃음을 참느라 어쩔 줄 모르고 있었다.

그 일이 있고 난 다음 날부터 학교에서 아저씨를 볼 수 없었다. 나는 그렇게 괘씸하고 보기 싫은 사람을 시야에서 치워버릴 수 있었다. 그러니까 아저씨는 나를 더 좋아했어야 했다. 내게 더 친절했어야 했다. 아니, 내게 조금 더 순종적이었어야 했다.

그 일 이후, 우석 역시도 만날 수 없었다. 들기로는 다른 학교로 전학을 갔다고 했다. 내 부모님이 시킨 건지, 그의 부모님이 시킨 건지는 알 수 없었다.

일은 그렇게 끝이 났다. 아저씨는 어린 여자아이를 성추행한 나쁜 놈으로, 우석은 그 성추행 사건의 목격자로 그리고 나는 완벽한 피해자로!

* * *

그 아저씨는 나에게 뽀뽀한 적 없어. 너도 알고 있었지?

마지막 문자를 보낸 이후로 우석에게서 며칠째 답장이 오지 않았다. 예상했던 바였다. 그런 까닭에 여유롭게 기다려보기로 했다.

나는 안다. 내게 연락하지 않고 있을 그의 마음이 얼마나 불안하고 불편할지를. 분명 우석은 연락할 날짜를 하루하루 미루고 있을 것이다. 충분히 이해할 수 있었다. 그에게 나는 불편한 과거였다. 잊고 살았던 과거의 악몽을, 죄책감을 떠올리게 하는 매개체일지도 모른다.

그래서 기다려보기로 했다. 그가 더욱 불안해지도록. 그가 바늘방석에 앉아 안절부절못하도록 말이다. 그러다가 그를 만나면 결정타를 날릴 것이다.

"있지, 그 아저씨 너 때문에 죽은 거야."

13
심증은 있지만 물증이 없다

강재경, 현재

일부러 미적거렸다. 퇴근 시간이 한참이나 지나고, 북적이던 학교가 고요해질 때까지 기다렸다가 상담실 문을 나섰다. 아직까지는 조용했다.

교문을 나서는데, 검은색 차 한 대가 앞을 가로막았다. 깜짝 놀라 옆으로 피하려는데, 운전석에서 나온 남자가 갑자기 꾸벅 인사를 했다.

"이사장님께서 잠깐 뵙자고 하십니다."

재경은 그제야 그가 정화의 운전기사임을 알아차렸다. 정화는 그를 '문기사'라고 불렀었다.

"이사장님이요?"

이사장이 한낱 계약직 상담 선생인 재경을 찾을 일이 뭘까? 그리 좋은 일은 아닐 거라는 것만 짐작할 수 있었다. 내키지 않았다. 하지만 차 문을 잡고 재경에게 무언의 압박을 보내는 문기사의 눈빛에 어쩔 수 없이 뒷좌석에 올랐다.

"어디로 가는 건가요?"

재경이 물었지만, 돌아오는 대답은 없었다.

머쓱하게 차 안을 둘러보는데, 옆자리 발 매트에 박혀 있다시피 떨어져 있는 금속 해골 장식이 눈에 들어왔다. 낯익은 장식이었다.

어느 해, 재현의 생일인가? 재경이 샌들 신발과 함께 장식품으로 건넸던 선물이었다. 이후 재현은 샌들에 붙어 있던 해골을 떼어내 자신의 손목시계의 밴드에 끼우고 다녔었다.

그게 언제 적인지 기억도 잘 나지 않았다. 재경이 독립을 하고 난 이후에는 기념일을 챙기기는커녕, 얼굴 보는 일도 힘들어졌다. 신기했다. 이런 곳에서 똑같은 물건을 발견했다는 게.

재경은 안전띠를 헐겁게 당긴 후 허리를 숙여 해골 장식을 주웠다. 분명 정화의 취향은 아니었다. 차에 잠깐 탔던 누군가가 떨어뜨리고 갔을지도 몰랐다.

"누가 이걸 떨어뜨렸나 봐요."

재경이 해골 장식품을 보이며 문기사에게 말을 걸었다. 문기사가 힐끗 보는가 싶더니 무뚝뚝한 말투로 그제야 대답했다.

"버리세요."

머쓱해진 재경은 그 해골을 자신의 가방에 넣었다. 차는 인적이 드문 교외로 향하는가 싶더니, 외진 카페 건물 앞에 멈췄다. 문기사가 얼른 내려서는 재경이 앉아있는 뒷좌석의 차 문을 열었다. 어색하고 민망하기 그지없었다.

"감사합니다."

"안으로 들어가시면 됩니다."

문기사가 차에 오르는 모습을 잠시 보다가 재경은 카페 건물 안으로 걸음을 옮겼다. 안으로 들어가자, 직원이 기다렸다는 듯 안쪽 공간으로 안내한다.

자리에 앉아 있던 장여사가 재경을 보자 고개를 까딱였다. 그러고는 턱 끝으로 앞자리를 가리켰다.

"거기 앉아요."

그리고 그녀의 어깨 너머로 곧장 시선을 던졌다.

"왔다 갔다 하면 정신 사나우니까, 주문을 받고 나가지."

"따뜻한 아메리카노요."

재경의 말이 끝나기가 무섭게 직원이 시야에서 사라졌다가 나타났다. 미리 준비라도 해놓은 듯 아메리카노 잔을 놓고는 이내 또 소리 없이 사라졌다.

"마셔요."

강압적인 말투였다. 재경이 잔에 입을 댔다 떼기를 기다리는지 장여사가 재경을 물끄러미 보았다.

"이 정도면 우리도 할 만큼 한 거 아닌가?"

"무슨 말씀이신지…."

"강선생이 우리 학교에 지원서를 넣었을 때, 나는 반대했어요. 굳이 다 지난 일 들쑤실 필요가 있을까 싶어서."

여전히 재경은 무슨 말인지 이해하지 못했다.

"이렇게 골치 아픈 일이 생길 줄 알았으면 좀 더 적극적으로 반대했을 텐데…. 류회장이 도의적 책임이니, 어쩌니 해서…."

"저기요, 이사장님… 도대체 무슨 말씀을 하시는 건지 모르겠어요."

"상담 선생이라는 사람이, 그렇게 눈치가 없나요?"

어디서 많이 듣던 빈정대는 말투. 고급스럽게 포장했지만, 의도는 여지없이 날카로웠다. 그 엄마에 그 딸이었다.

"벌써 십 년이나 지난 일이에요. 위로금도 줬고, 강선생 아등바등하는 게 안타까워 우리 학교에 취직도 시켜줬고…."

"그건… 저를 뽑으신 이유가 따로 있다는 말씀인가요?"

자신도 모르게 격한 말투가 튀어나왔다. 장여사가 힐끗 노려보더니 눈살을 찌푸린다.

"강선생 스펙에 우리 학교가 가당키나 해요?"

"그러니까, 제가 이사장님 딸인 류정화 학생의 거짓말로 인해 억울하게 누명을 쓰고 죽은 강민수 씨의 딸이라는 사실을 알고 뽑았다고 말씀하시는 거냐고요, 지금?"

혼란스러운 감정이 이제는 분노로 바뀌고 있었다.

"그럼 그것도 모르고 뽑았을까 봐서요."

한심하다는 듯, 대수롭지 않다는 듯 내뱉는 장여사의 말이 재경에게는 더 큰 충격으로 다가왔다.

"그랬으면 좀 조용히 살아야지. 어디 감히 찾아와서 협박이야, 협박은?"

"협박이라니요? 그건 또 무슨 말씀이세요?"

장여사의 눈빛이 이내 차갑게 변한다.

"그래도 강재경 선생은 사람 말은 알아들을 것 같아서 내가 친히 불러서 얘기해주는 거예요. 지금 삶이라도 유지하고 싶으면 조용히 살아요. 일 더 키우지 말고. 동생 입단속 잘 시키고."

볼일이 끝났다는 듯 장여사가 자리에서 슬며시 일어났다.

"천천히 마시고 나와요. 문기사 대기시켜놨으니 그 차 타고 가고."

"됐습니다. 알아서 가겠습니다."

더럽고 치사했다. 몰랐을 때는 타고 왔지만, 더는 싸구려 호의를 베풀며 제 우위를 확인하려는 그 유치함에 장단을 맞춰주고 싶지는 않았다.

"그럼, 그러든가."

그 말을 끝으로 장여사가 사라지자 그제야 고요가 찾아왔다.

어떻게 알았는지, 재현이 이사장을 찾아간 모양이었다. 돈이라도 내놓으라고 한 건가? 그러다 재경은 문득 차에서 발견한 해골 장식품을 기억해냈다. 그건 재현이 떨구고 간 게 분명했다.

전화를 걸어 욕이라도 퍼부어주고 싶었지만, 일단은 참기로 했다. 그렇게 결정하고 나니 갈증이 밀려왔다. 재경은 앞에 놓인 찻잔을 들어 커피를 마셨다. 그래도 갈증은 가시지 않았고, 목은 타들어 가는 듯 말랐다.

머리를 흔들어 잡생각을 털어내고, 물을 틀어 분노를 풀어내듯 힘주어 냄비를 박박 문지르는데, 휴대폰 전화벨이 울렸다. 누굴까? 이 늦은 밤에.

벌써 골치가 아팠다. 요즘 부쩍 경우의 수가 많아진 탓이다. 엄마, 은형사, 설아, 윤정, 뭐 하나 쉽고 편한 전화가 없었다.

상대를 확인하지 않고 스피커 통화 버튼을 누르자, 휴대폰에서 다급한 엄마의 목소리가 들렸다. 호랑이도 제 말 하면 온다더니!

— 재경아, 재현이가 집에 안 들어온다. 벌써 삼 일째야. 무슨 일이 있는 건 아니겠지?

'어디 가서 술 퍼먹고 친구 집에서 자고 있겠지, 아니면 어디 유치장에 있든가.'

생각은 그랬다. 하지만 그렇게 내뱉을 수는 없었다.

"전화는 해보셨어요?"

— 해봤지? 신호만 가고 받지를 않네.

그러고는 마지막 말을 조심스럽게 물어왔다.

— 경찰에 신고해야 할까?

"엄마, 걔도 다 큰 성인이야. 조금만 더 기다려봐요. 제 성질 풀리면 곧 들어오겠지."

— 저기 그게, 재경아….

엄마의 목소리에서 뭔가 일이 있었음이 느껴졌다. 일순 피로감이 몰려들었다.

— 재현이가 다 알아버렸어.

"뭘 다 알아버렸다는…."

순간 뒤통수를 한 대 맞은 것처럼 정신이 멍해졌다.

엄마와 통화를 끊고 나니 재경은 마음이 더 불편해졌다.

엄마 전화도 안 받는 녀석이 제 전화를 받을까 싶기는 했지만, 재현의 번호를 찾아서 통화 버튼을 눌렀다. 받으면 무슨 말을 할까…, 그런 고민할 필요는 없었다. 신호는 음성 사서함으로 넘어갔다.

전화를 끊은 재경은 문득 재현이 문기사의 차에 흘리고 간 해골 장식품을 떠올렸다. 가방을 뒤져 해골 장식품을 찾아냈다. 사진을 찍어 문자와 함께 재현에게 보냈다.

재현아, 어디니? 이거 내가 갖고 있어. 만나면 주려고 챙겨놨어.
연락해.

아버지의 죽음 이후 걷잡을 수 없이 소원해진 가족이었다. 이제 아버지가 억울한 누명을 썼다는 걸 알게 됐으니 다시 예전처럼 화목해질 수 있을까? 언젠가 나도 소박하게나마 행복이라는 걸 느끼며 살 수 있을까? 차오르는 눈물을 어깨로 꾹꾹 찍어내며, 이미 기름때가 얼추 닦인 냄비만 괜히 더 박박 문질렀다.

얼마나 문질러 댔는지 모르겠다. 냄비는 거의 새것이 됐다. 코팅이 다 벗겨진 탓일지도 몰랐다. 어쨌든 깨끗해진 냄비를 보면서, 재경은 떠올리고 싶지 않은 과거의 얼룩진 기억들도 이렇게 싹싹 문질러 없애버리고 싶다고 생각했다.

상담실 벽시계의 째깍거리는 소리만 들려왔다. 웅성이던 학생들의 소리도 사라져버린 지 한참이었다.

재경은 창가에 놓인 다 시들어버린 율마 화분으로 눈길을 돌렸다. 죽은 건 분명했다. 하지만 차마 매정하게 치워버릴 엄두를 못 내고 있었다. 다시 봄이 오면, 기적처럼 살아나 주지 않을까 하는 어리석고 미련한 기대를 품은 채.

문밖에서 누군가 급하게 걸어오는 소리가 들렸다. 뛰어오는 듯도 싶었다. 서두르는 게 오히려 이상할 만큼 늦은 시간, 매사 별 이유도 없이 저리 급하게 움직이는 건 이 학교에서도 설아뿐일 거였다.

설아는 요즘 윤정 옆에 꼭 붙어 다니고 있었다. 사실 윤정을 감시하고 있는 거나 마찬가지였다. 아마 또 음악 소리가 들리거나 하는 탓이겠지. 잠시 눈을 뗐다가 어느 순간에 옥상 난간에, 아니면 한강 다리 난간에 올라갈지 알 수 없는 일이었다. 덕분에 윤정 역시 정화와는 거리를 두고 지내는 듯했다.

통통 튀는 걸음은 정확히 상담실 문 앞에서 멎었다. 바쁘게 노크하는 소리가 들리고, 대답은 듣지도 않은 채 문을 벌컥 열겠지. 또 어떤 말로 사람을 기함하게 할지는 모르겠지만, 습관이 무섭다고 어느덧 그런 설아의 등장에 재경도 익숙해졌다.

그런데 노크도 없이 문이 벌컥 열렸다. 그래도 설아일 거라 단정하고 고개를 들었다가 재경은 움찔 놀라고 말았다. 정화였다.

"아 계셨구나, 다행이에요. 퇴근하셨을까 봐 걱정했네."

다짜고짜 안으로 들어서더니 정화는 태연하게 상담실을 둘러봤다.

"이렇게 생겼구나, 상담실이라는 게. 별거 없네요."

"아, 정화 학생, 무슨 일로…."

"어머, 무슨 일은요? 상담실에 상담하러 왔죠. 심심해서 왔겠어요?"

재경이 슬쩍 벽에 걸린 시계를 보았다. 퇴근 시간도, 하교 시간도 한참 지나 있었다. 그러니까 정화는 일부러 기다린 거다. 재경이 상담실에서 나와, 제 발로 자신의 마귀굴 같은 아가리로 기어들어 오기를 기다리다가, 더는 못 참고 쳐들어온 게 분명했다.

'내일 보자고 할까?'

하지만 입에서는 생각과 다른 말이 튀어나왔다.

"차 한 잔 줄까?"

궁금했다. 정화가 무슨 말을 할지…. 재경은 결국 불나방 같은 습성을 버리지 못하고 불구덩이를 향해 뛰어들었다.

"괜찮아요. 팩에 담긴 차는 종이 맛이 나서 역겹거든요."

저 입에서 나오는 한마디 한마디가 뒤통수를 한 대 때려버리고 싶도록 얄미웠다. 하지만 차마 애랑 똑같이 굴 수 없어 애써 자애로운 미소를 지어 보였다.

'착한 사람 콤플렉스인가?'

그렇게 보이기는 싫었다.

"괜찮아요, 하면 끝날걸. 굳이 뒷말을 붙여야겠니?"

재경이 그녀의 무례함을 에둘러 나무랐다. 하지만 정화도 만만치 않았다.

"어, 싸구려 맛은 별로라고 하려다가 너무 무례한 것 같아서 돌려 말한 건데. 그게 평소 제 느낌이거든요. 기분 나쁘셨어요? 그랬다면 죄송해요, 선생님! 근데요, 제가 가식은 딱 질색인 사람이라서요. 아시면서."

멋대로 의자를 끌어다 앉더니 등을 의자에 기대고 다리를 쭉 폈다. 되바라진 정화의 모습을 관찰하다, 재경은 정면으로 눈이 마주쳤다. 정화가 기다렸다는 듯 입을 열었다.

"윤정이가요."

"윤정 학생이 왜?"

"걔가 요즘 이상해요."

"이상하다니?"

"자꾸 절 피하는 거 같거든요."

정화가 그 말을 던져놓고는, 재경의 표정을 살폈다.

"윤정 학생이 왜? 두 사람 친했잖아?"

"그러니까 말이에요. 혹시 선생님은 그 이유를 아실까 해서요."

"내가 어떻게…."

"제가 뭘 잘못했는지 알아야 사과를 하든, 오해를 풀든 할 텐데, 저를 피하기만 하니 알 수가 있어야지요."

"그러게, 많이 속상하겠네."

"뭐, 속상… 이라기보다는 걱정이 좀 돼서요."

"걱정이라니?"

"걔가요, 요즘 들어 죽고 싶다는 소리를 종종 하거든요. 자꾸 그런 소리를 하니까 걱정이 돼서요. 선생님께서는 못 느끼셨어요? 그런 조짐… 같은 거?"

은근히 떠보는 것 같았다. 여기서 조금이라도 말을 잘못했다간 윤정의 입장이 난처해질지 몰랐다. 그럴 때는 모른 척하는 게 최고의 방어였다.

"글쎄… 나는 고작 몇 번 본 게 전부인데, 늘 붙어 다니는 정화 학생이 더 잘 알지 않을까? 윤정 학생에게 죽고 싶을 만큼 힘든 일이 뭐가 있는지?"

"그게요… 미술 선생님 그렇게 돌아가시고 나서부터 많이 힘들어했거든요."

정화가 힐끗 재경의 눈을 보았다. 또다시 반응을 살피는 것 같았다. 아무리 영악하다 해도 고작 18살 아이인데. 얕은 도발에 걸려들어 허우적거릴 수는 없었다.

"미술 선생님 일은… 윤정 학생 말고도 많은 친구들이 힘들어했을 거야."

"아니요, 그 말이 아니고요."

재경은 갑자기 얼굴이 따가웠다. 말을 왜 그렇게 못 알아듣냐는 듯한 짜증 섞인 말투가 할퀴는 것 같았다. 하지만 정화는 곧 원래대로 돌아와 평온한 어조로 설명을 이어갔다.

"윤정이가 미술 선생님이랑 친했거든요. 웹툰 공모전도 같이 준비하고 그랬는데."

재경도 정화의 얼굴을 물끄러미 바라보며 이런 이야기를 하는 의도가 뭔지 생각했다. 그런 재경의 시선이 불편했는지, 정화가 슬쩍 시선을 돌렸다. 속을 알 수 없는 까만 눈동자에 말라비틀어진 율마가 잠시 맺혔다.

"윤정이가 미술 선생님이 돌아가신 건 자기 탓이라는 죄책감을 느끼고 있었거든요. 사실 뭐, 윤정이가 그린 웹툰이 미술 선생님의 죽음에 영향을 끼친 것도 맞긴 하지만요."

정화는 걱정하는 척, 교묘하게 백선생의 죽음을 전부 윤정의 탓으로 돌리고 있었다.

"그게 무슨 말이니?"

"윤정이가 그린 웹툰 장면에 한 여선생이 교감한테 성추행당하는 모습이 있었어요. 어쩌다 미술 선생님이 그걸 보게 되셨고… 그리고 자살하신 거죠."

재경은 잠시 숨을 골랐다. 머릿속에서 무언가가 조용히 부서지는 소리가 났다. 정화의 말, 그 안에 감춰진 구멍과 단어들 사이의 틈이 이상하게 거슬렸다.

그림을 그린 건 윤정이였지만, 이야기를 만든 건 누구였는지, 처음 그 아이디어가 누구한테서 나왔는지, 정화는 말하지 않았다. 물론 절대 말할 생각이 없는 게 분명했다.

"그래서 네가 생각하기엔, 그 모든 일이 윤정이 탓이라는 거니?"

재경은 조용하지만 단호하게 물었다. 목소리에는 흔들림이 없었다.

정화는 잠시 눈을 피했다가, 억지로 웃으려는 사람처럼 부자연스럽게 입꼬리를 올렸다.

"그냥… 그런 일이 있었다는 거예요. 다들 몰랐을 테니까."

재경은 천천히 고개를 끄덕였다. 그러면서도, 절로 마음 한쪽이 차갑게 식었다. 고작 18살이라지만 정화는 생각했던 것보다 훨

쎈 소통에 능했다. 그녀는 말하는 것보다 말하지 않은 것들, 침묵에 더 많은 의미를 담는 법을 본능적으로 아는 것 같았다.

"만약 그게 사실이라면 윤정 학생이 많이 힘들겠네."

섬뜩함에 진저리를 치고 싶었지만, 재경은 동요하지 않은 척 억지로 목소리를 입 밖으로 밀어냈다.

"제가 말리긴 했어요. 하지만 윤정이한테는 이미 교감 선생님의 만행을 알려야 미술 선생님을 도울 수 있다는 믿음이 워낙 확고해서요. 결국 그 정의감이 미술 선생님을 죽게 한 거죠."

말도 안 되는 궤변이었다.

"윤정이는 좋은 의도였다며?"

윤정의 편을 들어주고 싶었다기보다는 정화의 말에 반박하고 싶었다.

"의도가 좋다고 용서받을 수 있는 걸까요?"

정화의 말에 곧 날이 섰다. 자신의 대답이 맘에 들지 않는 게 분명했다.

"사람이 살다 보면 의도치 않게 일이 벌어지기도 하니까. 정화 학생이 옆에서 잘 다독여줘야겠네."

"그래야겠죠. 근데요, 선생님! 문득문득 겁이 나요. 윤정이가 잘 못된 선택을 할까 봐. 만약에 정말 윤정이가 죽기라도 하면 어떡하죠?"

간절한 투였지만 진심은 느껴지지 않았다. 정화가 하고 싶은 말은 따로 있는 게 분명했다.

'윤정이는 곧 죽을 거야. 하지만 그게 나 때문은 아니야'라고.

"퇴근 시간 지났는데, 시간 뺏어서 죄송해요. 오늘 상담 감사해요, 선생님!"

의자를 밀어내고 일어난 정화가 꾸벅 인사를 하더니 가뿐한 걸음으로 돌아섰다. 친구가 걱정돼서 어쩔 줄 몰라 하던 것과는 어울리지 않는 몸짓이었다. 멍하니 뒷모습을 보는데, 문 앞에 선 정화가 갑자기 생각났다는 듯 돌아보았다.

"아, 근데 선생님!"

무슨 말이 더 남은 걸까?

"우리 장여사 만났다면서요?"

"장여사?"

재경은 한 박자 늦게 그것이 정화가 자신의 엄마를 지칭할 때 쓰는 말임을 인지했다.

"사실, 저도 다 알거든요."

"뭘… 다 아는데?"

"선생님이 그 옛날 옛적에, 자살한 아저씨 딸이라는 거요."

그러고는 살짝 미간을 찌푸린다. 그 일을 떠올리니 영 기분이 상한다는 듯.

책상 아래 내려둔 손이 달달 떨리기 시작했다. 재경은 혹여나 정화가 눈치채고 비웃을까 싶어 두 손에 주먹을 불끈 쥐었다.

"그럼, 그날도 알고 있었던 거니?"

재경은 더 망설이지 않고 물었다. 노력이 무색하게도, 질문 끝이 살짝 떨리고 말았다.

"당연하죠."

놀랍게도 정화는 깔깔 웃더니, 이내 정색하고 다시 말을 이었다.

"선생님도 알고 있었잖아요? 그러면서 가식은 얼마나 오지게 떠시는지. 질투심은 인간의 본성이라느니, 이분법적으로 생각할 일은 아니라느니. 꼴에 관대한 척. 그날 선생님 모습이 얼마나 역겨웠는지 알아요?"

재경은 발을 헛디딘 것처럼 휘청거렸다. 간신히 책상을 붙들고 있었기에 망정이지, 아니었다면 그대로 쓰러졌을 것이다. 저도 모르게 입술을 질끈 깨물었다. 툭 터지는 느낌과 함께 피비린내가 입속에 진동했다.

그래도 물어야 했다. 이 말이야말로 가장 하고 싶었고, 그에 대한 대답이 간절했던 것이다.

"안다니까 묻는 건데, 미안하지 않니?"

"······."

"우리 아빠한테. 그리고 나한테."

가장 깊은 절망의 우물에서 건져 올린 질문이었다. 그리고 그렇게 힘들게 건져진 물음을 정화는 간단히 내팽개쳤다.

"아뇨, 왜 미안해야 하는데요? 제가 뭘 잘못했는데요?"

변명이 아니었다. 정말 모르겠다는 표정이었다.

"네가 한 거짓말 때문에 우리 아빠가 죽었어. 너 때문에 우리 가족은···."

재경은 차마 뒷말을 이어갈 수 없었다. 너 때문에 우리 모두의 인생이 풍비박산 났다고.

"제가 죽인 건 아니잖아요. 자기 손으로 죽었지. 근데 왜 내가 미안해야 하는 건데요? 그게 자살까지 할 일이에요?"

정화의 마지막 말에 재경은 훅, 숨을 들이쉬었다. 이대로 더 버티는 건 무리였다. 숨구멍이 좁아드는 것 같았고, 곧 막혀버릴지도 모른다는 공포가 가슴을 두드려댔다.

"선생님이야말로 고마워할 줄 모르는 거 아니에요?"

"고마워해야 한다고? 너한테?"

"아등바등 사는 인생 구제해줬더니 고마운 줄 모르고, 미안해하라고 할질 않나, 돈 내놓으라고 협박을 하질 않나! 가족들 수준이 딱 그 정도인 거겠지만."

재경은 머릿속이 새카매지는 기분이었다. 하고 싶은 말들이 죄다 검게 뒤덮이고 있었다. 이제 무슨 말을 어떻게 해야 할지 알 수 없었다.

"류회장이 선생님을 채용하겠다고 한 날, 장여사가 길길이 날뛰는 걸 우연히 들었거든요. 검은 머리 짐승 거두는 거 아니라고, 없는 것들은 베풀어줘봤자 고마운 것도 모르고 제 배 불릴 생각만 하는 것들이라고. 저도 그때는 '저게 그렇게까지 난리 칠 일이야? 그냥 불쌍한 인생 구제하는 셈 치고 뽑아주면 되지' 그랬는데. 결국 장여사 말이 맞았네요?"

제 부모는 '류회장'이니, '장여사'니, 기막힌 호칭으로 부르면서 정작 재경에게만은 꼬박꼬박 '선생님'이었다. 정화는 학생이라는 신분을 십분 활용해 재경에게 제 무력한 처지를 각인시키고 있었다. 그녀가 손발이 묶인 채 몸부림치는 걸 보면서, 죄책감 없이 마음을 난도질했다. 과연 모전여전이었다.

"정화야, 넌 네가 솔직한 사람이라고 했지? 아니야, 그건 그저 솔직을 가장한 폭력에 불과해."

"아, 진짜! 선생님! 자꾸 그렇게 몰아가지 마세요. 상처는 본인 몫이에요. 사람들 하는 말마다 상처받고, 그래서 죽는다면, 세상에 살아남는 사람이 몇이나 되겠어요. 그러니까 선생님! 버틸 깜냥도 안 되면서 좌충우돌 날뛰지 마시고, 자중 좀 하시라고요, 네?"

싸늘한 비웃음을 남기고 정화는 바로 등을 돌려 사라졌다.

어쩌면 오늘 정화가 하고 싶었던 이야기는 이거였을지 모른다는 생각이 들었다. 문이 닫히고도 재경은 한동안 망연자실했다. 정화가 다시 돌아오지는 않을 거라는 확신이 들고서야 참았던 신음을 터트렸다. 꺼억, 꺼억, 숨죽인 소리와 함께 눈물도 쏟아지기 시작했다. 슬퍼서가 아니었다. 이건 분노의 눈물이었다.

재경은 앞으로 꺾이려는 고개를 애써 빳빳이 들었다. 볼을 타고 뜨거운 눈물이 흐르는 게 느껴졌다. 엎드려 울고 싶지만 참아야 했다. 여기서 무너질 수는 없었다.

13-1
끝나지 않은 악몽

윤설아, 현재

새 소리가 들려왔다. 쏟아지는 따스한 햇살이 얼굴을 어루만졌다. 입가에 미소가 절로 머금어졌다. 주욱 기지개를 켜며 자리에서 일어나려는데, 몸이 움직이지 않았다.

놀라 '엄마' 하며 비명을 질러대지만, 목소리도 나오지 않았다.

공포가 엄습해왔다. 다시 한번 몸을 일으키려고 안간힘을 써보지만, 조금도 움직여지지 않았다. 이어 차게 식은 뺨에 바람이 획 이는가 싶더니, 귓가에 속삭이는 음성이 들려왔다.

"있잖아, 네 언니, 승아…."

데자뷔인가? 낯설지 않은 기억이다. 아니 현실인가? 뒤죽박죽인 시간 감각 속에 나는 더욱 혼란스러워지기 시작했다.

"자살한 거 아니야. 자살 당한 거야."

누구야? 너 누군데 그런 말을 하는 거야? 눈을 떠야 했다. 누군지 알아야 했다. 하지만 눈꺼풀이 쇳덩어리처럼 무거워 떠지지 않았다. 또다시 정신이 육체에 갇혀버린 건가! 그런 생각이 들자 미칠 듯한 공포가 밀려들었다. 이건 분명 꿈이다. 꿈이어야 했다.

그때, 향긋한 냄새가 코끝을 자극했다.

향수 냄새…. 점점 더 그 냄새가 강해지더니 이내 다시 옅어졌다. 어느 순간 찢어지는 듯한 비명이 내 귀에서 울려대고 있었다.

눈을 떴다. 악몽이었다. 여전히 향수 냄새가 코끝에서 떠나지 않고 있었다.

'그 냄새를… 어디서 맡았더라?'

악몽에서 깨어났다는 안도도 잠시, 얼굴이 도로 굳어지는 게 느껴졌다. 익숙했던 그 냄새의 주인공은… 윤정 언니였다.

"선생님!"

상담실 문을 벌컥 열고 외쳤다.

"왜? 또? 무슨 일인데?"

재경 선생님의 반응은 늘 그렇듯 놀란 토끼 같았다. 내가 무슨 말을 하기도 전에 이미 심장이 두근거리는 게 눈에 보였다.

"승아 언니요, 아무래도 자살이 아닌 거 같아요."

선생님 얼굴에 의아함이 먼저 떠오르는 게 아니라 폭탄이 터진 듯한 충격이 번졌다.

"무슨 말이니, 그게?"

선생님의 눈동자가 격렬하게 흔들린다.

꿈속에서 들었던 말을, 선생님을 보며 그대로 따라했다.

"네 언니… 자살한 거 아냐. 자살 당한 거야."

내 입에서 처음으로 나온 것이 분명한 그 말이 이상하리만치 선명했다. 마치 누군가가 내 귀에 속삭였던 그 말을 언젠가 실제로 들었던 것처럼.

"꿈인 줄 알았는데, 꿈이 아니었어요. 병원에 누워 있을 때, 누군가 찾아와 제 귀에 속삭였어요."

"누군데? 그 말을 한 사람이!"

선생님이 소리치듯 물었다. 떠오른 이름은 하나였다.

"윤정 언니요."

말이 끝나자마자 상담실 문이 벌컥 열렸다.

윤정 언니였다.

"선생님 바쁘세…."

들어오던 윤정 언니가 나를 발견하더니 그대로 얼어붙었다. 떨리는 음성이 내 귀에 그대로 박혔다. 나는 숨을 멈췄다. 맞아, 이 향수….

"그러니까, 이 향수 냄새요."

윤정 언니가 문을 닫고 뛰쳐나갔다. 하지만 확신은 더욱 짙어졌다. 나는 상담실 문을 열고 뛰어나가 윤정 언니를 막아섰다.

"언니… 얘기 좀 해요. 언니 맞죠?"

코끝으로 스치는 익숙한 향. 나는 코를 킁킁거리며 확신을 더해갔다.

"이 향수 냄새, 분명해요. 병원에 온 거 언니 맞잖아요? 그날 언니가 내 귀에 속삭였잖아요. 네 언니 자살한 거 아냐, 자살 당한 거야."

윤정 언니의 얼굴이 하얗게 질렸다.

"말해봐요. 언니가 우리 승아 언니 죽게 한 거예요?"

윤정 언니가 펄쩍 뛰었다.

"야, 윤설아, 너 미쳤어? 어떻게 그런 생각을 할 수가 있어! 나 아니야."

그러고는 재경 선생님을 향해 도움을 청하듯 목소리를 높였다.

"선생님! 저 아니에요. 제가 어떻게 사람을 죽여요. 저 아니에요."

윤정 언니의 눈에는 억울함이 가득했다. 한편으로는 강한 확신도 느껴졌다. 범인이 '다른 누군가'라는 걸 아는 것처럼.

"그러면 그 죄책감은 뭔데요? 그 죄책감 때문에 죽으려는 거 아니에요?"

숨겨놓은 비밀을 들키기라도 한 듯 윤정이 공포에 찬 표정을 지었다.

"죽으려고 하다니? 누가?"

"언니가!"

그 순간 날카로운 목소리가 불쑥 튀어나왔다.

"얘가 아니라잖아. 아니라는데 왜 사람을 괴롭히고 그러니?"

"정화야…."

윤정 언니가 공포에 찬 시선으로 내 뒤를 넘겨보았다. 류정화. 2학년 선배, 윤정 언니 친구였다. 나를 노려보는 그녀의 눈빛은 불길처럼 일렁이고 있었다. 그러고는 이내 곧 의미심장한 눈빛으로 바뀌었다.

"아, 너였구나?"

소름이 등줄기를 타고 올라왔다.

"저를… 아세요?"

비웃는 듯 그녀의 입꼬리가 올라갔다.

"돌아이에 꼴통! 네 언니가 그랬는데."

"승아 언니를… 알아요?"

내 목소리가 떨리고 있었다. 그녀의 입을 통해 나온 뜻밖의 이름에 잠시 당황한 탓이었다. 하지만 그녀는, 류정화는 어디 잠깐 놀러 다녀왔다고 말하듯 가볍다 못해 경박한 투로 그 일을 언급했다.

"그럼, 장례식까지 다녀왔는걸."

나는 입술을 깨물었다.

"네 언니, 너 되게 싫어했는데? 게다가 너희 친자매도 아니라면서?"

이건 또 무슨 소린가? 말도 안 되는 거짓말을.

"그게 무슨 말이에요?"

얼떨결에 되물었다.

"정화야, 나 괜찮으니까 이제 그만해."

윤정 언니가 정화 선배의 팔을 잡자, 그녀가 팔을 세차게 떨쳐냈다. 그러고는 앙칼진 표정으로 윤정 언니를 보았다.

"뭐가 괜찮은데? 뭘 그만하라는 건데? 너는 왜 매번 병신같이 대답도 못 하고 당하니? 졸지에 네가 살인자로 몰릴 판인데, 그 말을 듣고도 벌벌 떨면서 고작 한다는 말이, 선생님, 저 아니에요? 화를 내야지, 그럴 때는 화를 내야 하는 거야. 알겠어?"

윤정 언니가 무기력하게 고개를 끄덕였다. 하지만 정화 선배의 다그침은 거기에서 멈추지 않았다.

"내가 너한테 진짜 짜증이 나는 게 뭔지 알아? 네 몸에서 나는 쿰쿰한 젓갈 냄새 따위는 참을 수 있어. 내가 제일 짜증 나는 건, 아닌 걸 아니라고 말 못 하는 너의 그 비굴함이라고!"

선배의 시선이 이번엔 선생님에게로 옮겨갔다. 잔뜩 독기가 오른 눈빛이었다.

"선생님도 이러시는 거 아니죠. 선생님 맞아요? 아무리 애가 착하고 모자라도 그렇지, 애한테 살인 누명은 너무 심하잖아요."

선배의 태도는 묘했다. 윤정 언니의 편을 드는 건지, 아니면 엿을 먹이려는 건지 좀처럼 가늠할 수 없었다.

선생님이 당황하며 말을 꺼내려는 순간, 내가 말을 가로챘다.

"선생님이 왜요? 잘못을 했어도 제가 했고, 사과를 해도 제가 해야 하는 건데. 윤정 언니, 아니라는 거죠? 만약 언니가 아니라면 미안해요."

내 말이 끝나자마자 정화 선배가 앙칼지게 협박을 날려왔다.

"또 한 번 윤정이 건드리면 내가 가만있지 않을 거야. 알겠어?"

윤정 언니가 복잡한 표정으로 나와 선생님을 바라보더니 정화 선배의 손에 끌려갔다. 정화 선배가 걸음을 멈추고 돌아봤다.

"내가 알려줄까? 네 언니가 왜 자살했는지?"

나는 성큼성큼 걸어서 정화 선배의 앞에 섰다. 그러고는 똑바로 바라보며 물었다.

"왜 죽었는데요? 우리 언니?"

정화 선배가 재미있다는 듯 씩 웃는다.

"민우한테 물어봐. 민우라면 그 이유를 아주 잘 알 거거든."

뜬금없이 나온 민우의 이름에 잠시 멍한 표정으로 그녀를 봤다.

"민우라고 했어요, 지금? 민우가 왜요? 뭐요? 민우가 뭘 아는데요?"

"그러니까 가서 물어보라고."

그러고는 씩 웃기만 했다. 묻는 이유를 쉽게 말해줄 생각은 없어 보였다. 기분 나쁜 미소를 남기고 돌아서 걸어가려는 순간 나는 그녀의 팔을 잡아 확 꺾었다.

"아악…!"

"설아야!"

선생님의 다급한 외침은 찢어지는 선배의 비명에 묻히고 말았다.

"감히 내 몸에 손을 대? 네가 지금 죽고 싶어 환장한 거지? 이거 못 놔?"

선배가 고함을 질러대며 팔을 빼보려 했지만 난 꿈쩍도 하지 않았다. 그러니까 나를 건드리면 안 되는 거였다.

"그러니까 말을 하고 가라고. 민우가 뭘 어쨌는데?"

"그러니까 가서 물어보라고!"

정화 선배도 만만치 않게 버텼다. 잽싸게 반대편 쪽 손으로 내 머리채라도 잡으려는 듯 팔을 날리는데, 반사적으로 발을 빼고는 선배의 팔을 놔버렸다. 순간 그녀가 중심을 잃고 앞으로 엎어졌다.

"아악!"

또 다른 비명이 울려댔다. 엎어져 있던 정화가 일어나는데, 코에서 피가 주르륵 흘렀다.

"어머 피! 정화야, 너 코피 나!"

윤정 언니가 놀라 소리 지르자, 정화 선배가 자신의 코를 손등으로 쓱 문질렀다.

"아, 씨! 이게 뭐야?"

주머니에서 손수건을 꺼내 닦아내더니 다시 나를 빤히 보았다.

"그래, 좋아. 그렇게 궁금하다니까 말해줄게."

그러고는 또 씩 웃었다. 본능적으로 거부감이 들 만큼 비열해 보이는 웃음이었다.

"승아가 민우를 좋아했거든. 아주 많이…."

선배가 잠시 말을 끊고 내 표정을 살폈다.

"말도 안 돼."

선배는 어깨를 한 번 으쓱하고는 말을 이어갔다.

"좋아한다고 고백까지 했다니까. 그런데 민우가 보기 좋게 거절했지. 나 같아도 거절했을 거야. 누가 승아 같이 못생긴 앨 좋아하겠어?"

선배가 내뱉는 말 한마디 한마디마다 승아 언니를 향한 경멸이 담겨 있었다.

"무슨 말을 그렇게 해요?"

"창피했을 거야. 죽고 싶을 만큼!"

의기양양한 표정으로 선배가 나를 뚫어져라 쳐다봤다.

"지금… 민우한테 고백을 거절당하는 바람에 우리 언니가 죽었다는 거예요?"

"꼭 그렇다는 건 아니고… 그랬을 수도 있다는 거지."

정화 선배의 표정은 이내 평온했고 여유로웠다. 오후의 햇볕을 쬐고 늘어지게 기지개를 켜는 고양이처럼 나른해 보이기까지 했다. 그녀가 내뱉는 말과 표정 하나하나가 모두 교묘하게 내 심기를 건드리고 있었다.

"더 어이가 없는 건, 그렇게 거절당해 놓고 뻔뻔하게 친구들한테는 거짓말을 한 거야. 민우랑 사귄다고…. 물론 가당찮은 거짓말이라 금방 들키긴 했어. 그러고 나서 며칠 있다가 학교 옥상에서 피우우웅… 떨어진 거지."

잠시 침묵이 내려앉았다. 그 침묵은 끔찍한 시간이었다. 승아가 공중에 몸을 날려 바닥에 추락하는 것을 상상하게 하는 충격의 침묵이었다.

"이제 알겠니? 괜히 불쌍한 윤정이 갖고 그러지 말고, 원망의 대상을 찾고 싶으면 승아의 그 간절한 마음을 거절한 민우한테 찾아가 보든가. 윤정아, 가자."

정화 선배가 윤정 언니의 팔을 낚아채서 팔짱을 끼고는 다급하게 자리를 떠났다. 나는 멍하니 그 모습을 지켜보고 있을 수밖에 없었다. 그 와중에도 때아닌 캐롤은 계속되고 있었다. 윤정 언니가 멀어지자 조금씩 희미해지긴 했다.

14
죽이려는 자, 살리려는 자

강재경, 현재

'음악 소리가 들려요. 멈춘 적이 없어요.'

퇴근 시간까지 설아의 음성이 계속 재경의 귓가에 맴돌았다.

재경은 설아와 윤정에게 번갈아 가며 전화했지만, 아무도 받지 않았다. 하루 동안 몇 번이나 들었는지 모를 음성 사서함 안내 멘트를 끊고, 재경은 퇴근을 서둘렀다. 윤정의 반찬가게에 들러보기로 한 것이다.

상담실을 나서려는데 전화벨이 울렸다. 설아인가 싶어 황급히 받는데, 전화기 너머로 은형사의 음성이 들려왔다.

— 강선생님!

은형사는 늘 타이밍 절묘한 순간에 전화를 해왔다. 누가 형사 아니랄까 봐.

— 무슨 일… 있으세요?

"음악 소리가 들려온대요."

재경은 은형사에게 자초지종을 설명하려면 일단 만나자고 했다.

전화를 끊자마자 다시 전화벨이 울리기 시작했다. 수화기를 통해 다급한 설아의 음성이 들려왔다.

― 선생님! 저 설아예요. 지금 윤정 언니랑 같이 있어요. 그러니까 빨리 좀 와주세요.

그러고는 전화가 툭 끊겼다. 그러니까 어디로 오라는 건데? 바로 '딩동' 하고 문자 수신음이 울렸다.

문자 창을 열자 주소지의 링크가 눈에 들어왔다. 반찬가게 근처 어딘가의 주소였다.

어둑어둑해진 늦은 저녁 시간 반찬가게 문은 닫혀 있었다.
주위를 둘러보는데, 이어 다시 딩동, 하는 문자음이 들려왔다.

옥상이에요.

옥상이라고?
다급하게 건물 안으로 들어선 재경이 엘리베이터 앞에 서는데, '고장 수리 중'이라고 큼지막하게 붙은 종이가 눈에 들어왔다.

옥상이 몇 층이지? 눈앞이 캄캄해졌다. 그러나 좌절하고 있을 틈이 없었다. 일분일초가 급했다. 두리번거리며 비상구를 찾았다.

문을 열자 삐그덕 소리와 함께 문이 무겁게 열렸다. 계단에 한걸음 올려놓는 순간, 벌써부터 숨이 가빠오는 느낌이었다.

얼마나 지났을까? 헉헉 숨이 턱까지 찼다. 목에서 비린 냄새가 나는 것 같았다. 종아리에 근육통도 밀려왔다. 자칫하면 쥐도 날 것만 같았다. 헐떡이는 숨소리가 귓가에 들려왔다.

엘리베이터가 고장 났으면 디데이를 다음 날로 미뤄도 됐을 일이다. 문득 게으르면 죽는 일조차 쉽지 않을 수 있겠다는 생각이 들었다. 119를 부르면 소방관들도 이 높은 건물을 걸어서 올라와야 하는 거겠지. 계단을 오르는 순간에도 오만가지 잡생각이 머릿속을 떠도는 중이었다. 이내 쓴웃음이 지어졌다.

마지막 계단을 오르자, 눈앞에 옥상으로 나가는 문이 저만치 보였다.

재경은 잠시 숨을 고르고, 문 앞으로 갔다. 다리가 천근만근이었다. 문에는 '관계자 외 출입금지'라고 써 있었다. 이내 철컥하는 소리와 함께 문고리가 돌아갔다. 재경은 온 힘을 다해 철문을 밀었다.

곧장 옥상 난간에 매달린 채 실랑이를 벌이고 있는 윤정과 설아의 모습이 눈에 들어왔다. 윤정은 떨어지기 위해 난간 쪽으로 몸을 내밀고 있었고, 설아는 온 힘을 다해 윤정의 팔을 옥상 안쪽으로 당기고 있었다.

"윤설아, 놔! 제발 놓으라고! 못 놔?"

윤정의 목소리는 공포와 분노가 섞여 갈라졌다. 설아는 이를 악물며 고개를 저었다.

"못 놔요. 우리 언니한테 무슨 일이 있었는지 알려줄 때까지는 절대로 못 보내요."

바람이 휘잉하고 세차게 불자 두 사람의 몸이 동시에 흔들렸다.

순간 윤정의 몸이 난간 쪽으로 턱하고 미끄러지는가 싶더니, 아래로 확 기울었다.

재경이 다급하게 달려가 윤정의 다른 팔을 잡았다. 그러고는 힘을 주어 끌어올리기 시작했다. 난간 위로 윤정의 어깨가 드러나고, 이내 그녀의 몸 전체가 거칠게 끌려 올라왔다. 동시에 세 사람은 바닥 위에 나뒹굴며 거친 숨을 몰아쉬었다.

"얘들아, 괜찮은 거니?"

재경이 턱 끝까지 차오른 숨을 내뱉으며 물었다.

설아는 한쪽 무릎을 꿇은 채 거친 숨을 몰아쉬고 있었다. 시선은 윤정을 향해 있었지만, 그 속에는 걱정보다 분노가 먼저였다.

"죽을 뻔했잖아요. 도대체 왜 이러는 건데요?"

윤정은 피가 빠져나간 얼굴로 멍하니 설아를 바라봤다. 눈동자에는 원망과 체념이 동시에 얹혀 있었다.

"그러니까 왜 구한 거야? 차라리 떨어졌으면, 그럼 아무 일도 없었던 것처럼 끝났을 텐데."

"미쳤어요? 언니는 지금 그걸 말이라고 하는 거…."

설아의 말이 끝나기도 전에 윤정에게서 억눌러왔던 말이 터져 나왔다.

"저 때문이에요. 제가 그 웹툰만 그리지 않았더라도 미술 선생님이 그렇게 가시지는 않았을 텐데…."

윤정은 울음을 참지 못해 고개를 떨군 채 흐느꼈다. 설아는 그런 윤정이 답답하다는 듯 화를 냈다.

"아, 그게 왜 언니 때문이에요! 좋은 마음으로 그랬다면서요. 그 변태 교감 새끼가 나쁜 놈이지."

"정화 말을 듣는 게 아니었어요…."

"그게 무슨 말이니?"

"정화가 교감의 실체를 알려야 한다고…. 그래야 미술 쌤을 도울 수 있을 거라고…."

"그렇다고 죽겠다고 옥상에 올라가는 건 아니잖아요."

발끈한 설아가 옆에서 또 거들었다. 그런 설아를 힐끗 보더니 윤정이 눈물을 주섬주섬 닦아냈다. 뭔가 결심한 듯 굳은 표정을 짓더니 간신히 입을 열었다.

"승아… 죽인 거, 나 아니야."

설아가 윤정을 바라보다 침을 꿀꺽 삼키고는 힘겹게 물었다.

"누군데요? 우리 언니 죽인 거!"

"류정화."

잠시 침묵이 흘렀다. 이어 윤정이 다급하게 그 침묵을 깼다.

"류정화라고, 네 언니 죽게 한 거."

"그걸 어떻게 알아요?"

"내가… 봤으니까."

"정화가 승아를 죽이는 걸 봤다는 거니?"

재경이 애써 놀란 마음을 누르며 물었다.

"그건 아니고요…."

"그럼? 그럼요? 언니가 어떻게 아는 건데요?"

잠시 설아와 재경을 번갈아보던 윤정이 한숨을 푹 내쉬고는 입을 열었다.

"내가 봤거든. 그 영상을…."

윤정은 그제야 엉겨 있던 불덩이를 토해내듯 가슴 속에 묻어둔 비밀들을 토해내기 시작했다.

14-1
너의 불행은 나의 행복

류정화, 1년 전

혼자 터덜터덜 고등학교 교문을 나서는 윤정을 발견했다.

'저 애가 승아 친구라고?'

순간 승아의 말이 떠올랐다. '공부도 곧잘하고, 그림도 잘 그려' 했던.

윤정은 예전에도, 지금도 여전히 혼자였다. 그러다 문득 궁금해졌다. 쟤는 잘살고 있을까? 승아는 죽었는데.

멀어져가는 윤정을 다급하게 불러 세웠다.

"윤정아, 양윤정!"

윤정이 나를 발견하고는 잔뜩 경계의 눈빛으로 바라봤다.

"무슨 일이야?"

"바쁘니? 나 너한테 할 말 있는데…."

"갑자기?"

내가 자신을 불러 세운 것이 여전히 믿기지 않는다는 표정이었다.

"떡볶이 먹으러 갈래?"

매번 승아가 내게 하던 말이었다. 내뱉고 보니 우스웠다. 마치 내가 꼭 승아가 된 것 같은 기분이었다. 윤정의 표정이 미묘하게 변해 가는 게 느껴졌다.

"내가 쏠게."

"아니, 나 바빠."

일말의 망설임도 없는 거절이었다. 하지만 신경 쓰지 않았다. 나는 거절을 즐기는 편이었다. 나중에 배로 더 잔인하게 철저히 갚아주면 될 일이었으니까. 우선은 윤정이 내게 품은 경계심을 풀게 만드는 게 먼저였다. 나는 애써 얼굴에서 미소를 지우지 않았다.

"그래? 뭐 오늘만 날은 아니니까. 그럼, 내일은 어때?"

집요하게 물고 늘어졌다. 윤정이 선뜻 내키지 않는다는 듯한 표정으로 나를 봤다.

"할 얘기가 뭔데?"

내가 할 얘기가 궁금하긴 한 모양이었다. 사실 딱히 할 말은 없었다. 그저 이 아이를 낚기 위한 의미 없는 미끼였을 뿐.

"그건 만나면 얘기해줄게. 그럼, 우리 내일 보는 거다. 내일 학교 끝나고 보자."

나는 윤정이 또다시 거절할까 싶어 그녀를 남겨둔 채 빠른 걸음으로 교문을 나섰다. 때마침 차가 내 앞에 도착했다. 차에 탄 채 돌아보자, 윤정이 멍하니 서서 멀어지는 차를 바라보고 있었다.

  한때, 윤정은 승아의 절친이었다. 두 사람은 어린 시절부터 한 동네에 살았고, 유치원, 초등학교 그리고 중학까지 같이 붙어 다녔다. 친구들은 그런 그들의 단단한 우정을 부러워했다. 심지어 시기하고 질투하는 친구들도 있었다. 하지만 나는 별 관심이 없었다. 내 눈에는 그저 땅이나 파먹고 살 흙수저, 바퀴벌레 두 마리가 붙어 다니는 것처럼 보였을 뿐이었다. 유유상종, 끼리끼리가 잘 어울리는 아이들이었다.
  두 아이의 결속력은 함께한 세월만큼 단단했다. 하지만 그 단단함에 금이 가면, 돌이킬 수 없이 부서지기 쉽다는 걸 나는 알고 있었다.
  부숴볼까? 교무실에서 승아에 대한 어쭙잖은 칭찬을 들은 날, 나는 윤정이와 친해지기로 마음먹었다. 그리고 그 첫걸음은 두 사람을 갈라놓는 일부터였다. 그렇게 시작된 나의 이간질은 그들의 관계를 살얼음판으로 만들기에 충분했다.
  "너희 엄마 새엄마라며? 윤정이가 그러더라."
  승아는 윤정에게만 자신의 고민을 털어놨을 것이다. 비밀을 공유하는 사이, 그 사이는 돈독할 수밖에 없다. 하지만 그만큼 깨지기도 쉽다. 비밀을 지키지 못했을 때는.
  "윤정이가 그랬을 리 없어."
  승아는 믿지 않았다.

"네 동생은 아는 거야? 너희가 가짜 가족이라는 거."

"가짜 가족이라니?"

승아가 발끈했다.

"윤정이가 그러던데? 그럼, 윤정이 말이 거짓말이라는 거야?"

승아는 입을 꾹 다물었다. 무언가 말을 하고 싶지만 애써 눌러 담는 눈치였다.

"윤정이 걔 진짜 못된 거 아니니? 왜 없는 사실을 퍼트리고 다니는 건데? 너희들 친한 거 맞아?"

내가 윤정을 나쁜 사람으로 몰아가자, 승아가 잠시 불안한 듯 손끝을 만지작거렸다. 그리고 이내 시선을 바닥으로 떨궜다. 그렇게 얼마나 지났을까, 승아가 고개를 들었다.

"새엄마는 맞아."

윤정을 향한 비난을 더는 듣고만 있을 수 없다는 듯, 승아가 사실을 고백했다. 그러고는 이내 간절한 눈빛으로 나를 바라봤.

"근데, 내 동생은 몰라. 그러니까 정화야, 이거 비밀로 해줄 수 있을까?"

나는 흔쾌히 대답했다.

"당연하지. 동생이 알면 얼마나 상처받겠니? 그리고 새엄마라고 다 마녀는 아니잖아. 안 그래?"

그렇게 승아는 내 편이 됐다.

그리고 며칠 후, 윤정이 씩씩대며 나를 찾아왔다.

"야, 류정화! 내가 언제 그랬어?"

충분히 예상했던 일이었다.

"내가 언제 너한테 승아 엄마를 새엄마라고 했어?"

"너 안 했어? 정말 한 적 없어?"

내 질문에 윤정이 잠시 망설이는 듯하더니 단호히 내뱉었다.

"없거든."

"하늘에 맹세코? 네 엄마 걸고?"

엄마를 걸라는 말에 윤정이 잠시 머뭇거렸다.

사람들은 비밀이 생기면 누군가에게는 그 비밀을 말하고 싶어 한다. 다른 이의 비밀을 공유하고 싶어 하는 법이다. '임금님 귀는 당나귀 귀'라는 전래동화가 괜히 생겼겠는가!

윤정은 자신이 알고 있는 비밀을 나는 아니라도 다른 누군가에는 말했을 게 분명했고, 나는 그녀의 희미한 죄책감을 영리하게 파고들었을 뿐이었다.

결국 윤정은 내 질문에 대답하지 못했다. 승아와 윤정은 서로 없으면 죽고 못 살 것 같은 절친에서 마주칠 때마다 서로를 노려보는 견원지간이 되었다. 결국 그들의 단단했던 우정이 내가 슬쩍 민 것만으로 산산이 깨지고 만 것이었다.

"정화 학생! 안 내리나요?"

문기사의 말에 정신을 차리고 주변을 둘러보니 어느새 집 앞이었다.

내일 윤정을 만난다. 그녀의 눈에 스치는 승아의 잔상이 윤정에게 어떤 표정을 만들까?

분노일까? 공포일까? 아니면 그 둘을 삼킨 기묘한 절망일까? 내일이 기다려졌다.

다음 날, 학교 수업이 끝나자 아이들이 우르르 교실을 빠져나갔다. 나는 재빨리 가방을 메고 교실을 빠져나와 교문 앞에 서서 기다렸다. 혹시나 윤정을 놓칠까봐서였다.

햇빛이 기울고, 운동장에 길게 그림자가 늘어진 순간, 윤정이 모습을 드러냈다. 이어폰을 꽂고 있던 윤정이 나를 보자 걸음이 느려졌다. 가볍게 손을 흔들어주었다.

"여기."

윤정이 한쪽 이어폰을 빼며 다가왔다.

"기다린 거야, 나를?"

"그럼, 약속했잖아."

"그건 네가 혼자 일방적으로…."

"누가 했든, 지키면 되는 게 약속 아니겠어?"

내 말에 윤정이 어색한 미소를 지었다.

"가자."

"어딜?"

"가보면 알 거야."

나는 대답 대신 발걸음을 먼저 옮겼다. 윤정이 잠시 멈칫하다가 결국 내 옆에서 천천히 걸음을 맞췄다.

디저트 카페 안에는 경쾌한 음악이 흘러나오고 있었다. 듣기만 해도 기분이 좋아지는 음악이었다. 내 기분이 좋아서 음악이 경쾌하게 들리는 건지, 음악이 좋아서 내 기분이 경쾌하게 느껴지는 건지는 모르겠지만, 아무튼 기분은 좋았다.

"여기 괜찮겠어?"

윤정이 잔뜩 걱정스러운 표정으로 나를 바라봤다. 유유상종이라더니, 딱 예전 승아 표정이었다.

"걱정 마. 나 류정화거든."

주문한 음료와 케이크를 앞에 놓고는 자리에 앉았다.

"네가 좋아하는 초콜릿 듬뿍 들어간 음료에 딸기 생크림 케이크. 맞지?"

윤정이 눈이 동그래져서 나를 봤다.

"내가 좋아하는 음료도 알아? 어떻게?"

"뭐, 내가 너한테 관심이 좀 많다고나 할까? 승아랑도 자주 왔었거든."

"아, 그랬구나…."

윤정이 이내 씁쓸한 표정을 지었다. 승아의 이야기에 마음이 불편해진 게 분명했다.

"사실 그때, 나는 너랑도 친하게 지내고 싶었어."

"나랑?"

"그래, 너 그림 되게 잘 그리잖아. 나는 그런 재능이 없어서 그런지, 예술 쪽에 재능 있는 친구 보면 부럽고 존경스럽고 그렇더라."

윤정이 민망해했다.

"뭐, 존경까지야…."

"근데 승아가 너랑 가까워지는 걸 되게 싫어해서 다가가기가 좀 그랬어."

"승아가?"

"응, 승아가 좀 그렇잖아. 사람에 대한 집착 같은 것도 있고. 욕심도 많고."

내 말에 윤정이 동감한다는 듯 고개를 끄덕였다.

"그렇긴 하지. 공부 욕심도 그렇고…."

"미안했어, 그동안. 나라도 그러지 말았어야 했는데."

윤정을 향해 쿨하게 먼저 사과했다. 이내 윤정이 감동한 표정을 지었다.

"고마워, 그렇게 말해줘서."

"뭘…. 내가 미안하지. 많이 먹어. 사과의 의미야. 모자라면 더 사줄게."

"아니야, 이 정도로도 충분해."

윤정이 적당히 사양했다. 윤정은 승아만큼 뚱뚱하지는 않았다. 알아서 자기 몸 관리 정도는 하는 아이였다. 한편으로는 그게 맘에 들기는 했다.

"그리고 이 백화점 디저트 카페, 비싼 곳이잖아."

마지막 윤정의 말이 내 기분을 팍 상하게 했다. 승아가 떠올랐기 때문이었다.

'무슨 가방이 집 한 채 값이냐?'

백화점에서 벌였던 사건이 떠올랐다. 생각하고 싶지 않은 기억이었다.

"아니야, 괜찮아. 이 정도야 얼마든지 사줄 수 있어."
윤정이 기분이 좋아진 듯 빙그레 웃었다.
"나, 실은 너 되게 미워했었다. 이미 다 지난 얘기지만."
윤정은 기분이 좋아졌는지 솔직한 생각을 꺼내놓기 시작했다.
"미워했다고? 나를?"
흥미로웠다.
"네가 나랑 승아를 멀어지게 했다고 생각했거든."
"아, 그래?"
나는 짧게 반응했다. 사실 별로 궁금하지 않았다.
"근데 생각해보면 내 잘못이 더 컸던 거 같아."
"네 잘못이라니?"
"사실 승아 얘기 몇몇 애들한테 하기는 했거든. 그래서 승아가 나한테 와서 따질 때는 약간 찔리더라. 사실 네 잘못도 아니었던 거지."
"아, 그랬구나."
씩 미소가 비어져 나왔다. 윤정이 슬슬 내가 쳐놓은 거미줄 속으로 걸어 들어오고 있었다. 나는 분위기를 보며 슬쩍 화제를 전환했다.
"참, 너 미술이랑 친하다며?"
"어? 미술 선생님? 좋은 분이야. 나한테 잘해주셔."
"하긴, 네가 그림을 잘 그리긴 하니까…. 근데 있지, 너 그거 알아? 미술이 교감한테 성추행당한 거?"
"그게 무슨 소리야?"

"아, 몰랐구나, 나는 네가 미술이랑 친하니까 아는 줄 알고…."

윤정은 여전히 믿을 수 없다는 표정이었다.

"우리 학교 교감이 변태로 유명한 건 너도 알지? 그러고 보면 미술도 안됐어. 힘들게 임용 붙어서 부임한 첫해에 그런 놈한테 걸려서…. 암튼 우리 앞으로도 잘 지내보자."

나는 아무 일 아니라는 듯 다시 포크를 들었다.

대화는 일단락됐지만, 속으로는 아직 다른 수를 계산 중이었다. 호시탐탐, 윤정에게 진짜 이야기를 꺼낼 타이밍을 기다리며. 들으면 기절초풍할 나만의 비밀, 하지만 지금은 아니다.

"근데 정화야, 나한테 하려던 말이 뭐였어?"

"어?"

"나한테 할 말이 있다고 해서 보자고 한 거 아니었어?"

"다 했는데, 할 말! 그냥 너랑 친하게 지내고 싶다고, 그게 다야."

그러던 중 윤정이 내게 아주 흥미로운 이야기 하나를 건네왔다.

"아, 근데 정화야, 소식 들었니?"

"소식이라니?"

"승아 동생 있잖아."

그랬다. 승아에게는 동생이 있었다. 승아가 자신과는 너무 달라도 다르다며, 꼴통에 몸이 흉기라고 했던 동생이.

"승아 동생? 걔가 왜?"

"사고로 산소 호흡기 끼고 병원에 누워 있다고."

"무슨 사고?"

"지하철 플랫폼에서 철로로 뛰어들었대."

"저런…."

나도 모르게 탄성이 흘러나왔다.

"이유가 뭔데? 뭐 승아처럼 성적 비관이라도 한 거래니?"

"글쎄…. 그건 잘 모르겠고. 의식불명이라는데, 깨어날지 모르겠다고 하더라고."

"안타깝네. 승아에 이어 동생까지 그 지경이니…."

자기도 모르게 건조한 말투가 툭 튀어나왔다. 아차 싶어, 한껏 안타까운 표정을 지어 보였다.

"어느 병원인데?"

"희망병원이라고 했던 거 같은데… 병원은 왜?"

"뭐 시간 되면 문병이나 가볼까 하고."

문병은 무슨! 그냥 무심결에 튀어나온 말이었다. 그런데 문득 한번 가보면 어떨까? 재미있을 것 같다는 생각이 들었다.

"그럼, 우리 같이 갈래? 생각해보면 그때 승아한테 조금 더 잘해줄 걸 싶기도 하고."

순간 어이가 없어 버럭 화를 내고 말았다.

"뭘 잘해줘? 걔가 너한테 어떻게 했는데…."

도무지 이해가 되질 않았다. 사람들은 어쩜 이리 변덕스러운지, 어떻게 그렇게 서로를 미워했던 감정이 한순간에 동정과 미안함으로 돌변할 수 있는지. 기억력이 나쁜 건가? 정말 멍청하고, 지겨운 가식쟁이들 같으니라고.

"아니, 그래도 안됐잖아. 언니랑 동생이 일 년 차이로 안 좋은 선택을 했으니…. 아줌마 맘이 오죽할까 싶기도 하고."

욕이 목구멍까지 튀어나오려 했지만, 간신히 참아서 목구멍으로 삼켰다. 홀어머니 밑에서 가게 일이나 돕는 주제에 남의 부모 걱정이라니, 더 듣고 있기가 불편했다.

"맞다. 나 오늘 나 과외 보강 있었는데, 마저 먹고 가라. 연락할게."

자리를 빠르게 박차고 나왔다. 문기사가 차를 백화점 앞에 세우자 나는 얼른 차에 올랐다.

"희망병원으로 가주세요."

문기사가 힐끗 나를 바라보고는 별말 없이 운전을 시작했다.

병원 로비로 들어섰다. 설아가 입원한 호실은 문기사를 시켜 알아냈다. 8층 804호, 1인실이라고 했다.

설아의 병실 문을 열고 안으로 들어갔다. 잠시 서서 누워 있는 설아를 물끄러미 바라봤다. 신기했다. 흡사 잠들어 있는 듯 보이는데, 금방이라도 깨어날 것만 같은데 죽은 거나 다름없다니.

이불 밑으로 삐죽 나온 발바닥을 찔렀다. 미동도 없다. 이번에는 얼굴을 손가락으로 찔렀다. 순간 눈썹이 꿈틀했나 싶어 화들짝 놀라 한 걸음 물러섰다. 하지만 착각이었나 보다. 괜히 겁을 먹은 거였다.

그렇게 한참을 설아를 관찰하는데 번뜩, 머릿속에 재미있는 생각이 스쳤다.

나는 천천히 설아 곁으로 다가가서 귀에 대고 속삭였다.

"있지? 네 언니, 자살한 거 아니야. 자살 당한 거야. 나, 한, 테…."

15
끝날 때까지 끝난 게 아니다

강재경, 현재

정화가 허리를 굽혀 침상에 누운 설아의 귀에 대고 무언가를 속삭이고 있었다. 그리고 이내 그녀의 목소리가 조금씩 커지기 시작했다. 잔뜩 신이 난 정화는 즐거워 어쩔 줄 모르는 것처럼 보였다.

윤정의 휴대폰 화면 속에서 벌어지고 있는 일이었다.

네 언니, 자살한 거 아니야. 자살 당한 거야. 나, 한, 테⋯.

정화가 큰 소리로 깔깔대며 웃기 시작했다. 그리고 돌연 웃음을 멈추는가 싶더니 잔인하게 설아의 얼굴을 보며 차갑게 내뱉었다.

그걸 어떻게 아냐고? 내가 밀었거든. 그날만 생각하면, 떨어지는 그 순간의 걔 눈빛을 떠올리면 얼마나 어이가 없는지…. 나 좀 살려줘. 나 좀 잡아줘. 제발, 부탁이야…. 아 씨, 끝까지 구질구질하게, 아주 코미디가 따로 없었다니까.

정화의 소름 끼치는 음성이 휴대폰 스피커를 타고 또렷이 흘러나오고 있었다.
"이 영상 뭐예요? 이게 뭐냐고요."
윤정을 노려보며 묻는 설아의 음성은 심하게 떨리고 있었다. 윤정이 침을 꿀꺽 삼키더니 재경을 돌아봤다.
"정화가 먼저 자리를 뜨고 나서 승아한테 미안한 마음이 들었어요. 그래선지 설아 병문안만큼은 가봐야겠다고 생각했어요. 비록 승아 장례식에는 못 갔지만…."
윤정이 설아의 병실 앞에 도착해 문을 열려던 순간, 안에 이미 다른 방문객이 있는 게 느껴졌다. 문에 난 유리창으로 확인해보니 그건 정화였다. 예상 밖의 일이었다.
그녀는 무슨 일인지 휴대폰을 들어 설아의 병실 안을 촬영하고 있었다. 과외 수업을 들으러 간다는 거짓말까지 하면서 온 곳이 설아의 병실이라니, 정화의 행동이 수상하다고 느낀 윤정은 자신도 모르게 휴대폰을 꺼냈다. 소리 없이 조심스럽게 문을 아주 조금만 열고, 그 안에서 정화가 하는 행동을 모두 담았다.
윤정의 말이 멈춘 이후에도 충격에서 헤어나오지 못한 설아와 재경은 여전히 입을 열지 못했다. 잠시 침묵이 흘렀다. 윤정이 괴로운 표정으로 다음 말을 이어갔다.

"신고할까도 생각했지만, 그땐 이미 일 년도 더 지난 사건이었고, 솔직히 무서웠어. 정화가 무섭기도 했고, 경찰이 안 믿을까 봐 무섭기도 하고. 설불리 나섰다가 나까지 위험해질까 봐… 무서웠어."

그날 이후, 윤정은 지옥 속에서 살았다. 다가오는 정화를 밀어낼 수도, 그렇다고 신고할 수도 없었다. 그렇게 정화의 마수에 사로잡힌 윤정은 아무리 발버둥쳐도 그녀에게서 벗어날 수 없었다. 그러다 보니 어느새 모든 것을 체념하고 정화가 시키는 대로 행동하는 꼭두각시가 되었다. 그리고 백선생에게도 사달이 난 것이었다.

두 번이나 가까운 이의 죽음을 보고도 외면했다는 죄책감에, 무엇도 할 수 없다는 무기력감에 윤정은 하루하루를 살아 넘기는 일이 너무나 힘들어졌다.

"그렇다고 언니까지 죽으려고 하는 건 아니죠! 잘못한 사람은 잘만 살고 있는데! 안 그래요, 선생님?"

설아의 의미심장한 질문에 재경이 멈칫했다.

"그… 그래, 그렇지."

그때, 끼익 소리와 함께 옥상 문이 열렸다. 모두가 화들짝 놀라 문을 쳐다보는데, 그 문 너머에는 은형사가 서 있었다.

"강선생님! 괜찮으세요?"

은형사는 거친 숨을 내쉬면서도 잔뜩 걱정스런 표정으로 재경을 찾았다. 물론 재경은 괜찮지 않았다. 절대로. 그러나 습관적으로 고개를 끄덕이며 말했다.

"네…."

순간, 옆에서 비장한 음성이 튀어나왔다. 설아였다.

"아니요, 괜찮지 않아요."

은형사의 시선이 설아에게로 향하자 설아가 윤정 손의 핸드폰을 낚아채 은형사에게 건넸다.

"이게 뭐니?"

은형사가 낮은 목소리로 물었다.

"증거요."

설아를 바라보던 은형사의 시선이 화면으로 향했다. 화면 속에는 정화의 잔인한 웃음이 정지된 채 멈춰 있었다. 그 눈빛이 여전히 살아있는 것처럼 화면 속에서 번뜩였다.

은형사가 고개를 들었다.

"결국, 류정화였던 거죠?"

짐작하고 있었다는 듯한 은형사의 혼잣말인지 질문인지 모를 말에 이번에도 재경이 대답 없이 고개만 끄덕였다.

"근데, 누구세요?"

윤정이 곤란한 표정으로 은형사를 보며 물었다. 재경이 입을 열려는 순간, 이번에도 설아가 냉큼 재경의 말을 가로챘다.

"재경 쌤 남친이요."

그날 이후, 학교에서 정화의 모습을 볼 수 없었다. 은형사가 윤정의 휴대폰 속에 담긴 영상을 증거로 영장을 청구했고, 윤정이 찍은 영상 속에 담긴 정화의 휴대폰을 확보할 수 있었다고 했다. 그리고 정화의 휴대폰 속에서는 정화가 스스로 남긴 수많은 악행의 기록이 쏟아져 나왔다.

승아가 민우에게 거절당한 영상으로 승아를 괴롭혔던 정황도 명확하게 드러났고, 승아를 옥상에서 밀어버린 정황이 담긴 영상까지도 정화의 휴대폰에 고스란히 녹화되어 있었다. 이 세상이 꼭 자신이 만드는 영화 속인 양, 사람을 마음대로 휘두를 수 있다는 전능감에 취해 남기곤 하던 영상이, 결국 자신의 발등을 찍은 것이다.

정화가 며칠째 학교에 나오지 않자, 학교에서는 갖가지 소문이 돌았다. 유학을 갔다느니, 국제학교로 전학을 갔다느니. 그러나 어디에서도 정화가 절친 승아를 죽였다는 소문은 들리지 않았다. 하지만 시간문제일 뿐이었다.

그렇게 재경의 근무 마지막 날이 왔다. 종일 열릴 것 같지 않던 상담실 문을 퇴근 시간쯤 누군가 두드렸다.

"네."

재경의 대답과 함께 문이 열리더니, 이선호 선생이 문을 열고 들어섰다.

"강선생, 오늘이 마지막 근무라면서요?"

이선생이 다가와서는 할 말이라도 있는 듯 재경을 흘깃 보았다.

"어디 갈 데는 있고?"

"아직요. 이제 찾아봐야지요."

"그래, 뭐 아직 젊은데 뭘들 못 하겠어."

그러고는 명함 하나를 쓱 내밀었다.

"내 친구야. 내가 넌지시 운은 띄워놨으니, 한 번 찾아가 보든가."

그러고는 휑하니 상담실 밖으로 나가버렸다. 물끄러미 이선생이 놓고 간 명함을 바라봤다.

한울고등학교 교장 박광현

입가에 미소가 지어진다. 속정이 많은 이선호 선생은 자신이 쫓겨나듯 학교를 그만두게 된 것이 안타까웠나 보다. 사실 그녀도 더 험한 꼴 보기 싫어 버티지 않고 사표를 던지긴 했지만, 다른 뾰족한 대안이 있는 건 아니었다.

통쾌함은 잠시였다. 사직서를 내고 돌아서자마자 밀려드는 건 먹고사는 문제에 대한 걱정이었다. 당장 다음 달 월세부터가 걱정이었다. 하루라도 밀리면 주야장천 문자 메시지를 보내곤 하는 깐깐한 주인을 생각하면 가슴이 답답해졌다. 그래도 후회도, 미련도 없었다.

챙길 물건은 그다지 많지 않았다. 첫 출근 기념으로 사비로 산 전기포트를 가져갈까, 잠시 고민했지만 다음에 올 선생님을 위해 선물로 남겨두기로 했다. 쉽지 않은 이 자리를 버티는 데 조금이라도 도움이 되기를 바라는 마음을 담아서 말이다.

머문 시간이 짧은 만큼 단출한 소지품을 담은 상자를 들고 돌아서는데, 문 앞에 설아가 서 있었다, 인기척도 없이.

"어머, 놀래라. 얘, 왔으면 왔다고 해야지."

나무라다 불현듯 걱정스러운 마음에 다시 수선스럽게 물었다.

"왜? 무슨 일 있니?"

설아가 잠깐 뜸을 들이다 말했다.

"이제 어디로 가실 거예요?"

"어디로 가긴? 집으로 가야지."

재경이 일부러 더 유쾌하게 대답하고는 상자를 들고 상담실을 나섰다. 설아가 재경을 따라 걷기 시작했다.

"이제 뭐 하실 건데요?"

"글쎄, 편의점 알바도 알아보고, 심리센터에 이력서도 내봐야지. 그래도 바늘구멍 뚫고 학교 상담 선생님으로 몇 개월은 있었으니, 최대한 우려먹어야 하지 않겠니?"

재경의 말에 설아가 피식 웃었다.

"대한민국 최고 로펌 변호사를 세 명이나 붙였대요."

예상했던 일이었다. 초호화 변호인단을 선임하고 법적 처벌 수위를 최대한 낮추겠다는 의도겠지.

"그래, 있는 집 자식이니까."

"풀려나는 건 아니겠죠?"

재경도 은형사에게 같은 질문을 했었다. 지금 당장은 아니어도 언젠가는 풀려날 거라는 은형사의 대답이 재경에게는 또 다른 의미로 들려왔다. 풀려나는 그 언젠가는 또 다른 죽음이 시작될지도 모른다는 경고로 말이다.

"그래도 일단 진실은 밝혔잖아요. 그게 중요한 거죠."

설아의 음성이 경쾌하게 들려왔다.

"언니도 이제 편하게 눈을 감을 수 있을 거예요."

그래, 억울한 죽음들의 진실은 밝혀졌다. 그런데 은형사의 말에 따르면 정화는 많이 억울해하는 모양이었다. 다들 자기 스스로 선택한 죽음인데 그 책임을 왜 자신에게 전가하냐며 조목조목 따지기도 하고, 일순 돌변해 눈물을 지으며 가여운 표정으로 울먹이기도 했다는 것이다. 그조차 통하지 않는 것 같을 땐 자신이 풀려나면 자신을 이렇게 만든 사람들 모두 가만두지 않겠다고 으름장을 놓기도 했다는 것이다.

이제 고작 열여덟. 그녀에게는 감옥에서 보낼 시간을 제외하고도 여전히 많은 날이 남아 있었다. 딱히 상상하고 싶지 않은 미래였다.

"어제 언니한테 다녀왔어요. 우리 엄마, 아빠 우리 가족 모두…. 이제는 미안해하지 않으려고요. 그냥 그리워만 하려고요."

설아의 행복함과 설렘이 담긴 '아빠'라는 단어를 듣고 나니 재경 역시 아버지가 떠올랐다. 함께 사는 내내 다정하고 살가운 아버지였다. 그런 행복으로 가득 찼던 기억이 정화의 거짓말로 쉽게 얼룩져버렸다.

이제는 아무리 그 얼룩을 지우려고 해봐도 깨끗이 지워낼 수 없었다. 그래도 아버지를 재경이 아는 아버지로, 그대로 기억할 수 있다는 사실이 너무도 다행스러웠다. 문득 동생 재현의 안부가 궁금해졌다.

'집에는 돌아왔을까?'

엄마가 조용한 걸 보니 연락이 닿은 게 분명했다. 안 그랬다면 전화가 와도 수십 번이고, 나쁜 년, 독한 년, 모진 년 소리를 들었어도 수백 번이었을 거다. 정화의 일로 숨가쁘게 쫓기다 보니 어느새 재현의 일은 까마득히 잊고 말았다.

오늘은 집에 가봐야겠다. 그리고 설아네처럼 가족 모두 아버지를 모신 추모 공원을 다녀와야겠다.

"선생님!"

화들짝 정신을 차려보니 설아가 재경을 물끄러미 바라보고 있었다. 마치 할 말이 있다는 듯.

"저랑 떡볶이 드실래요?"

갑작스럽다는 느낌이 들었지만, 순순히 고개를 끄덕였다.

"떡볶이 콜!"

"네, 어묵에 순대, 튀김 5종까지 콜이요."

재경과 설아는 서로 유쾌하게 웃으며 미미분식으로 향했다.

분식집 안으로 들어서자, 주인 할머니가 꾸벅꾸벅 의자에 앉아 졸고 계셨다. 설아가 안으로 들어서며 할머니 귀에 대고 외친다.

"할머니! 손님이요, 손님…."

졸던 할머니가 화들짝 놀라며 눈을 떴다. 그러다 설아를 발견하고는 하품을 늘어지게 하고는 툴툴거렸다.

"네년은 왜 꼭 나 잠들 때쯤 오냐? 성가시게…."

"할머니는 왜 꼭 저 올 때만 졸고 계시는 건데요? 그리고 저도 손님이거든요."

퉁명스럽게 대꾸하고는 성큼성큼 안으로 걸어 들어가 가방을 내려놓고 의자에 앉았다.

"저, 저, 저년은 한마디를 안 져요."

그러고는 재경을 발견하고는 머쓱했던지 입을 다물었다.

"할머니, 떡볶이, 순대 2인분 가져갈게요."

"어묵도 두어 개 가져다 먹어. 내가 쏘는 거여."

무심한 듯 설아를 챙기는 모습에 재경은 피식 웃었다. 할머니는 이내 다시금 눈을 감고는 꾸벅꾸벅 졸기 시작했다.

"드세요, 쌤."

언제 움직였는지 설아가 떡볶이와 순대가 담긴 접시를 가져다 재경 앞에 놓았다. 포크로 떡볶이 떡을 찍어 입에 넣는다. 매콤달콤한 맛이 입을 자극했다. 언젠가 누군가가 떡볶이를 보며 이런 말을 했었다.

"떡볶이는 음식을 먹는 게 아니라 추억을 먹는 거래."

고등학교 시절 재경에게도 떡볶이는 소울 푸드였다. 어쩌면 설아도 떡볶이보다는 이곳에서의 추억 때문에 여길 찾게 되는 걸지도 몰랐다.

"곧 문 닫으신대요, 여기…."

"어, 정말? 왜?"

설아가 주인 할머니 쪽으로 시선을 돌렸다.

"떡볶이 주걱 젓는 것도 힘이 드신대요. 요즘은 브랜드 떡볶이도 많이 나와서 장사가 예전만치 되는 것도 아니고요."

"섭섭하겠네."

"네… 많이요."

그러고는 골똘히 생각에 잠긴 듯 포크로 떡볶이를 먹지는 않고 푹푹 찔러대기만 했다. 뭔가 할 말이 있는 게 분명했다. 재경은 들고 있던 포크를 테이블 위에 내려놓고 설아를 가만히 봤다.

"그래, 할 얘기가 뭐야? 이제 얘기해봐. 미적거리지 말고."

"선생님….'

"그래, 뭔데? 혹시 민우 때문에 그런 거야?"

재경은 슬쩍 자신이 원하는 고민을 던져봤다. 설아의 나이 때에 맞는 풋풋한 고민이 듣고 싶어서였다.

"음악 소리요. 왜 들리는 걸까요?"

짐짓 심각한 표정을 지었다. 한때 재경도 그 이유를 곰곰이 생각해본 적이 있다. 설아가 죽었다 깨어난 이후 남들의 고통에 공감해주는 공감력 천재라면, 자신의 맘 좀 알아달라는 그들의 아우성이 음악 소리로 주파가 바뀌어 설아의 귀에 들려오는 건 아닐까? 세상에 한마디로 설명될 수 없는 것들이 얼마나 많은가?

"사람들의 불안함, 슬픔, 고통, 그런 것들이 음악 소리로 바뀌어서 설아의 귀에 들리는 거 아닐까? 왜 사람들이 정말 도와달라고 말하고 싶지만, 말하지 못하는 경우가 많잖아."

"처음에 저는요, 선생님! 그게 승아 언니 때문인 줄 알았어요. 언니의 억울한 죽음을 밝혀내라는 하늘의 계시 같은 거요."

"그래, 그럴 수도 있겠다."

"그리고 시간이 지나면서 류정화가 저지르는 만행을 막으라는 계시는 아닌가 했었고요."

생각해보니 그것도 또한 맞는 말이었다. 모두의 죽음은 류정화로 통했으니까.

"근데요, 선생님, 단지 그것만은 아닐 수도 있다는 생각이 들어요."

"그럼?"

"지금도 여전히 음악 소리가 들리거든요."

설아가 노래를 흥얼거리기 시작했다.

"아빠하고 나하고 만든 꽃밭에 채송화도 봉숭아도 한창입니다. 아빠가 매어놓은 새끼줄 따라…."

섬뜩했다. 날카로운 칼날이 폐부를 찌른 것처럼 몸 안에서 바람이 푹 꺼지는 듯한 느낌마저 들었다.

"그러니까… 너, 지금… 나한테… 음악이 들린다는 거니?"

설아가 고개를 끄덕였다.

"네."

"언제부터였는데?"

"처음 만난 날부터요."

"학교에서 처음 만났던 날… 그날부터?"

설아가 고개를 절레절레 저었다.

"아니요, 한강 다리에서부터요."

설아가 갑자기 주머니에서 자동차 키를 꺼내 재경에게 건넸다. 죽고 싶을 때마다 자신의 유언을 남기던 열쇠 모양 녹음기였다. 잃어버리고 나서도 한참을 찾았었다. 재경은 그제야 그날 한강 다리에서의 기억을 떠올렸다.

'음악 소리가 들리지 않나요?'

그때, 그 아이, 지금의 설아가 물었던 말이었다.

"그래서, 계속 날 찾아왔던 거니?"

생각해보면 끊임없이 재경의 주위를 맴돌았던 건 설아였다.

"그러니까 오늘 떡볶이를 먹으러 가자고 한 것도… 음악 소리가 들려서였던 거고?"

설아가 말없이 고개를 끄덕였다. 재경은 할 말을 잃었다. 그러니까 설아는 처음부터 재경의 마음을 읽고, 아니 듣고 있었던 거였다. 살아도 사는 게 아니었던, 끊임없이 이어지던 고통으로 버텨내며 죽을 날을 하루하루 미루던 재경의 마음을 말이다.

"선생님! 죽지 마세요."

재경은 그 어떤 대답도 할 수 없었다.

"화가 나거나 분노 또는 절망의 상태에서 90초만 참아낸다면 그 감정은 식어버린대요. 화를 내는 순간 스트레스 호르몬이 온몸의 혈관을 타고 퍼지는데, 90초가 지나면 저절로 사라진다고요. 그러니까 화가 나고, 복수가 하고 싶고, 죽어버리고 싶어도, 그 순간만을 참아낸다면 또 어떻게든 다시 살아지지 않을까요? 선생님, 죽지 마세요."

간절한 표정으로 재경을 바라보는 설아의 얼굴을 보면서 재경은 헛웃음을 터트렸다. 꼭꼭 숨겨두었던 마음을 들킨 것 같아 창피하기도 하고, 후련하기도 했다.

재경은 눈앞에 놓인 떡볶이를 포크로 힘주어 눌렀다. 그리고 입에 넣고 열심히 씹었다. 울컥했지만, 떡볶이를 씹어 삼키며 눈물도 함께 삼켰다.

화창한 날들이 이어졌다. 정화는 재판을 기다리며 구치소에 수감 중이었다. 언론은 드문드문 재벌 딸이 동급생을 밀어서 죽였고, 재판을 준비 중이라는 소식을 전했다. 그리고 재경은 간간이 은형사를 통해 정화의 소식을 전해 들을 수 있었다.

설아 역시 종종 재경에게 자신의 소식을 전해왔다. 하지만 그 이면에는 재경의 상태를 점검하려는 의도가 다분히 짙었다. 여전히 재경이 걱정스럽고 못 미더운 듯했다.

그렇게 모든 것들이 제자리로 돌아왔다. 엄마도 주택 매매 일을 배우겠다며 부동산으로 출근 중이라고 했다. 그리고 재현 역시도 종종 엄마에게 살아있음을 알리는 문자를 보냈다.

아빠 모신 추모 공원 갈 건데, 같이 갈래?

재경의 문자에 재현은 답이 없었다. 그러려니 한다. 원래부터 그런 사이였으니까. 그래도 재현이 집에 돌아오면 잘 해줘야겠다고 다짐했다.

추모 공원 한쪽에 안치된 아버지 유골함 앞에 섰다. 밝게 웃는 아버지 사진이 재경의 눈에 들어왔다. 사진을 보며 재경은 지금까지 하지 못했던 말을 주저리주저리 읊기 시작했다.

"아빠, 저 왔어요. 그동안 자주 못 와서 죄송해요. 아빠는 잘 지내고 계시죠? 저도 잘 지내요. 엄마랑 재현이도 잘 지내요. 참, 그리고 아빠, 우리 집 이사했어요. 글쎄, 이사한 것도 모르고 다시 찾아간 거 있죠. 습관이 정말 무서운 거 같아요."

이제는 사과할 차례였다.

"아빠, 미안해. 믿지 못해서, 믿어주지 못해서…."

아빠의 억울하다는 목소리가 들려오는 듯했다. 그런데 사진 속 아버지는 여전히 웃고 있었다. 재경이 따라 웃어본다.

"그리고요, 아빠. 저 좋아하는 사람도 생겼어요. 예전에는 나한테 누군가를 좋아할 자격이 없다고 생각했는데, 저 이제는 용기 내서 시작해보려구요."

문자음이 울린다. 은형사였다.

강선생님, 우리 이번 주말에 볼까요?

입가에 미소가 드리워졌다. 하지만 저 가슴 한편에는 여전히 불안이 자리하고 있었다. 이 평온이, 이 행복이 순식간에 공중분해 될까 하는 두려움이 종종 재경을 엄습하고는 했다. 최고의 순간에도 최악을 생각하는 성격 탓이었다.

곧 재현의 생일이었다. 재현의 샌들을 사기 위해 매장을 방문했다. 해골 장식품을 샌들에 다시 붙여서 선물하는 것도 좋은 생각일 것 같았다. 선물을 받은 그날, 무척이나 좋아하던 재현의 모습이 여전히 재경의 눈앞에 선했다.

그날 이후, 재현은 여름이건 겨울이건 샌들만을 신고 다녔다. 심지어 추운 겨울에도 양말을 신지 않고 돌아다니기 일쑤였다.

샌들 앞에서 가물가물한 재현의 발 치수를 떠올렸다. 재현의 발은 중학생이 된 해, 아버지의 발 치수를 넘었었다.

"더 자라지는 않았겠지. 샌들이니 한 치수 크게 신어도 될 거야."

그러다 문득 은형사가 떠올랐다. 사는 김에 하나 더 살까? 치수는 몰랐지만, 키가 비슷하니 비슷한 크기로 골라봤다. 그리고 신발이 담긴 봉투에 영수증도 챙겨 넣는다. 맘에 안 들면 교환하라며 무심히 건네야겠다.

신발을 들고 집으로 향했다. 문을 열고 들어서자, 엄마가 소파에 앉아 드라마를 보면서 눈물을 찍어내고 있다.

"식사는 하셨어요?"

"웬일이니? 전화도 없이…."

"재현이 신발 하나 샀어요. 그거 두고 가려고요."

"것도 웬일이니? 해가 서쪽에서 뜨겠네."

소파 옆자리에 앉았다. 미루고 미뤘던 말을 이제 해야 할 시간이 온 듯했다. 엄마가 힐끗 보고는 이내 드라마로 시선을 돌렸다. 그러다 리모컨을 들고 채널을 바꾸기 시작했다.

"엄마, 나 학교 그만뒀어요."

엄마가 휙 돌아봤다. 잔뜩 못마땅하다는 표정이다. 이내 말을 바꿨다.

"아니, 잘렸어요."

"왜? 네가 뭘 어쨌길래? 똑똑하지, 성실하지, 네 성격에 힘든 일도 이 악물고 했을 건데 왜?"

엄마도 결국은 엄마인가 보다. 딸 편을 드는 걸 보니.

"이번에 뉴스에 나온, 친구 죽인 그 재벌 딸, 그 학교 애야."

"그거랑 너 학교 잘린 거랑 무슨 상관인데."

"걔가 걔야, 엄마! 아빠한테 누명 씌운 그 애."

돌아가던 채널이 멈춘다. 놀란 표정의 엄마가 재경 쪽으로 시선을 돌린다.

"알고 뽑았대. 나를."

그제야 모든 게 이해됐다는 표정이다.

"친구까지 죽일 정도면… 거짓말로 네 아빠 보내는 건 일도 아니었겠네."

엄마가 중얼거렸다.

잠시 공허한 시선으로 TV를 바라보던 엄마가 자리에서 벌떡 일어났다.

"생일에 와. 잡채 해놓을게."

그러고는 방으로 들어갔다. 문틈으로 우는 소리가 흘러나왔다. 통곡에 가까웠다. 꺽꺽, 흘러나오는 울음소리가 재경의 마음을 미어지게 했다.

엄마도 사실은 반신반의했던 거다. 아빠의 억울함을 믿고 싶었지만, 믿지 못했던 거다. 그리고 지금 아빠가 무죄임을 확실하게 알게 된 지금, 엄마는 본인을 탓할 게 분명했다.

자신이 믿어주지 못해서 아빠가 죽은 거라고, 엄마가 아빠를 그렇게 만든 걸지도 모른다며 모든 책임을 자신의 탓으로 돌릴 게 뻔했다. 그런 게 죄책감이라는 거였다. 보통의 사람이라면 가진, 류정화에게는 없는.

조용히 엄마의 집을 떠나 무거운 마음으로 돌아가는 버스 안, 재경의 전화벨이 울리기 시작했다. 낯선 번호였다. 수신 종료 버튼을 눌렀지만, 다시 울리는 전화벨 소리에 재경이 마지못해 전화를 받았다.

"여보세요."

— 강재경 씨? 류정화 학생 변호사입니다. 정화 학생이 강재경 씨를 만나고 싶어 하는데요. 할 말이 있다고요. 아주 중요한 말이라는데요. 혹시 구치소까지 면회를 와주실 수 있을까요?

정화가 나에게 할 말이 뭘까?

"저한테 무슨요. 못 간다고 전해주세요. 아니, 안 간다고요."

전화가 끊긴 후에도 재경은 계속 전화기를 만지작거렸다. 도대체 정화가 하려는 말이 뭘까? 그것도 아주 중요한 할 말이라는 게.

하지만 다시 거미줄에 걸려들 수는 없었다. 걸리는 순간, 헤어나오지 못하게 될 게 불 보듯 뻔한 일이었다. 무시하기로 했다.

변호사의 전화는 그 후로도 몇 번 계속되었다. 도대체 무슨 얘기를 하려는 걸까? 할 말이라는 게 뭘까?

며칠 후, 재경은 구치소에 있는 정화를 찾아갔다. 유리벽을 사이에 두고 정화는 뭐가 그리 즐거운지 아주 재미있다는 표정이었다. 뒤늦은 후회가 밀려왔다. 정말 오지 말았어야 했다.

"오셨네요? 안 올 줄 알았는데?"

"할 말이라는 게 뭔데?"

"왜 이리 급하실까? 사람을 봤으면 안부라도 물어보셔야죠."
"안부를 물을 사이는 아닌 거 같은데, 서로…."
정화가 맘에 안 든다는 듯 입을 삐쭉거렸다.
"그럼, 말든가요. 선생님이죠?"
"그게 무슨 소리니?"
"나를 이렇게 만든 거? 경찰에 꼰지른 거, 당신 맞죠?"
빤히 정화를 본다. 구치소에 들어앉아서도 정화를 저리 당당할 수 있게 하는 원천은 뭘까? 재벌 아버지가 자신을 뒤에서 받치고 있기 때문인 걸까?
"윤정이는 겁이 많아서 그럴 만한 애는 아니고, 그렇다면 결론은 그쪽이 맞거든."
선생님이라는 존칭이 어느새, 당신, 그쪽으로 바뀌어 있었다.
"너 때문이겠지. 내가 아니고. 사람을 죽게 만든 것도 너고, 그 과정을 영상 증거로 남긴 것도 너잖아. 그러니까 남들 원망하기 전에 네가 무슨 짓을 했는지 잘 생각해봐."
"원망은 무슨? 난 그런 거 안 해. 그럴 시간에 치밀하게 복수를 하지."
소름 끼치게 냉담한 말투였다. 재경이 자리를 털고 일어났다. 더 이상의 대화는 무의미해 보였다.
"어? 가려고요? 나 아직 할 말 남았는데."
"나는 끝났거든."
일어나 돌아서려는데 정화의 말이 재경을 잡아 세웠다.
"당신 동생!"

돌아보지 말아야 했다. 돌아보는 순간, 저주에 걸려 죽거나 불행을 맞이한다는 전래동화의 내용처럼 정화의 저주가 시작될지도 모를 일이었다. 하지만 동생이라는 단어를 듣는 순간, 재경의 몸은 굳어버리고 말았다.

재경이 천천히 몸을 돌려 정화를 보았다. 정화가 그럴 줄 알았다는 듯 의기양양한 표정을 지었다.

"내 동생이 뭐?"

정화가 배시시 웃었다. 소름 끼치는 웃음이다.

"당신 동생, 자살한 거 아니야. 자살 당한 거야."

그 말을 하더니, 이내 소리 없이 입 모양을 만들어낸다.

'나. 한. 테.'

재경이 멍하게 정화를 바라보았다. 그런 재경을 바라보던 정화가 비릿한 웃음과 함께 몸을 획 돌려 안으로 들어갔다.

구치소 밖을 나오면서 덜덜덜 떨리는 손으로 휴대폰을 찾아 재현에게 전화를 걸었다.

전화기가 꺼져 있어….

"아니야. 아닐 거야. 그럴 리 없어…."

재경이 동생 재현의 번호임을 확인하고 다시 전화를 걸었다. 그러다 문득 문기사의 차에서 발견한 재현의 해골 장식품이 떠올랐다. 재경은 다시금 고개를 저었다. 물론 재현이 그 차에 탔을 수도 있다.

'하지만 문자가 왔다잖아.'

그런 애가 죽었을 리는 없다. 그들이, 류정화가 재현에게 무슨 짓을 했으리라고는 상상도 할 수 없었다. 아니, 그러기 싫었다.

그때, 구급차 한 대가 구치소 앞에 섰다. 문이 열리는가 싶더니 구조요원들이 다급하게 이동식 침대를 꺼내서 안으로 들어갔다. 사람들이 우왕좌왕하기 시작했다.

"무슨 일이래?"

누군가가 다른 누군가에게 묻는다.

"그러게, 무슨 일이지?"

곧 다른 사람의 대답이 끼어들었다.

"어, 교도관 하나가 목을 맸다나 봐."

"뭐? 죄수도 아니고 교도관이 왜?"

"그거야 나도 모르지."

구치소 밖으로 나온 이동식 침대를 바쁘게 싣고, 구급차는 이내 요란한 사이렌 소리와 함께 출발했다. 소리가 점점 멀어지면서 재경의 정신마저 육체에서 멀어지고 있는 느낌이었다.

버스 정류장 벤치에 주저앉아 쌩쌩 바람 소리를 내가며 달리는 차들을 바라보는 중이었다. 버스가 몇 번이고 정류장을 들렀다가 떠났지만, 재경은 미동조차 할 수 없었다. 마치 시간이 그녀를 비껴가는 듯했다. 무릎에 얹은 두 손의 손끝마저 감각이 사라지는 것만 같았다. 머릿속에는 온통 정화의 목소리로 가득 차 메아리처럼 울리고 있었다.

'당신 동생, 자살한 거 아니야. 자살 당한 거야. 나한테.'

재현이는 어디로 간 거지? 정말 죽은 건가? 정말 정화가 죽게 한 건가?

그러다 문득 구급차에 실려 간 교도관에게로 생각이 미쳤다.

목을 맸다고? 정화가 있는 구치소에서? 우연의 일치일 리는 없었다. 갑자기 목이 옥죄어 오는 듯한 느낌이 든다. 숨을 크게 들이쉬자 차가운 공기가 목구멍 속으로 깊숙이 스며든다. 몇 번을 숨을 들이쉬어도, 내쉬어도, 재경의 가슴을 가득 메운 공허함은 쉽게 채워지지 않았다.

아직 끝나지 않았나? 하루하루 버텨내면, 오늘만, 하루만, 그렇게 외쳐대며 견디면 올 것 같지 않은 좋은 날도 올 거라 생각했는데, 그런 건 그저 희망 고문이었던 걸까? 이건 고통의 끝이 아니라 또 다른 시작이었던가?

재경이 고개를 들자 저 멀리 커다란 화물트럭 한 대가 요란한 경적과 함께 속도를 높여 다가오고 있었다. 한 걸음만 내딛으면 순간 이 모든 고통과 괴로움이 사라질 것만 같았다.

시간이 느려졌다. 모든 것이 정지한 듯한 순간, 어딘가에서 낯익은 벨소리가 들려오기 시작했다. 처음에는 환청이라고 생각했다. 하지만 그 소리는 분명 들려오고 있었다. 죽음의 소리인가? 순간 설아의 얼굴이 스쳐갔다.

'선생님, 혹시⋯ 이 음악 소리 들리세요?'

목소리도 들려오는 듯했다.

벨소리가 커졌다. 그런데 그건 단순한 벨소리가 아니었다. 마치 '가지 마세요', '지금은 멈춰 서세요'라고 외치는 듯했다.

재경의 몸이 반사적으로 멈췄다. 순간 눈앞을 가르며 거대한 트럭이 아슬아슬하게 그녀의 코앞을 스쳐 지나갔다. 재경은 그대로 벤치에 주저앉고 말았다.

트럭의 소음이 멀리 사라진 뒤에도 핸드폰 벨소리는 끈질기게 울려대고 있었다. 재경은 가방을 뒤적거려 핸드폰을 꺼냈다. 휴대폰 화면 위로 설아의 이름이 깜박이고 있었다. 재경은 아무 일도 없던 양 숨을 고르며 통화 버튼을 눌렀다.

전화기 너머로 역시 아무것도 모른다는 듯한 설아의 해맑고 경쾌한 목소리가 들려왔다.

― 선생님! 오늘 날씨가 죽을 만큼 좋아요.

재경은 고개를 들어 하늘을 바라봤다. 눈부시게 맑은 날이었다.

"그래… 날씨가 정말, 젠장 맞게 좋구나!"

재경의 입가에 미묘한 웃음이 번졌다. 정말 죽기 딱 좋은 날이었다. 아니, 죽기에는 너무 아까울 만큼 눈부신 날이었다.

전화를 끊은 후 재경은 천천히 숨을 들이쉬며 일어섰다. 그러고는 흐트러진 머리카락을 쓸어 넘겼다. 이어서 휘청거리는 다리도 바로 세우고, 도도히 바람을 가르며 걸음을 내디뎠다. 공허했던 눈빛 속에 다시금 생기가 돌았다.

"그래, 아직 끝난 게 아니야."

재경의 입술이 작게 움직였다.

"재현이를 찾아서, 생일 선물을 줘야지."

다시 길을 걷기 시작했다. 죽음이 스쳐 간 자리를 지나, 여전히 삶이 이어지는 세상을 향해.

한 줄기 선뜻한 바람이 재경의 얼굴을 스쳤다.

〈끝〉

작가의 편지

당신의 마음에서 들리는 소리에
귀 기울이겠습니다

요즘 우리는
누군가의 마음이 요동치듯 흔들리는 순간조차
알아채기 어려울 만큼
각자의 삶을 버티며 살아갑니다.
하루를 견디는 데 너무 많은 힘이 소모되고,
그 사이에서 사람의 감정과 의지는
하릴없이 작아지곤 합니다.

이 소설 『데스 앤 라이프 걸』은
그 조용한 마음을 가장 먼저 알아채는
한 소녀에서 시작됩니다.
죽음에서 돌아온 뒤,
설아는 사람 마음 깊은 곳에서 흘러나오는,
말로 꺼내지 못해 억눌러둔 감정이

한계에 다다랐을 때 새어 나오는,

작은 울림을 듣게 됩니다.

그리고 설아는 그 울림을 들을 때마다

늘 같은 마음으로 움직입니다.

누군가를 살리고 싶다는,

살려야 한다는 마음으로.

저는 이 미스터리한 이야기를 통해

사람을 향한 공감과 관심이

생각보다 훨씬 더 큰 힘을 발휘한다는 사실을

말하고 싶었습니다.

따뜻한 말 한마디,

무심코 지나치지 않는 시선 하나가

어떤 이에게는

흩어지던 마음을 잠시 붙들어주는 힘이 될 것입니다.

그리고 저는 믿습니다.

우리가 서로에게 조금만 더

마음의 소리를 듣는 귀를 기울인다면

누군가의 하루도 분명 달라질 거라고.

2025년 11월 늦가을에, 권정희 드림

1쇄 발행 2025년 12월 1일

지은이 권정희
담 당 조민기
펴낸이 배선아
펴낸곳 고즈넉이엔티

출판등록 2017년 3월 13일 제2022-000078호
주   소 서울특별시 강서구 마곡중앙2로 15, 테크노타워2차 311-312호
대표전화 02-6269-8166 **팩스** 02-6166-9199
이 메 일 gozknockent@gozknock.com
홈페이지 www.gozknock.com
블 로 그 blog.naver.com/gozknock
페이스북 www.facebook.com/gozknock
인스타그램 www.instagram.com/gozknock

ⓒ 권정희, 2025
ISBN 979-11-6316-662-7 (03810)

표지/내지 디자인에 Freepik 요소가 포함되어 있습니다.

잘못된 책은 구입하신 서점에서 교환해 드립니다.
이 책은 저작권법에 따라 보호받는 저작물이므로 무단 전재와 복제를 금합니다.
이 책의 전부 또는 일부 내용을 재사용하려면 사전에 저작권자와 본사의
서면 동의를 받아야 합니다.